大塩平八郎の逆襲
浮世奉行と三悪人

田中啓文

集英社文庫

目次

本文デザイン／木村典子（Balcony）
本文イラスト／林　幸

大塩平八郎の逆襲　浮世奉行と三悪人

三すくみ崩壊の巻

一

「あのときわしがことを起こした理由《わけ》をききたいと申すか。——よかろう。こうしていろいろ世話になったおぬしが頼みだ」

細い目をした初老の男は流暢《りゅうちょう》にエゲレス語をあやつった。しゃべり方ははきはきとしており、波の音にもさえぎられることなくよく響いた。

「ただ、このことはわしとおぬしのあいだのことぞ。だれにも漏らしてはならぬ。わしの思いがおぬしの主《あるじ》に知れたら、わしは追い出されてしまう。いや……ただちに殺されてしまうかもしれぬわい。ふっふふふ……」

聞き手はうなずいた。男は遠い目をして言った。

「わしは大坂を救いたかったのだ。ただその一心だった」

中肉中背だが、胸板が厚く、背筋もまっすぐで、歳《とし》よりもかなり若く見える。しかし、顔つきは虎のように厳しく、その両眼からは猛禽類《もうきん》のような獰猛《どうもう》さも感じられた。

「飢饉《ききん》のせいで大勢が死んでいった。死体の数は増え続けた。飢えたものたちはなんでも食べた。川や池から魚がいなくなった。草や木の根はもちろん、虫やネズミも食らった。手当たり次第に口にするものだから、毒にあたって死ぬものもいた。病も流行《はや》った。このままでは大坂は終わってしまう……わしにはそう思えた」

男は細い目をいっそう細めた。

「だが、飢饉であえいでいたのは大坂だけではない。京も江戸も……日本中が等しく凶作に見舞われていた。そんなときに東町奉行の跡部《あとべ》山城守《やましろのかみ》は公儀の覚えを良くしようと、新将軍家宣下《せんげ》の行事に使うために大坂の米をひそかに江戸に送っていた。おのれの出世と引き換えに、飢えた大坂の民を見捨てたのだ。しかも、利にさとい商人《あきんど》どもが米を買い占め、米の値はとてつもなく上がった。わしは町奉行に掛け合い、蔵米《くらまい》を町のものたちにただで与えるよう進言したが、取り上げられなかった」

男は、今も静かな怒りに満ちているようだ。

「鴻池《こうのいけ》をはじめとする大商人たちにも直談判《じかだんぱん》し、困っているものを助けるために金を貸してもらいたいと頼み込んだ。はじめのうち、鴻池は貸してくれそうなそぶりを見せていたが、結局断ってきた。あの男は商人としても人間としても許せるものではない。やむなくわしは蔵書五万冊を売り払って金を作り、窮民の救済に使ったが焼け石に水だったうえ、跡部はそのことすらただの人気取りだと非難し、江戸への廻米《かいまい》を続けた。大坂の民の困窮はここに極まった。わしの愛していた大坂が外道《げどう》の地になってしまう。わしは、日々増えていく餓死者の遺骸を見て呆然《ぼうぜん》としておった。そんなときだった……わしの夢枕に太閤《たいこう》殿下がお立ちになられたのは……」

男はうっすらと笑いながら、

「おぬしには太閤殿下と申してもなにものかわからぬであろう。徳川《とくがわ》家が天下を取るまえにこの国の王であった豊臣秀吉《とよとみひでよし》公……大坂という町を作ったお方のことだ。太閤殿下はわしに仰せになられた。大坂を救え、腐り果てた公儀の手から日本を取り戻せ、とな。そこで、わしは恐れ多くも太閤殿下に成り代わり、役人どもや金持ちどもを誅《ちゅう》し、大坂を守らんと兵を起こしたのだ」

波の音が高まっていく。男は遠くを見やり、

「あのときの挙兵は失敗に終わったが、わしはあきらめなかった。陽明学《ようめいがく》というのは、知行合一《ちこうごういつ》、学んだ知識はかならず実行せねばならぬ。大坂を……いや、日本を取り戻すためにわしはもう一度挙兵する。太閤殿下の辞世に曰《いわ》く、『露と落ち露と消えにし我が身かな浪速《なにわ》のことも夢のまた夢』……殿下が愛された、そして、わしもこよなく愛したこの国を昔に戻すことこそ殿下とわしの夢なのだ。この世におらぬはずの、このわしのな……」

男は拳を握り締め、

「まずは……金だ。ことを起こすには金がいる。わしがやろうとしているのはきれいごとではない。心に思うただけではなく、かならずこの世を覆してみせる。そのための軍資金を得るのだ。長年かの地にて働き、かなり貯《た》めはしたが、まだまだ足りぬ。あそこならば……東照権現家康公《とうしょうごんげんいえやす》の黄金と銀があるはずだ。あれを奪うことができさえすれば……」

そのとき、目のまえの聞き手の困ったような顔つきに気づいた男は、

「はははは……なんのことかわからぬだろう。それでよい。それでよいのだ」

男にはまだ打ち明けていないことがあった。とうていこの場で口にすることのできぬ計略だ。金を奪ったうえで、そして……それが叶《かな》えば、夢は夢でなくなるはずだ。

「十六年ぶりに戻る故郷……楽しみだわい」

男は不敵な笑みを浮かべると腕を組み、

「さぞかし皆がわしの帰りを待ちわびているであろう、この中斎《ちゅうさい》の帰りをのう」

砕け散る波濤《はとう》に負けぬ声でそう言った。

◇

(今年は空梅雨《からつゆ》だったなあ……)

雀丸《すずめまる》は、印半纏《しるしばんてん》に腹掛けと股引《ももひき》という姿で上がり框《がまち》に腰をかけ、茶を飲んでいた。

これからむずかしい作業に入るまえのくつろぎのひとときである。色白であっさりした顔の雀丸は、眉も目も鼻梁《びりよう》も唇も細く、どこかのだれかが「へのへのもへじみたいな顔」と悪口を言っていたほどだが、たしかにアクがまったくない、淡泊すぎる顔立ちである。

（空梅雨で稲が育たないと、また飢饉になる。それだけはごめんだ……）

雀丸は天保《てんぽう》八年の飢饉のことを思い出していた。彼はまだ元服まえのこどもだったが、食事が一日二食になり、それも薄いお粥《かゆ》と芋の尻尾《しつぽ》で、毎日腹を減らしていたのを覚えている。しかし、父親が大坂城弓矢奉行付き与力《よりき》だった彼の家はまだましなほうだった。町人たちのなかには多数の餓死者が出た。買い占《つ》めで米の値段を吊り上げている商人たちの蔵に群集が押し寄せ、それを町奉行所の役人たちが片っ端から召し捕っている様子に雀丸は悲しさと憤りを覚えたものだ。

（さて……やるか！）

雀丸は湯呑《ゆの》みを脇に置くと、気合いを入れるために両手で顔を叩《たた》いた。

竹光《たけみつ》作りは、どの工程も気が抜けないが、とくに緊張するのは一番はじめに行う「竹割り」である。

竹を割るのはなかなかむずかしい。「竹を割ったような」性格、という言葉がある。竹が「縦にまっすぐに割れやすい」と思われていることから、さっぱりさばさばした気性の例えとして使われるのだ。しかし、竹というものは案外まっすぐには割れないものである。それを本当にまっすぐ割るにはかなりの技術を要する。

普通は、節を抜いた竹の端に鉈《なた》で割れ目を入れ、槌《つち》でコンコン叩きながら何度かに分けて割っていく。これだとたしかに竹はたやすく割れるが、途中で鉈を止めた箇所に「ぶれ」が生じ、雀丸の竹光には使えなくなってしまう。ではどうするかというと、四尺ほどの長さに切った竹を地面に立て、その「目」を見極めたうえで、真っ向唐竹《からたけ》割りの要領で鉈を振り下ろす。上から下まで一気に割る。大事なのは、その間ずっと呼吸を止める、ということだ。途中で息をすると、やはり鉈がぶれる。ほんの少しのぶれのせいで、「まっすぐ」とは微妙に違った状態になる。何年ものあいだ乾燥させて、最上の状態にある竹が台なしになってしまうのだ。

（やれやれ……）

この緊張を強いられる作業を今日は行わねばならない。雀丸は、えり抜いた太い竹に対峙《たいじ》し、鉈を刀のように構えた。

（無念無想……）

ぶれを生じさせないためには「なにも思わない」のが一番である。こう構えたほうがいい、とか、腕の力の配分を、とか、振り下ろす速さを、とか考えるとろくな結果にならない。しかし、「なにも思わないようにしよう」というのは、なにかを思っている証拠であり、本来は禅で言うところの「無」にならねばならないのだが、なかなかその境地には達せない。雀丸は大きく息を吐き、つづいて大きく息を吸った。そこで呼吸を止め、鉈を振り上げると……。

「雀丸、昼飯はまだかや」

雀丸はたたらを踏み、鉈は斜めに入って、竹は歪《ゆが》んで割れた。雀丸は深呼吸して振り返ると、

「お祖母《ばあ》さま、大事な仕事のときは話しかけないでください」

土間を上がったところにある短い廊下にずぼっと立った老婆は、相撲取りのように肥えている。柿色の頭巾をかぶり、柿色の小袖に柿色の内掛けを着ており、どこから見ても職人拵《ごしら》えの雀丸とは対照的に武家の隠居といった風である。

「なに？ おまえが大事な仕事をしておるかつまらぬ仕事をしておるか、わしにわかるわけがないではないか。そのようなことを申すなら、大事な仕事をしておるときは、『大事』と書いた高札《こうさつ》を立てておけ」

顔の大きな老婆はしゃがれた声で怒鳴った。顔も大きいが、顔の部品もすべて大きい。目も大きく、鼻も大きく、耳も口も大きい。なにに似ているかと言うと……蟹《かに》である。茹《ゆ》で上がったばかりの蟹そっくりなのだ。しかも、名前が加似江《かにえ》なのだから念が入っている。

「お祖母さま、またそのような無茶を……」

「無茶ではない。ものの道理を話しておるのじゃ。わしは、朝飯がちょびっとだったので腹が減ってしかたがない、昼飯はまだであろうか……と思うたゆえ、心のあるがまま、昼飯はまだか、とおまえにたずねた。ならば、おまえはそれを受けて、昼飯はまだです、あるいは、昼飯はもうすぐです、と答えねばならぬはず。それを、大事な仕事のときは話しかけるな、と返すのは道理に外れておるし、年長者への敬意も欠けておる。だいたいおまえは近頃……」

「はいはいわかりました。それでは昼ご膳にいたしましょう。今支度をいたします。すればよいのでしょう」

「やけくそのように言うな。飯炊きこそおまえのもっとも大事な仕事ではないか。早《はよ》ういたせ」

「お祖母さま、お忘れですか。私は飯炊きではありません。竹光屋です」

加似江はじろりと雀丸をにらみつけ、

「そんなことはわかっておる。わしはひもじゅうて死にそうなのじゃ。とっとと飯を炊け」

雀丸はため息をつき、

「お祖母さま、朝飯がちょびっとだったとおっしゃいますが、朝は味噌汁《みそしる》に大根の浅漬けで冷や飯を五杯も召し上がられました。おかげで私は一杯よりちょうだいしておりませんが」

「嫌味を申すな。五杯ならば、わしにしては少ないほうじゃ」

先日、重い病に罹《かか》り、長崎まで治療のために旅をした加似江だったが、なんやかんやで回復して以来、飲み食いのほうは絶好調だった。放っておくと際限なく食べ、際限なく飲む。年齢のわりに、魚などの脂っこいものを好むし、甘いものも大好きときている。

おかげで雀丸はふたたび金欠に陥った。

薩摩《さつま》の島津《しまづ》家と大坂の商人神坂屋郷太夫《かんざかやごうだゆう》によって雀丸の竹光を工芸品として阿蘭陀《オランダ》に輸出することになったのだが、島津家は大大名のくせにこれまた金欠で、前金を払ってくれない。できあがったものを納品し、それが売れてからでないと代金をもらえない。それは当主の島津斉彬《なりあきら》が諸外国に対抗するために、西洋風の軍備を整えたり、蘭学者を集めたり、集成館《しゅうせいかん》という洋式工場で反射炉をはじめ、地雷、大砲、ガラス、写真機、アルコールなどを作ったり……といったことに湯水のごとく金を使っているからである。その分雀丸に皺《しわ》寄せがきているという、まことに困った殿さまなのだ。

だから、とにかく雀丸は必死に働かなければならないのだ。早朝から起き出し、夜は連日夜なべをしている。加似江にはそんなことは口が裂けても言えぬが、正直、三度の食事を調えている暇も惜しいのだ。じつは米屋と酒屋、それに醤油《しょうゆ》屋の払いがかなり滞っており、先《せん》の節季のときは拝み倒して延ばしてもらったのだ。

「ほんまにひと月待ったら払《はろ》てくれるんやろな」

「もちろんです。町人に二言はありません」

「わかった。そこまで言うなら、雀《じゃく》さんを信じて貸しとくわ。ひと月後には、まちがいのう頼むで。でないと旦さんにわてが叱られるのやさかい……」

「わかっております。どんなことがあってもかならず払います」

そう言って三人とも帰ってもらった。あのときは、とにかくその場を乗り切れば、ひと月のうちになにか良い思案が浮かぶだろう、と思っていたが、結局なんの思案も浮かばぬまま、気がついたら支払日は五日後に迫っていた。

（どうするどうする。えらいことになった……）

雀丸は、横町《よこまち》奉行の仕事を休むことにした。竹光屋の入り口には今、「横町奉行は当面休業いたします。おのれのことはおのれで解決してください。あしからず。ただし竹光の注文は大歓迎」という貼り紙がしてある。

（ああ……世のなかはままならないもんだなあ……）

雀丸は心のなかでぼやいた。

「横町奉行」というのは雀丸が就いている職務だが、一文の金にもならないのが特徴なので、この際、竹光の仕事が一段落するまで看板を下ろすことにしたのだ。

（大坂の町のひとたちには申し訳ないけど、背に腹は代えられないからなあ……）

横町奉行は大坂だけに存在する特殊な役目である。大坂町奉行所の与力・同心は全部でたった百六十人しかいない。それだけで大坂全域と摂津《せっつ》、河内《かわち》、和泉《いずみ》、播磨《はりま》の四カ国における司法・行政・警察をまかなうのは無理である。なかでも「公事《くじ》ごと」つまり訴訟沙汰には時間がかかり、何年も待たされる。イラチな大坂人には耐えられない。

そこで、大坂人が公事ごとの裁きをつけさせようと自分たちで設置したのが「横町奉行」だ。

「商売の道に明るいのはもちろん、諸学問にも造詣が深く、人情の機微によく通じ、利害に動じることのない徳望のある老人が、乞われてこの地位に就いた」と物の本にあるように、横町奉行の裁きは即断即決である。裁断が不服でも文句は言えない。それを承知でないと持ち込めないのだ。そして、代々の横町奉行の裁きには、訴えの当事者双方を納得させるだけの説得力があったという。

そんな横町奉行に、雀丸のような若造が就任してしまったのだが、歳に似合わぬなかなかの名裁き振りだと好評で、浮世小路《うきよしょうじ》に住んでいるため「浮世奉行」と呼ぶものも増えているという……。

「雀丸、昼の菜《さい》はなんじゃな」

雀丸の胸中も知らぬげに、加似江がたずねた。

「えーと……豆腐があったなあ。味噌汁にしましょうか、それとも冷奴《ひややっこ》？」

「代わり映えせんのう。まあ、なんでもよい。とにかく早う食いたい。とっとと支度せよ」

「お祖母さま、お腹《なか》になにか湧いてるんじゃないですか」

「やかましい！」

　雀丸はぺろりと舌を出すと、腹掛けも外さずに台所へ行ったが、飯を炊くのがだんだん面倒くさくなってきた。水を替えながら米を何度も研ぎ、水加減を調えて、へっついで炊き上げるのだが、そのあいだずっとつきっきりで火の具合に気を配らなければならない。それでも焦がしたり、生炊きになったりすることもある。そうなったら最後、加似江の機嫌は最悪になって戻らないだろう。じつは、仕事場の隅になにげなく転がしてある竹筒のなかに、わずかばかりのへそくりを隠してあるのだ。雀丸はそれに手をつけることに決めた。

「ええ、お祖母さまに申し上げます」

「なんじゃ」

「今から米を研いでいては炊き上がるには当分かかります。今日のお昼は、『アンメリ軒《けん》』で食べませんか」

「なんじゃ、その妙な名は」

「ご存知ないですか。この小路にメリケン料理の店ができたんです。今朝、開店の引き札が入ってましたよ」

竹光屋がある浮世小路は、高麗橋筋《こうらいばしすじ》と今橋筋《いまばしすじ》のあいだにある細い通りである。風呂屋、楊弓屋《ようきゅうや》、質屋、花屋、餅屋、煙草屋《たばこや》、絵師、稽古屋……といった店のほか、出会い宿や船場《せんば》の商人の妾宅《しょうたく》も多く、浮世の縮図のようだということでそう名づけられたのである。

そんな浮世小路に数日まえ、「アンメリ軒」という西洋料理の店ができたらしいのだ。

「西洋人が料理をするのかや」

「そんなことはないでしょう。店主は、お祖母さまも知っている屯次郎《とんじろう》です」

「なんじゃ、あいつか」

加似江は顔をしかめた。屯次郎は板前だ。竹光屋のすぐ近くで、「屯々《とんとん》」という居酒屋をひとりで切り盛りしていたが、彼の出す料理のあまりの不味《まず》さに客がつかず、とうとう一年ほどまえに潰れてしまった。雀丸も加似江も近所のよしみで一度訪れたのだが、出てくるもの出てくるものその不味いこと……驚いてそれ以来行ったことはない。材料はだれでも普通に食べられるものばかりだ。それを切ったり、焼いたり、煮たりしただけなのに、どうしてあんなに不味くできるのか、雀丸にはわからなかった。

「あのときはこりごりした。当たり前の料理もできぬものが西洋料理などできるのか」

「わかりませんが……おそらく長崎に行ってカピタン付きの料理人にでも習ったんじゃないでしょうか」

雀丸はそう言うと加似江に引き札を手渡した。中央の下段に鼻が高く、蘭服を着た西洋人風の男がなぜか正座して両手を突いている絵が一色刷りで描かれ、そのうえにこう書かれていた。

朝起きればヤレ阿蘭陀が欠伸《あくび》した英吉利《イギリス》が飛び跳ねた亜米利加《アメリカ》が餅搗《つ》いた露西亜《ロシア》が相撲を取つたと異国に振り回される今般私儀果たして西洋人は日頃何を食しておるのかと興を抱き一念発起亜米利加国に渡りて長年修業の末本日満を持してかねて夢であつたメリケン風料理の店開店つかまつる。珍しいだけにあらず美味《うま》きこと日本料理に数倍する西洋料理は滋養もありて一度食せば魂を奪われること間違いなし。メリケン酒の支度もござります。皆様方におかれましてはなにとぞ永当永当《えいとうえいとう》のご来駕《らいが》あらんことをおん願い奉りまする。

西洋料理アンメリ軒店主屯次郎敬白

加似江は関心を持ったらしく、
「長崎ではなく、メリケンに渡って修業をしたと書いてあるぞよ。これは美味いかもしれぬぞ」
「でも、日本は国を閉ざしています。そんなことがたやすくできるものでしょうか」

「土佐《とさ》の万次郎《まんじろう》も、メリケンに渡って船乗りの修業をしたではないか」

「あれは、船が難破して仕方なく行ったのです。帰ってくるときも決死の覚悟だったはず……」

「まあ、どこで修業しようと美味ければよい。——もしかすると、メリケン人の料理人を雇うたのかもしれぬぞ。この絵を見よ。明らかに日本人ではない」

「それこそ無理でしょう。阿蘭陀人でも出島《でじま》から出られないのに……」

すっかり乗り気になった加似江とともに雀丸は店の外に出た。地面でなにかをついばんでいた雀たちが一斉に飛び立った。このあたりは堂島《どうじま》の蔵屋敷が近いので雀が多いのである。

アンメリ軒の場所はすぐにわかった。まえの「屯々」と同じ場所なのだ。というより、「屯々」の看板を「アンメリ軒」に掛け替え、柱と屋根に赤い色を塗っただけで、外観はなにも変わっていない。しかし、表にひとが行列しているではないか。しかも、ざっと数えて五十人ほどいる。これがみんな「屯々」の客なのだろうか……。

「これは無理ですね。我々の番が来るまでに日が暮れてしまいます」

「そうじゃな。惜しいが今日はあきらめよう」

少しはごねるかと思っていた加似江も、空腹のせいかあっさりと引き下がった。

「せっかく来たので挨拶だけしておきます」

雀丸は赤く染めた縄暖簾《のれん》のあいだから首を突っ込み、

「屯次郎さん、引き札を見てきたんですが、満員なのでまた今度参ります」

広い額に赤い捻《ね》じり鉢巻をして赤い前掛けをした男が板場から振り返り、

「おお、雀さんかいな。すまんな。ごらんのとおりやさかい、今日は堪忍して。また、ゆっくり来てんか」

そう言って汗を拭いた。

「ひとりで切り盛りされてるんですか。たいへんですね」

「そやねん。身体《からだ》が持たへんわ」

「商売繁盛、けっこうなことです」

雀丸が店のなかを見回すと、床几《しょうぎ》の色も赤、入れ込みに置かれている屏風《びょうぶ》も赤、敷かれている板台も赤、皿などを載せた盆も赤……どうやら屯次郎は、なんでも赤くしておけばメリケン風になる、と考えているようだ。壁に貼られた品書きには、「パン」「ソウプ」「ソウセイジン」「カステイラン」など不思議な言葉ばかりが並んでいて、とても興味深い。客たちが食べている様子を見物しようとしたが、

「雀丸、行くぞ」

空腹に耐え切れなくなったらしい加似江が急《せ》かすので、後ろ髪を引かれつつ、雀丸は店を出た。

前に冷や酒を二合、雀丸はすうどんを頼んだ。

「お待たせしました。どこへ入りましょう」

「うむ、久しぶりに『狸《たぬき》うどん』にでも行くか」

狸うどんは、店主が狸によく似た顔なのでそういう屋号になったらしいが、稲荷寿司《いなりずし》が名物で、「稲荷好むは狐《きつね》のはずぢやが主が狸とはこれ如何《いか》に。浮世小路の狸うどんで腹鼓」という看板が表にかかっている。暖簾をくぐると時分時《じぶんどき》なのでなかは一杯だった。むりやりふたり分の席を作ってもらい、加似江はしっぽくうどん大盛りと稲荷寿司二人前に冷や酒を二合、雀丸はすうどんを頼んだ。

(金のないときにえらい散財だけど……ま、いいか。なるようになる!)

先のことを考えるのをやめた雀丸がよく出汁《だし》のきいた熱々のうどんを啜《すす》っていると、加似江が急に、

「そう言えば、おまえの父親《てておや》もすうどんが好物でな、うどん屋に入ると、わしがたまには天麩羅《てんぷら》うどんやおかめうどんを食えとすすめても、頑として言うことを聞かなんだ。親子というは好みが似るものだのう」

「へえ……そうでしたか」

雀丸は、父親の藤堂鷹之助《とうどうたかのすけ》と外食をした記憶がない。代々、大坂城弓矢奉行付き与力という立派な役に就いていた家柄だが、鷹之助の代になって突然貧窮したらしい。それは母親の加似江が大食いで大酒飲みのせいだった……わけではないようだ。城勤めの身

として、飢える大坂の民の難儀を見て見ぬふりできず、あちらこちらから金を借りてそれをすべて飢えた大坂の民にほどこしてしまったらしい。そんな具合だから、日頃から大塩平八郎《おおしおへいはちろう》にも共感していたようで、大塩が乱を起こしたときは、挙兵に加担したのではないかと疑われて、厳しい取り調べを受けたという。嫌疑が晴れたのちは、

「救民のためには町奉行や悪徳商人を倒すほかに道なし、という大塩中斎殿の強い思いはわかるが、大坂を火の海にしたことは許し難し」

と周囲に語っていたそうだ。そんな父親だから、すうどんを格別好んでいたわけではなく、

（うどんに具を入れるのは贅沢《ぜいたく》だ）

と考えていたのではないか、と雀丸は思った。

（これだけ贅沢が好きで金遣いの荒い母親からそういう人物が生まれるとは……まったく親の振り見てわが振り直せ、とはこのことだなあ……）

しっぽくうどんの具をアテに二合の酒を飲んだあと、さらにもう二合追加し、稲荷寿司をアテに飲んでいるわが祖母を斜め見しながら雀丸はつくづくそう思った。

（父上が亡くなったあとはたいへんだったからなあ……）

鷹之助が若くして死去したあと、大勢の借金取りがやってきた。鷹之助が存命のうちは大目に見てくれていたのだが、死んだとなると取りはぐれては困るとばかり容赦なく

取り立てていく。父上は良いことをしたのにどうしてこんな目に遭うのですか、と加似江にたずねると、

「ひとを助けるための行いであっても、おのれの手にあまることをした報いが来たのじゃ」

という返事が返ってきた。そのときは理解できなかった雀丸だが、今ならわかる。他人を救うためにおのれの金を投げ出すのはよいが、よそから金を借りての「善行」は無責任な行いになってしまう、ということだ。しかし、雀丸には父親がそうした気持ちもよくわかった。

「おまえの父親はひとさまを助けたにもかかわらず、ほめられもせず、謀反《むほん》の疑いをかけられただけであった。その息子のおまえが、一文にもならぬ横町奉行をしておるというのも、これまた親に似るというやつじゃな」

そう言って笑っている加似江がいちばん無責任なのだ、と雀丸は思ったがもちろん口には出さなかった。考えてみると、彼が今、竹光屋をしているのも父親のおかげなのだ。鷹之助の死去にともない藤堂家の跡継ぎとなった雀丸は、父親の残した借金を返すために先祖伝来の名刀を売り払ったのだが、刀がなくては城勤めはできぬ。やむなく竹光を差すことにしたが、偽物《ぎぶつ》のわりには竹光もけっこう高額だ。しかたなく自分で作ることにしたのだが、これが案外上手《うま》くいき、その後いろいろあって武士を辞め今に至る……

というわけだ。

なりゆきでそうなったとはいえ、今にして思えば、竹光を作る仕事というのはいろいろな意味で雀丸に合っていた、と言えた。武家の跡取りとして生まれた雀丸は幼いころから父親に直心影流《じきしんかげ》の剣法を仕込まれた。しかし、「勝ち負けをつける」ことが苦手で、通っていた道場で試合をするよう言われると、二、三合も撃ち合ったらあっさり木刀を引き、

「参った」

と頭を下げてにこにこ顔で自分の席に戻る。

「真剣勝負のつもりで、相手を殺すつもりで立ち合え」

などと煽《あお》られると、わざと小手を打たせてすぐに負ける。「相手が憎いわけでもないのに、争う理由がない」からなのだ。そんな性格だから、そもそも武士には向いていない。ひとを傷つけることがない竹光を作るのは彼の性に合っていたし、手先が器用で、細工物を拵えるのが好きなので、竹光作りは雀丸にとって天職のようなものだった。

争いごとが嫌いな雀丸は、横町奉行として訴えごとを裁くときも、できるだけ双方が最後には仲良く和解できるよう心がけていたし、近頃の諸外国の動きやそれに対する国内の動きに関しても、

（向こうもこちらも同じ人間だ。話してわからないはずがない。どんな国とも仲良くし

たらいいのに……)

と思っていた。異国の要求に屈するな、船が来たら打ち払え、開国などもってのほか、異人に日本の土を踏ませるな……と主張するのは暴論だと思っていたが、ではどうしたらいいのだ、と言われるとその答は持ち合わせていなかった。ただ、このことで国内の意見がいくつかに分かれ、親しいものたちのあいだに亀裂が入ったり、争いが勃発するようなことだけは避けてほしかった。

(とにかく平和がいちばんだよ……)

雀丸は、政《まつりごと》にも異国の動向にももともとなんの関心もなかった。ただ、のんびりと日々を送ることが願いだった。しかし、今の世の大きな動きは無関心派のはずの雀丸の身辺にもひたひたと迫っていた。先日、土佐や長崎に赴くことになったのも、そういう流れと無関係ではない。

(いずれなにか大きなことが起きるのではないか……)

とは思うものの、そのときが少しでも先であることを雀丸は祈っていた。

「なにを考えておる。うどんがいらぬなら、わしが食うてやるぞ」

加似江が箸を伸ばしてきたので、雀丸はあわてて残りのうどんを啜り、汁を飲んだ。

「うはははは……食うた食うた、飲んだ飲んだ」

「狸うどん」の表に出た加似江は満足そうにおのれの腹を撫《な》でた。結局、加似江は大盛りしっぽくうどん、稲荷寿司二人前に酒を七合も飲んだのだ。顔が赤くなり、よりいっそう蟹に似てきた。足もともふらついている。

「あーあー、大散財ですよ」

今は節約にも節約を重ねなければならないはずなのに、とんでもないことになった、と雀丸は思ったが、後の祭りである。

「よいではないか。竹筒のなかのへそくりで払えばよい」

「ごごごご存知だったのですか」

「あたりまえじゃ。あんなところに長いあいだ竹筒が放り出してあるのだ。妙に思わぬほうがおかしかろう。わざとらしゅう埃《ほこり》をまぶしたりしてある。振ってみると、まあ、たいした額ではないな」

「恐れ入りました」

「言うておくが雀丸、わしももとは武士の妻じゃ。多少のへそくり金《がね》はある」

武士の妻とへそくりとなんの関係があるのかわからないが、雀丸はうなずいた。

「だが、それはおまえのように容易《たやす》う見つかるところにはないぞ。おまえが見事見つけ出せたなら、くれてやろう」

「ええっ！」

雀丸は加似江の強欲さをよく知っている。だから、加似江がこんなことを言うのはよほど隠し場所に自信がある、ということなのだ。

「わかりました。探します」

「むほほほほ……探せるものなら探してみよ」

ふたりが竹光屋に戻ってくると、男がひとり、紺の暖簾のまえに立っている。町人なので竹光の注文ではなさそうだ。男は雀丸を見ると駆け寄ってきて、

「横町奉行さんだすか」

「はい……そうですけど」

「わて、順慶町《じゅんけいまち》に住んどります矢伍作《やごさく》ゆう八百屋ですねんけど、隣の家に占い師がおりまして、そいつが毎晩酔っ払って帰ってきてはでかい声で歌歌《うと》うたり、壁を叩いたり蹴ったりしまんのや。八百屋商売、朝早《は》よおまっしゃろ。うるそうて寝てられしまへんねん。なんべん言いに行っても改めようとしまへん。昨日も大喧嘩《おおげんか》になって、わて、頭をさんざんどつかれましたんや。腹立ちまっせえ」

「ちょ、ちょっと矢伍作さん、なんの話ですか」

「なんの話て、決まってますがな。わてと占い師の揉《も》めごとを裁いてほしいんだす。横町奉行からあの占い師に、二度と酒飲んで騒ぐな、て申し渡してくれたら、さすがにあいつも言うこときよりますやろ」

「いやー、すいません。今、これなんです」

雀丸は入り口に貼られた「横町奉行は当面休業いたします。おのれのことはおのれで解決してください。あしからず」という貼り紙を指差した。八百屋は、

「そんな殺生な。わては毎晩寝不足だすのやで。商売にならんと困ってまんのやで。そういうもんを助けるのが横町奉行とちがいますのか」

「そらまあそうなんですが、うちにもいろいろと事情がありまして……」

「そんなことは知らん。大坂の町のもんを助けるのが横町奉行の仕事だすやろ」

「休業中なんで、それが終わったらまた再開させてもらいます。それまで待っててもらえませんか」

「アホなことを……わては今、今の今、今の今の今寝不足だすねん。そんなに待ってたら死んでしまいますがな。とにかくあの酔っ払いをなんとかしてもらわんと仕事にならんのや。今から順慶町まで来とくなはれ」

矢伍作はそう言うと、雀丸の腕を摑《つか》んで引っ張った。

「無理ですってば。あなたの仕事も大事でしょうが、私もこれから仕事を……」

「あんたの仕事は酔っ払いをおとなしゅうすることや」

そのとき加似江が浮世小路中に響くような大声で大喝した。

「やかましいわい！」

矢伍作は両耳を押さえて、

「あんたがいちばんやかましいわ」

「なに抜かす。さっきから聞いておったら、酔っ払いをなんとかせえとか二度と酒飲んで騒ぐなとか言うておったが、酔っ払《ぱろ》うてなにが悪いんじゃ。酒を飲んだら気が大きゅうなって、楽しい気持ちになって、多少大声出したり、歌うたり、騒いだりするのはあたりまえのことじゃ。酔っ払い万歳じゃ」

矢伍作は雀丸を見て、

「このおばあ、酔っ払っとるがな。おとなしゅうさせてんか」

「あはは……私には無理です」

加似江はなおも続けた。

「その占い師が酔うておるなら、おまえも一緒になって酔っ払えばよい。そうすれば騒々しさも気になるまい。そのうちに寝てしまうじゃろう。どうじゃ！」

「どうじゃ、と言われたかて、わてはその……」

「わしがちゃんと裁いてやったであろうが。帰れ、帰れ、帰れ！」

加似江が拳を振り上げると、矢伍作はほうほうの体《てい》で逃げていった。

「ああいう手合いは困ったものじゃ」

「まことに。横町奉行はなんでも屋ではありませんから……」

ふたりは店のなかに入り、加似江は、

「わしはしばらく昼寝する。起こすでないぞ」

そう言うと奥に入っていった。しばらくすると大きないびきが聞こえてきた。

（たしかに眠れないときは酒が薬だな。お祖母さまの助言は案外当たっているかも……）

雀丸はそんなことを思いながら仕事場の茣蓙《ござ》のうえから鉈を拾い上げた。竹割りの続きをしなければならない。

（無念無想……）

雀丸は新しい竹のまえに立ち、目をつむった。息を止め、神経を集中する。

（やるぞ……！）

カッと目を開け、鉈を振り下ろそうとしたとき、

「あんたが横町奉行か？」

またしても雀丸の鉈は斜めになった。声のしたほうを見ると、褌《ふんどし》一丁の裸身に半纏を一枚ひっかけただけの男が立っていた。

「はい……そうですけど……」

「わしな、棒手振《ぼてふ》りの魚屋しとる次郎吉《じろきち》ゆうもんや。すぐに来てくれ」

「え？　え？　今からですか？」

「そや。ことは一刻を争うねん」

「でも、入り口に貼ってあったでしょう。しばらくのあいだ横町奉行はお休みなんです」

「アホかあっ！　横町奉行に休みなんぞない。わしらのために身を粉《こ》にして働くのが横町奉行やないかい」

「いや、そう言われても私にも仕事が……」

「ごちゃごちゃ抜かすな。わしとこの魚がここ何日か続けて盗まれとるんじゃ。その盗人《ぬすっと》を詮議して、捕まえてくれ」

「そういうのは町奉行所に願い出てください」

「なんやと、こら！　横町奉行のくせにわしの頼みがきけん、ちゅうんか。おのれ、ぐずぐず抜かしよったら、そのどたま、げんこでかち割るで！」

「乱暴だなあ。まあ、落ち着いてください。魚はどんな風に盗まれるんですか」

「わしがちょっと目ぇ離した隙に、サンマでもイワシでもぴゃっと持っていきよる。あっという間の早業でな、だれもその盗人を見たことがないのや。疾《はや》きこと風のごとし、ゆうやつやな」

「魚は、一度に何匹も盗まれるのですか」

「いや、一匹だけや。それが不思議なことに、高い棚のうえに上げといても、用心籠に入れて重石《おもし》載せといてものうなるのや」

「ははあ……」

「なにがははあや。はよう来てくれ」

「もしかしたら隣近所で猫を飼ってるうちがありませんか」

「猫やったら向かいの糊《のり》屋のおばんが三毛猫を飼《こ》うとる。なかなか可愛《かわい》いで。わしにもよう懐いとる」

「それでわかった。魚盗人は猫の仕業です。猫ならだれにも見られずに盗めますし、屋根のうえでも上れますし、用心籠の目から出入りできるでしょう」

「そうか、あのガキやったか！　どうしてくれよう。帰ったらとっ捕まえてギタギタにしてこましたる！」

「いえ、それは良い思案ではありませんよ」

「なんでや。盗人猫やないか！」

「あなたも、なかなか可愛いし、よく懐いているとおっしゃっていたでしょう。それなら、一日に一匹イワシをあげるぐらい、かまわないじゃありませんか」

「そ、そらまあそうやけど……」

「その猫も、顔なじみの気安さからひょいとくわえて持っていってるだけで、盗んだとも思っていないんじゃないですか？　あなたも飼い主のひとりだと思って、餌をあげてるつもりになればいいんです」

「そやなあ。ほな、そないするわ。さすが横町奉行、名裁きやったなあ。おおきに、さいなら」

男は帰っていった。こうなったらいっそのこと戸締まりをしてしまおう、と雀丸が入り口まで行くと、男と入れ替わりにまたべつの男が入ってきた。

「おう、あんた、横町奉……」

「あーっ、お断りです。今日は横町奉行はやめ。お裁きはなし。さあ、帰った帰った」

「話ぐらい聞いて……」

「だめだめ。そんなことしてたら日が暮れます。帰ってください」

雀丸は男を裏向きにして背中を押し、店から出した。すると、またその男と入れ替わりに別の男が、

「あのー、ごめんなはれ。こちら横町……」

「ダメダメダメダメダメ！　今日は休業、今日は休業……」

雀丸はその男も追い出して、戸を閉め、心張《しんば》り棒をかった。汗を拭き、もとの場所に戻る。

（今度こそだれにも邪魔されないぞ……）

雀丸は鉈を手にして、呼吸を整えた。戸を閉めたせいか周囲は静かである。奥から加似江のいびきが規則正しく聞こえてくるだけだ。

（やっと落ち着けた……）

竹をまっすぐに立てる。鉈を振り上げ、そして……。

「すいませーん！」

若い女の声だ。雀丸はさすがに声を荒らげて、

「いいいいいかげんにしてくださいっ！　ダメなものはダメ、ダメったらダメなんです！　横町奉行は……横町奉行は当面休業って書いてあるでしょう！　お願いですから仕事させてくださいっ！　私は竹光を作らねばならないのです！」

「そうなんです。竹光を拵えてほしいのです」

「え……？」

もしかして……。

「あのー、お客さんですか？」

「はい。こちらの竹光がまことの刀そっくりのすばらしいものと聞きましたので、ぜひにと思ってうかがいました」

雀丸は鉈を放り出し、心張り棒を蹴っ飛ばし、戸を開けて、揉み手をしながら女を迎え入れた。十八歳ぐらいの武家娘である。着ているものは、かなりくたびれてはいるがもとは高価なものと思われた。

「あの……休業中ではないのですか」

「いえいえ、あれは別の話です。竹光はいつでも開店中です。どのような竹光をお望みですか」

雀丸は、上がり框に座布団を敷き、そこに娘を掛けさせた。

「和泉守国貞《いずみのかみくにさだ》という刀をご存知でしょうか」

「井上真改《いのうえしんかい》の父で大坂新刀の祖と言われている名工の作ですね」

「わたくしの兄の刀が、その国貞が鍛えたひと振りなのです。兄は長《なが》の浪人暮らしでこの度やっと、あるご家中に召し抱えられることになったのでございますが、恥ずかしながらその支度をするための金子《きんす》がなく、羽織袴《はかま》を調えることができませぬ。兄は祐筆《ゆうひつ》を見込まれて書き物役としての出仕であることをさいわいに、先祖伝来の刀を売り払い、支度金に当てることにいたしました。――なれど、形だけでも大小は差さねばなりませぬ。そこで、評判の高い雀丸殿に、和泉守国貞そっくりの竹光を拵えていただきたいのです」

「なるほどなるほど。――で、その刀を拝見することはできますか」

「それがその……兄は今、よんどころない用件で旅に出ておりまして……」

「それは困りましたね。一度この目で見て、手に取って検分しないと瓜二《うりふた》つにはできかねます。旅からお戻りになってからではいけませんか」

「それがその……急ぐのです。兄が仕官先に参るのは三日後なので、それまでに作っていただきたく、それでわたくしが代わりにお願いにあがったのです」

「はあ……そうですか……」

「刀身だけでよいのです。売り払う相手先は、中身だけが欲しいと申しております。ですから、刀身の竹光を作っていただければ、鞘《さや》や鍔《つば》、柄《つか》、目釘《めくぎ》、鎺《はばき》などは本物を使えますゆえ……」

「それでもやはり、見せていただかないと、鞘にぴたりと入るように作るのはむずかしいです」

「わたくし、少し絵心がございまして、その刀の絵を描いて参りました。ご覧ください」

そう言って娘は一枚の大きな絵をその場に広げた。雀丸は目を見張った。それは「少し絵心がある」という程度のものではなく、見事な絵であり、かつ図面であった。刃文《はもん》、鎬筋《しのぎすじ》、地肌、三つ頭《がしら》、樋《ひ》、帽子などがきっちりと表されており、彩色がほどこされている。しかも、正確な寸法も書き込まれているのだ。

「うーん……すばらしいですね。これならなんとかなりそうです」

「ありがとうございます！　抜刀しても露見しないでしょうか……」

「はい。その気遣いはありません」

「でも、重さは……」

「芯に鉄の薄板を仕込みます。もとの刀よりはやや軽くなりますが、お兄さんはともかく、他人が持ってもおそらく気づかれることはないでしょう」

「それはその……兄も気づかないほどでしょうか」

「え？　お兄さんはそれが竹光であることをご存知なのでしょう？　だったら、気づくもなにも……」

「あ、そうでした。兄も……きっと兄も喜ぶと思います。では、三日後に受け取りに参ります」

「あの……竹光の値ですが、国貞なら三両いただくことになります。それでその……えーと……申し上げにくいのですが、前金として一両ちょうだいできますか」

長い浪人暮らしで差料を売らねばならぬほど困窮している相手に前金を要求するのは心苦しかったが、これも商売である。しかし、娘は案外簡単に、

「承知いたしました」

そう言うと懐から財布を取り出し、一分《ぶ》銀四枚を雀丸に手渡した。雀丸は前金の受け取りを書いて娘に渡し、もう一枚の紙に、

「ここにお名前とお住まいを書いてください」

娘は「山部《やまべ》キク　天満同心町《てんまどうしんまち》」と記した。

「同心町ですか。私もあのあたりに知り合いが住んでいます。東町奉行所の同心で皐月《さつき》さんという方なんですが……」

雀丸が言うと、娘はなぜかうろたえたように目を泳がせ、

「そ、そうですか。わたくしは存じません。――では、三日後、かならず遅れぬようお

願いいたします」

そして、急ぎ足で店を出ていった。雀丸は、一分銀四枚をしげしげと見つめた。

（きっとこの一両を作るのにはかなり苦労したのだろうな……）

そう思うと申し訳ない気分になったが、一方では、

（これで五日後の支払いができる……！）

なんとも時宜を得た、ありがたい仕事であった。

（やっぱり真面目《まじめ》に生きていると、こういうことがあるんだな……）

一段と高まった加似江のいびきを背景に、雀丸は竹割りをはじめた。

◇

鴻池善右衛門《ぜんえもん》は両替商仲間の寄り合いに顔を出したあと、堂島の料亭に場を変えてしたたか飲んだ。出席者は皆、両替屋の株を持っているものたちである。商売仇《がたき》ではあるが、長年の付き合いで気心も知れている。腹のうちを探りあったり、発言の裏を読んだりしあいながら飲むのもまた楽しいものなのだ。

酒席の話題はもっぱら大名貸しのことだった。

「なんぼ天下の大名やいうたかて、勝手向きはぴぃぴぃしとる。何十万石の殿さんが毎日お粥《かい》さんに塩かけて啜っとるらしいで」

「わしらのほうがずっと贅沢しとるわなあ」

「そらそや。日本でいちばん美味いもん食うて美味い酒飲んでるのはわしらやろ」

諸大名たちの財政は逼迫《ひっぱく》していた。参勤交代の費用や江戸屋敷などの維持費用だけでも莫大《ばくだい》なものなのに、公儀はそのうえに江戸城や寺院、橋の改修といった手伝い普請などを課した。それらを大名家はすべて領地で収穫される米や特産物だけでまかなわねばならないのだ。

やむなく大名たちはその米を担保にして豪商から金を借りた。これが「大名貸し」である。借りても返す当てはないから、一旦返済すると同時に翌年の収穫を担保にまた金を借りる。その繰り返しである。もし凶作になれば、この仕組みが崩壊してしまう。だから、たとえ凶作になっても、大名家は農民から年貢米をむしりとり、大坂に送って金に換えるしかない。こうして飢饉が起きるのだ。

「鴻池はんなんか、合わせてどれぐらい貸してはりますのや」

「さあ……勘定したことないわ。番頭にきいてもわからんかもしれん」

豪商たちはこの大名貸しによって膨大な利益を得た。なかでも鴻池家はその筆頭である。全国の大名家のうち、三分の一は鴻池家から金を借りているという。「鴻善ひとたび怒れば天下の諸侯色を失う」という言葉も公然と流布されている。鴻池善右衛門は「日本一の金満家」なのである。

「向こうはお大名やさかい、貸してくれ、て言われたら断りにくいけど、どう考えても払えんやろ、という相手に金貸すゆうのもなあ……」

「せめて利だけなと返してくれたらよろしいけど、それも滞るとこが多いわな」

「利を払うだけましだっせ。『お断り』食ろたらおしまいや。京の山田屋《やまだや》はんは、こないだそれで潰れはりましたがな」

大名貸しは商人にとって良いことばかりではなかった。相手が大名であっても、貸し倒れの可能性があるのだ。元金はもとより、年々膨れ上がる利子をも払いきれなくなった大名家は老中に泣きついて、商人に借金を棒引きにさせた。これを「お断り」という。要するに借金の踏み倒しである。これを食らわされた商人は泣き寝入りするしかなく、身代限りになる店も多かったのである。

「ほんまにかなわんなあ……」

「この先、商人と共倒れになって潰れる大名も出てくるんやないやろか」

「そやなあ……後ろ盾になっとる徳川はんがあんな具合やさかい……」

「しっ。だれに聞かれてるやわかりまへんで」

「かまへんがな。ほんまのこっちゃ。だいたい今の世の中、わしらよりえらいもんはおらんのや。なに言うたかてええ」

「そやけど、徳川がぶっ潰れたらどないなります？　わしらも商いでけんようになるんとちがうやろか」

「さすがに徳川が潰れることはおまへんやろ」

「わからんでえ。なにが起きるか、一寸先は闇や」

「あはははは。冗談《てんご》言いなはんな。――さあ、しょうもないことは忘れて、飲みまひょ」

「そやな。飲も飲も。飲まな損や」

さんざん飲み食いしたあと、善右衛門は料亭の表に出ようとした。すると、内儀が駆け寄ってきて、

「すんまへん、旦さん。いつもの駕籠《かご》屋に声かけたんだすけど、みな出てしもとるみたいだすのや」

もちろん鴻池家は自前の駕籠も持ってはいるが、同業者に豪奢《ごうしゃ》な駕籠を見せびらかすのも嫌味である。なので、こういうときは町駕籠を頼むようにしていた。善右衛門は、鶴松《つるまつ》という駕籠屋に籍を置く三太郎《さんたろう》と平助《へいすけ》という駕籠かきが贔屓《ひいき》で、そのふたりが空いていれば彼らに、いなければ鶴松のほかの駕籠かきに声をかけるのが常だった。しかし、今夜はどうした加減か、鶴松の駕籠がすべて出払っているらしい。

「あてがだんどりしときながらどんなこって……。よその駕籠按配《あんばい》してきますさかい、うちらでもう少し休んどいとくなはれ」

善右衛門は、待っていたふたりの丁稚《でっち》の片方に土産《みやげ》の折り詰めを持たせると、

「ああ、かまへん。ここからやと家もそないに遠ないさかい、酔い覚ましにゆっくり歩いて帰るわ」

鴻池家は大坂のあちこちに店や別宅を持っていたが、本邸は今橋にある。

「よろしゅおますか。えらい不細工なことですんまへん」

「大事ない。ほな、えらいごっそうさん。近々また来るわ」

そう言うと善右衛門は内儀に心付けを渡した。

「いつもおおきに」

「旦さん、お気をつけて」

内儀や店のものたちに見送られながら、善右衛門はもうひとりの丁稚に提灯《ちょうちん》を持たせ、表に出た。夜風がほろ酔いの頰をなぶり、心地よい。ここから難波小橋《なんばこばし》を通って堂島川沿いに東へ向かい、難波橋を渡って今橋へ帰る算段である。

「由吉《よしきち》、あんた、ひとりで先々行ったらどもならんで。わしの足もとを照らしてくれなあかんやないか。歩く幅をわしに合わせて、ちょっとずつ先を歩きなはれ」

「すんまへん、旦さん」

「こういうのは心得ごとやで。――忠吉《ちゅうきち》、あんた、お土産の折りを斜めに持ちなはんな。高野《こうや》豆腐とかの汁はなんぼかはしぼってくれてはるやろけど、全部しぼったらカスつくやろ。斜めにしたらそれがこぼれてしまうがな。両手でまっすぐ、捧《ささ》げ持つようにしなはれ」

「へえ、旦さん、すんまへん」

「そういう細かいことがちゃんとでけてるかどうかで丁稚としての働きがわかるのや。そしたら、うえのもんも目ぇかけてくれるようになる。よそさんからもほめてもらえる。わかったな」

「へえ」

　ふたりの丁稚はうなずいた。

　その晩は雲が厚く、月明かりはひと筋もなかった。左右の店も戸を閉めている。ひと通りはない。振り返ると、さっきの料理屋は深い闇のなかに沈み、どこにあるかわからなくなっている。ときどき屋根のうえを猫が走る。そのたびに善右衛門は立ち止まり、

「ああ、猫ちゃん……」

　とつぶやくのだ。

　難波小橋を渡り終えたあたりで、善右衛門は額の汗を手ぬぐいで拭い、

「ああ、しんど」

「旦さん、大丈夫だすか」

「近いと思とったけど、案外遠いもんやな。飲みすぎたせいか、身体がほめいてどもならん。やっぱり駕籠を待つのやったかな……」

そんなことを口にしたとき、少し先に一丁の町駕籠が道を横に塞いでいるのが見えた。先棒のものが提灯を持っており、その光のなかに駕籠全体がぼんやりと浮き上がっている。

「旦さん、ええ具合に駕籠がおます。空《から》駕籠やったら雇いまひょか」

「そやな……由吉、どこの駕籠か照らしてみなはれ」

丁稚が提灯を高く上げると、駕籠に記されていたのは「鶴松」の紋だった。

「おお、鶴松の駕籠やないか。拍子のええとこで会《お》うたもんや」

その声が聞こえたらしく、駕籠の前後から、

「もしかしたらそこにおいでになられたのは鴻池の旦さんだすか」

「そや。おまえらはだれとだれや」

「三太郎と……」

「平助でおます」

「はははは。ここで会うたが百年目、いうやつやな。もう放さんで。本宅までは目と鼻の先かもしらんけど、酔いが回ってしんどいのや。行ってくれたら五両出すで」

「ごご五両だすか！」

「かまへんやろ。ほな、乗せてもらうで」

「それが旦さん……あきまへんのや」

三太郎の声は暗く、しかもなぜか震えていた。

「なんであかんのや」

「先客さんが乗ってはりますねん」

「なんやて？　悪いけどそのお客さんには理由《わけ》を言うて降りてもらえ。そのお方にもわし、五両出すで」

平助が、これも震え声で、

「そのお客さんというのが……お侍だすのや」

「お侍でもかまへんやないか。五両であかんのやったら十両払お。こうなったらわしも天下の鴻池や。意地でもその駕籠に乗ってみせる。あかんというなら駕籠ごと買い取ろ。いや……鶴松の店ごと買い取ったかてかまへんで」

そこまで善右衛門が豪語したとき、駕籠のなかから声がした。

「はてさて……大坂の素町人《すちようにん》と申すものは見識の高いものだな。たかが町駕籠に乗りたいがために、万民のうえに立つ武士を相手にその駕籠を買い取ると申すか。不埒千万《ふらちせんばん》。思い上がるのもいい加減にしろ！」

こうなると善右衛門もあとには引けない。

「お侍さま、どこのどなたかは存じまへんけど、わしは武士が万民のうえに立ってるとは思てしまへん。その証拠に、そのお偉いお侍がみんな頭を下げてうちにお金を借りにきますがな。お大名のご家老さまやお留守居役さまが揉み手をしながら毎日来はります。今の世の中、刀持ってはるより金持っとるものが偉いのやおまへんかいな」

酔っていたせいか、善右衛門はかなり強い口調になってしまった。言い過ぎたか、と思ったが、一度口から出た言葉は戻すことができない。ふたりの丁稚はどうなることかと青ざめている。

「善右衛門……刀より金を持つものが偉い、とたしかに申したな。そうではない、ということを教えてつかわそう」

駕籠の垂れが上がり、なかからぬっくりと現れたのは、覆面をした、かなり身分の高そうな侍だった。浪人ではなく、主持《しゅうも》ちのようだ。

(駕籠のなかでも覆面をしとるのか……)

善右衛門がそう思ったとき、侍は左手に摑んでいた刀を抜き払った。

「ひえーっ!」

「お助けーっ!」

丁稚たちは提灯も折り詰めも放り出すと、主を見捨てて逃げていった。三太郎と平助は直立不動で成り行きを見守っている。善右衛門は度胸をすえると、

「お侍さま、金を払うさかい駕籠を譲ってくれ、と申し上げたのは失礼やったかもしれまへん。金を持ってるほうが偉いと言うたのも、言葉が過ぎたかもしれまへん。けどな

あ……それぐらいのことで怒りにまかせて刀を抜くというのはやりすぎやおまへんか。たとえ町人でも、往来でひとりひとり斬れば、あんたもただではすみまへんのやで。悪いことは申しまへん。やめときなはれ。ここに十両おます。これを差し上げますさかい、このまま帰りなはれ。あんたも、ここでたまたまわしに会わなんだら、なにごともなくお屋敷に帰れましたのや。今ならまにあいます。刀を収めとくなはれ」

侍は、覆面のなかで低く笑い、

「たまたま、ではないのだ」

「――え？」

「わしはここでおまえを待っておったのだ」

「ど、どういうことでおます」

三太郎が、

「こここここのお侍さんが夕方鶴松に来て、駕籠をみな押さえてしまいはったんだす。わてらふたりが旦さんに親しい、ゆうことを聞いて、わてらの駕籠に乗りはりましてな……」

平助があとを引き取り、

「旦さんが今夜行く料理屋と本宅のあいだぐらいに駕籠を止めて待っとけ、て言わはって……」

善右衛門は侍に向かって、

「ほな、最初《はな》からわしを斬るつもりだしたんか。うまうまとその計略に乗ってしもた、ゆうことだすな」

「そういうことだな」

そのとき平助が侍の背中に体当たりを食らわし、

「旦さん、逃げとくなはれ！」

「こやつ……！」

侍は平助に斬りつけた。平助がぎゃっと叫んだのを背中で聞きながら、善右衛門はやみくもに走り出した。

（すまん、平助……）

心のなかで謝りながら、必死に駆けていた善右衛門のまえに、二つの影が立ち塞がった。

「逃げられると思っていたのか」

影のひとつがそう言うと、抜刀した。もうひとりも柄に手をかけた。そのとき雲が切れ、月光の滝が彼らに降り注いだ。ふたりとも覆面をした侍だった。

「あんたら……なにものや」

応《いら》えはない。

「金が目当てか。金ならやる。なんぼでもやる。今はそれほど持ち合わせはないけど、店に行ったら千両箱が唸《うな》っとるさかい、勝手に持っていってくれ」

「ほざくな。なんでも金で片づけようとしてきた罰が当たったと思え」

左の侍が斬りかかってきた。善右衛門はよたよたとそれを避けた。どうやら狙いは彼の命のようだ。間髪《かんはつ》を容《い》れず、もうひとりが刀を鞘走らせながら斬りつけてきた。居合いである。羽織の紐《ひも》と帯が縦に切り裂かれているのを見て、

(これでわしもおしまいか……)

左の侍は刀を大上段に振りかぶり、

「死ねえっ！」

と叫んだ。恐ろしい殺気とともに刀は善右衛門の肩から胸にかけてを袈裟懸《けさが》けに……したはずだった。しかし、善右衛門はなぜか後ろへ吹っ飛ばされただけだった。肩口が痛むが、それだけだ。

「な、なぜだ……」

斬った侍は、なにが起きたのかわからずおのれの刀を見ている。しかし、すぐに気を取り直し、

「つぎは外さぬぞ」

善右衛門が震えながら二撃目を待っていると、

「おいっ、そこでなにをしている！」

背後から険しい声が飛んだ。覆面の侍たちはそちらを向いた。丸提灯を持って立っていたのは着流しに黒紋付の侍だった。顔は、夜目にもわかるかなりの馬面《うまづら》である。

「わしは東町奉行所定町廻り《じょうまちまわ》同心皐月親兵衛《しんべえ》である。貴様らはなにものだ！」

その言葉を聞くや、三人は明らかに動揺した様子だった。顔を見合わせ、善右衛門と皐月親兵衛を交互にちら見ししていたが、皐月親兵衛が十手を抜くと後ろに下がった。

「くそっ……」

彼らは刀を鞘に収めるとひとかたまりになって西の方角に逃げていった。皐月同心は三人が消えた闇をしばらく見透かしていたが、すぐに座り込んでいる善右衛門のところに戻り、提灯で顔を照らした。

「そのほう、鴻池の主ではないか」

「へえ、善右衛門でおます。——皐月さま、わしは大事《だいじ》おまへん。肩を刀で叩かれただけで、怪我《けが》はないんだす。わしよりも駕籠屋が……」

「なに？」

少し離れたところに男がひとり横たわっている。もうひとりが泣きながら男を揺すぶっている。

「平助……平助……死なんといてくれ。ふたりで今までがんばってきたんやないか。おまえが死んだらわてはどないしたらええねん……」

　地面には血が流れているようだ。

「やめろ。手荒く揺り動かしてはよけいに血が出るぞ」

　皐月親兵衛はその男を脇へどかすと平助の左胸に手を当てた。やや弱々しいが、心の臓は動いている。

「おまえはこの男の相棒か」

「へえ、三太郎いいます」

「駕籠屋ならば足も速かろう。ここからならば……うむ、そうだ。能勢《のせ》先生が近いな。──三太郎とやら、わしが応急の血止めをしておくゆえ、おまえはすぐに樋《ひ》ノ上町《うえまち》に住む能勢道隆《どうりゅう》という医者のところに行け。『和方・漢方・蘭方《らんぽう》医術全般　能勢道隆』という看板が上がっておるからすぐわかる。家はぼろぼろで、当人もみすぼらしいが、腕は確かだ。東町の同心皐月親兵衛の頼みだ、と言ってここへ引っ張ってこい。寝ていても酔っていてもかまわぬ。嫌だと言ったらおぶってでも連れてこい。さあ……行け！」

「へ、へえっ！」

　三太郎は猛烈な速さで駆け出した。皐月親兵衛はさすがは町同心で、平助を道の脇にそっと運んだあと、手際よく血止めをした。平助は苦痛に顔を歪めており、額には脂汗が浮かんでいる。

「しっかりせよ。もうじき医者が来るぞ」

そこへ心配げな表情の善右衛門が近づいてきて、

「この駕籠屋はわしの知り合いだす。今夜はわしの身代わりになってくれたようなもんや。なんとか助けとくなはれ」

「身代わりだと？　どういうことだ」

「それがその……わしにもようわからんのだすけどな……」

善右衛門はさきほどからのできごとを皐月親兵衛に告げた。

「なんと……おまえの贔屓の駕籠屋の駕籠を買い占めて、そのなかに入って待ち伏せしておったと申すか」

「どうやらわしの命を所望やったみたいで……」

「もしかすると、おまえが帰りに通りそうな道にそれぞれ駕籠を配していたのかもしれぬ。そうなると相手は三人ではなく、もっと多人数やもしれんぞ。――心当たりはあるか」

「わしも商売柄、いろいろと恨みやら逆恨みやらやっかみやら妬みやらを買《こ》うとるかもしれまへんけど、お侍さま三人に、それもお歴々らしい方々に殺されるほどのことはした覚えはおまへん」

「そうか……」

「そう言えば、駕籠に乗ってはったお侍は、『なんでも金で片づけようとしてきた罰が当たったと思え』と言うてはりました」

「ふーむ……」

皐月親兵衛は腕組みをして考え込んだが、特段の思案は出てこなかった。彼は提灯の明かりを頼りに、あたりの地面を検分してまわった。

（おや……）

皐月は紙切れを拾った。さっきの侍たちが落としていったものかもしれない。なにやら粗末な紙を使った刷り物のようだが、暗くて読めぬ。皐月親兵衛はそれをふところにしまった。ほかにはなにも見つからなかった。

「同心の旦那ーっ、鴻池の旦さーん！」

大声を上げながら駆けてくるのは三太郎だ。手に薬箱を持ち、背には六十手前ほどの、坊主頭の男を背負っている。能勢道隆である。

「おお、能勢先生、夜分にすまぬ」

皐月同心が手招くと、三太郎は医者を地面に放り投げるように下ろし、

「さあ、先生、診《み》とくなはれ。早よ診とくなはれ。すぐ診とくなはれ。わての相棒……どないだすやろか」

能勢道隆は、

「やいやい言うな。今、診てやる」

能勢道隆は真剣な顔つきになって平助の傷を検《あらた》めはじめた。その表情が険しいのを見て三太郎は、

「お、おい、藪《やぶ》医者。まさか助からん、とか抜かすのやないやろな。平助にもしものことがあってみい。ただではすまさんで」

「ぎゃんぎゃんとうるさいやつだな。——駕籠屋。相棒は死なずにすむぞ」

「えーっ、そうだすか！　おおけに……おおけに！　同心の旦那が言うてはったとおりや。やっぱり先生は名医だすなあ」

「ほう、名医との評判が立っておったか」

「へえ、家はぼろぼろで、当人もみすぼらしいけど、腕は確かや、と……」

皐月親兵衛はあわてて、

「たわけ。それは内緒ごとだ」

能勢道隆は笑って、

「三太郎、このおひとに感謝せねばならぬぞ。血止めが上手にできておればこそ、命が助かったのだ。さもなくば死んでいたかもしれぬ」

三太郎は皐月親兵衛を三拝九拝しはじめた。能勢道隆は、

「これでよし。あとは滋養のあるものを食べさせて、傷口が治るのを待つのだ。——ど

こかで戸板を借りてこい。それに乗せて、わしのところまで運ぶのだ」

「それやったら先生、わてらがかいてた駕籠があそこにおますさかい、それに乗せたらどないだす?」

「それでもよいが……駕籠をかくにはふたりいるぞ」

「ははは……もちろん先生がかきまんのやがな」

三太郎はそう言うと能勢道隆の背中を平手で叩いた。医者はしぶしぶ後棒を担《にな》い、

「夜中に起こされるわ、駕籠は担がされるわ……えらい災難だ。ああ、重い! 肩がみしみし言うわい」

ぼやきながら夜道を去っていった。見送った鴻池善右衛門が、

「ああ、平助が助かってよかった。皐月さまのおかげだす。このお礼はいずれたっぷりとさせていただきます」

「なに……? 礼が欲しゅうてやったことではないぞ。なれど……どうしてもと申すなら、多少はもろうてやってもよい」

「皐月さまは、今夜は夜番で見廻りだすか」

皐月親兵衛はかぶりを振った。定町廻りがひとりで見廻りをするということはあまりない。長吏《ちょうり》、小頭《こがしら》、役木戸《やくきど》らが付き添い、ときには与力や盗賊吟味役なども加えた複数人で行動するのが普通である。

「舟大工町《ふなだいくまち》に親類が住んでおってな、久々に訪ねての帰りだった。酒が出て、話がはずみ、ずいぶんと遅うなったが、それが幸いしたな」

「ほんまだすなあ。皐月さまがたまたま通りかからなんだら、今頃わしは三途《さんず》の川渡ってますわ。――ほな、わしはこれで……」

「あ、いや、善右衛門。夜道のひとり歩きは物騒千万だ。さきほどの連中が待ち受けておるやもしれぬ。わしが今橋まで送っていこう」

「えらいすんまへん」

　善右衛門はなんども頭を下げた。ふたりはしばらく無言のまま並んで歩いた。なんといっても武士と町人である。気楽に馬鹿話ができる間柄ではない。やがて、沈黙をこじ開けるように親兵衛が言った。

「おまえのところの……さきという娘は元気か」

「はい、元気というか、やんちゃで困ります。言葉もぞんざいで、皆さまにご迷惑をおかけしていると は思いますが、あれでなかなか利発なところもありまして……」

「はははは、天下の鴻池善右衛門も親馬鹿のひとりということだな」

「皐月さまのところの園《その》さまはご息災でいらっしゃいますか」

「うむ、エゲレス語を習《なろ》うたり、猫と遊び呆《ほう》けたり、それなりに楽しくやっておる様子だ」

ふたりはまた黙り込んだ。善右衛門の持つ提灯の明かりがややか細くなってきた。

「皐月さま……雀丸さんのことをどう思われますか」

善右衛門が唐突にそう言った。

「な、なに……？」

「わしはあの男を高《たこ》う買うとりますのや。もちろんさきの婿にしたいとも思とりますけど、たとえそうならなんだとしても、あの男をええと思う気持ちは変わりまへん。——皐月さまもそうとちがいますか」

皐月親兵衛は立ち止まって、

「うーむ……そうかもしれぬな。はじめて会うたときは鼻持ちならぬやつ、と思うたが……これからの武士はますます肩身が狭《せも》うなっていくだろう。園には入り婿をもらい、そのものに町奉行所同心というわしの勤めを引き継いでもらうつもりであったが、園は町人に嫁いだほうがよいのではないか、いや、園にかぎらず、武家の娘は皆そうしたほうが幸せになるのではないか、とわしは思うておる」

「けど、今後は町人かてわかりまへんで。今のままやったら侍と町人は共倒れになりますわ。その先にどんな前途がこの国を待っとるのかと思うと、さきは商人やのうて職人と一緒になったほうがええんやないか、と思うたりしとります」

「そうだな。なんと申しても、手に職があるのは強い……」

　皐月がそう言いかけたとき、大勢のものがこちらに走ってくる足音が近づいてきた。提灯もたくさんあり、周辺はにわかに昼のような明るさになった。先頭に立っているのは、鴻池の一番番頭弥曽次《やそじ》である。鉢巻をして、手にはまさかりを持っている。後ろには何十人もの奉公人が付き従っており、手に手に棒切れや包丁、鍬《くわ》、脇差《わきざし》などを摑んでいる。由吉と忠吉も一緒だ。ふたりとも泣きじゃくったらしく、目が真っ赤に腫れている。

「だ、だ、だ、旦さん！　旦さんが生きてはった！」

　弥曽次は善右衛門に抱きついた。

「こ、これ、弥曽次、なにをするのや。まさかりが……危ないやないか」

　弥曽次はひとまえもはばからずおんおん泣き出し、

「ようまあご無事で……旦さんの帰りが遅い、とお店《たな》一同案じとりましたのやが、店の外で泣き声がするので表に出てみたら、こいつらが立っとりますのや。泣いてばっかりでなんにも言わんのをなだめたりすかしたりしてようよう聞き出したら、なんと侍に旦さんが斬られたちゅうやおまへんか。そのまま旦さんを残して店に戻ってきたものの、なかに入れんとずっと立ってたらしいんだすわ。わて、もうびーっくりして……ありったけの提灯と道具をかき集めて押し出してきましたのや。てっきりわては旦さんの弔い合戦をせなあかんと思て、そこであっぱれ討ち死に……」

「なにを言うとんのや。わしは、この皐月さまのおかげで九死に一生を得たのや。その代わり、駕籠屋の平助が侍に斬られてしもたけど、それも能勢道隆先生に助けていただいた。平助にはできるだけのことをしてやっとくれ」

「かしこまりました。——これ、由吉に忠吉！」

弥曽次はふたりの丁稚をむりやり善右衛門のまえに押し出すと、

「貴様ら、大恩ある旦さんを見捨てて逃げ帰るやなんて、そんな薄情な真似《まね》がようでけたな！　旦さんがご無事やったさかいよかったけど、もし万一旦さんがどないかなってたら、貴様ら主殺しで磔《はりつけ》やで！」

丁稚たちはふたたび泣き出した。

「旦さん、すんまへん。堪忍しとくなはれ」

「怖《こわ》あて怖あて……気ぃついたら足が勝手に動いてましたんや」

「どんなお仕置きでも受けますさかい、磔は許しとくなはれ」

「お願いします」

善右衛門は笑って、

「弥曽次、あんまりおどかしてやるな。まだ年端のいかんこどもやないか。侍が刀抜いたら、そら怖かろう。無理もないことや」

「せやけど旦さん、ほかのもんに示しがつきまへん」

「かまへん。今回だけは許したり」

　弥曽次はふたりに向き直り、

「旦さんのお許しが出た。今度ばかりは許したる。つぎからこんなことあったら、店から追い出すで！」

「へい！」

　元気よく応えた丁稚たちの頭を撫でると、善右衛門はふと思い出したように、

「弥曽次、このことお奉行所には届けたのやろうな」

「へ……？　なんでおます？」

「夜中に侍が三人がかりで斬り取り強盗《ど》や。届け出るのがあたりまえやろ」

「うわー、うっかりしとりました。旦さんの仇討《あだう》ちすることで頭がいっぱいで……」

「アホ。おまえが一番抜けとるやないか」

「すんまへん。今回だけは許しとくなはれ」

　皐月親兵衛は、

「まあよい。今月の月番はうちだ。わしが帰りがけに東の番所に寄って、泊まり番のだれかに報《しら》せておこう。――これだけの頭数が揃《そろ》ったのだ。もう、わしは付き添わんでもよいな」

　善右衛門は頭を深々と下げ、

「へえ、けっこうだす。いろいろと厄介をおかけしてすんまへんでした」

皐月親兵衛はその足で東町奉行所に向かった。だが、そのときまだ親兵衛は、これがどれほど根の深い大事件に発展するかわかっていなかった。

二

蟇蛙《ひきがえる》に似た男が口を「へ」の字にして「ぐぐぐ……」と唸っている。口がやたら大きくて、唇が薄く、まん丸い目と目のあいだが離れていて、鼻は鼻梁というものがなく、穴がふたつ開いているだけだ。でっぷりと肥えており、顎の肉が垂れ下がっているのも蟇蛙を連想させる。着物にはやたらと金がかかっていて、おそらく羽織の紐だけでもとんでもない金額だろう。太い腕を組み合わせ、天井をじっと見つめてもう四半刻《しはんとき》(約三十分)にもなる。

「どうも解《げ》せん……」

地雷屋蟇五郎《じらいやひきごろう》は大坂でも指折りの廻船《かいせん》問屋である。おのれ一代で財を築き、大きな千《せん》石船《ごくぶね》を何艘《そう》も所有している。鴻池や住友《すみとも》には及ばぬがたいへんな大店《おおだな》で、「蔵という蔵に金があふれている」という評判である。それだけ儲《もう》けているので多くの大名から、「金を貸してほしい」

という要求が引きも切らぬが、蟇五郎は頑として大名貸しをしようとはしない。同業者たちは皆やっているし、楽に儲けられるのに、と勧めるものも多いが、それが蟇五郎の信条らしい。

「法に触れぬかぎりどんな汚いやり方で儲けてもよい。ただ、大名相手の金貸しはせぬ」

蟇五郎は常々そう主張していた。大名家の家老などが、

「貴様らが金を儲けてぬくぬくと贅沢三昧ができるのも、われら武士が国を守り、町の治安を守っておるおかげじゃ。儲けた分を武士に回さぬというのは罪ではないか。おとなしく貸し付けたほうが身のためじゃぞ」

と脅しのようなことを言ってきても、

「アホか」

の一言で無視するし、大名家から泣きつかれた公儀が運上金、冥加金《みょうが》、御用金などの名目で金銭を強制的に召し上げようとしてきても、

「そうだっか」

と粛々と金を払うだけで、「貸し付け」はしようとしない。そういう頑固さが災いしてか近頃は、

「町人の分際で地雷屋の態度はもってのほかである。地雷屋に仕事を頼むな」

と言う大名も多数おり、

「公儀に逆らうけしからぬ商人」

として大坂城代や町奉行所の評判もよろしくない。そんなこんなで地雷屋の売り上げは近頃かなり減ってきている。売り上げが上がらねば、大勢の奉公人や船頭たちに給金も払えぬ。また、船の維持費にも莫大な費用がかかるのだ。困ったことになった……と思っていたときに、まさに「渡りに船」の注文が来た。長浜町《ながはまちょう》の瀬戸物屋美松屋信兵衛《みまつやしんべえ》から大量の瀬戸物を駿府《すんぷ》に運んでほしい、と依頼されたのだ。美松屋といえば京大坂の瀬戸物問屋のなかでも三本の指に入るほどの大店である。それゆえ今回運ぶ瀬戸物の数も半端ではなく、千石船一艘では足りず、五艘の船を使わねばならぬほどだ。

「なんでそんなにぎょうさん瀬戸物を駿府に運びますのや」

蟇五郎が美松屋の主にたずねると、

「駿府のご城下で新しく瀬戸物屋が開店しますのや。そこの主は昔から昵懇《じっこん》にしとるおひとやが、日本で一番大きな瀬戸物屋になりたい、ゆうて、もともとは二百人が泊まれるほどの大きな旅籠《はたご》やったところを買い取りはって、それを茶碗《ちゃわん》や皿や鉢や湯呑みや徳利や盃《さかずき》や水瓶《みずがめ》や壺《つぼ》や花活《い》けや……とにかく瀬戸物という瀬戸物で埋め尽くす、と言うとりますのや。こらおもろい、と思てな、うちとこが開店の納品を一手に引き受けることにしましたんや」

「ほう……そらまた近頃にない豪儀な話やなあ」

「そうだっしゃろ。引き札も撒《ま》けるだけ撒いとるさかい、駿府のご城下は……というより街道筋はもうこの話で持ちきりだすわ」

「そういうことならこの地雷屋蟇五郎も性根入れてやらせてもらいます」

「頼んますわ。瀬戸物の積み込みは、割れもんやさかい、うちの店のもんで万事仕切らせてもらいます」

「そらありがたい。あんじょう頼んます」

　美松屋が帰ったあと、番頭の角兵衛《かくべえ》が、

「旦さん、よろしゅおましたなあ」

「そやな。仕事が少ないさかい、どんなしょうもない仕事でも欲しいところやったが、五艘とまとまった大口の注文や。これも皆、わしが日頃からあくどいことをなにひとつせず、天の道に適《かの》うた商いだけをやってきたご利益や」

「手ぇが後ろに回るか回らんかぎりぎりのやり口ばかりやってきたお方が、ようそんなこと言いますなあ。口が曲がりまっせ」

「わはははは。口なんかなんぼ曲がったかてかまへん。銭さえ儲かればええのや」

「けど、美松屋はん、日頃はあんまりうちの船使《つこ》うてないのに、ようこんな大きな取り引きを頼んでくれはりましたなあ。まえまえからのお知り合いだすか」

「いや……ほんま言うたらほとんど知らん。わしが解せんのはそこや。なんでうちに頼みにきたのかようわからん」

「美松屋信兵衛ゆうたら、かなりご立派なおひとやと聞いとります。曲がったことが大嫌いで、店のもんもいつもぴりぴりして働いとるそうだすわ」

「ははははは……うちとえらい違いや。うちの奉公人はいつもだらだらしとる」

「そ、そんなことおまへんで。けど、美松屋はんはたとえ相手が大坂ご城代や町奉行であってもはっきりものを言うお方らしゅうおます。天保の飢饉のときは、おのれの蔵を開けて米を町のもんにタダで配ったり、東町のお奉行さんやった跡部さまともえらいやり合《お》うたそうだっせ。大塩の乱が起きたときも、焼け出されたもんに炊き出ししたり、乱に加わった町人、百姓の助命に走り回ったりした、て聞いとります」

「骨のある御仁らしいな。ま、わしとは気が合わんかもしれん。あんまり堅いお方とおると気詰まりやさかいな」

「旦さんはそうだっしゃろな。どっちか言うたら柔らかーい、がめつーいお方だすさかい……」

「言うとくけどな、角兵衛。大塩の乱のとき北浜《きたはま》もたいがい焼けたけど、うちの店は焼け残った。せやさかいわしはあのとき、炊き出しにも随分と金使うたのやで」

「そうだしたかいな。わてはまだ手代だしたさかい、あんまり覚えてまへんわ」

「だれにも知られんようにこっそり金出したのや」

「なんでこっそりやりますのや」

　蟇五郎はにたーりと笑って、

「そら、わしの人《にん》に合わんさかいや」

「そうだしたか。わてはてっきり、米の買い占めに走ってはると思てました」

「ぐふふふふ……ちら、とそういうことを思わんでもなかったが、飢えて死んだもんが町の角々に積み重なっとるのを見てたら、さすがにそれはできなんだわい」

　蟇五郎は金にうるさく、金に汚く、金にがめつく、金に欲《よく》どしいだけでなく、横町奉行に協力する通称「三すくみ」のひとりとしてその手足となって動く……という側面もあった。先代の横町奉行松本屋甲右衛門《まつもとやこうえもん》のときからの縁がいまだに続いているのだが、そのことはあまりおおっぴらには言い立てていない。これも「人に合わない」からである。

「けど、大きな声では言えまへんけど、あのとき鴻池はんは米を買い占めて値を吊り上げたり、大塩が困ってはるひとらにめぐむための金を貸してくれ、て言うたのを断ったりしたそうだすなあ」

　地雷屋蟇五郎は真顔になり、

「いや……それは違うで。鴻池はんは米の買い占めには関わっとらなんだ。それに、大塩が貧民救済のためにおのれと門人の分の禄《ろく》を抵当《かた》に金を貸してくれ、と言うてきたさかい、できるかぎりのことをしようと金を支度してたら、東町奉行の跡部さまが『金を貸すことまかりならぬ』と言うてきはったのや」

「なんででおます」

「公儀が救済でけん難儀を、私塾の塾長やら町人やらが救うた……というのが我慢ならんかったのやろな。町奉行としてのおのれの失態にもなる。しゃあなしに鴻池はんは金を出すのをあきらめなはった。それをいまだに逆恨みして、鴻池は飢饉のときに米を買い占めた、とか、大塩が金を貸してほしいと言うてきたのを無下に断った、とか言うとる連中は多いのや」

「そうだしたんか。わてもずっとそう思とりました」

「大塩もそう思うとったやろな。とにかくあの戦《いくさ》は、ええ悪いはともかくも、いろんなひとの人生を狂わせたなあ……」

蟇五郎はそう言った。

◇

「鴻池善右衛門が斬られた？　それはおおごとではないか」

泊まり番の与力渋山李左衛門《しぶやまりざえもん》は読んでいた本をかたわらに置いた。

「知り合いの医者に手当てをさせましたが、善右衛門は肩を強く打っただけで怪我はございません。ただ、駕籠かきがひとり、斬られて大怪我をいたしましたがこれも一命はとりとめました」

「やったものはわかっておるのか」

「覆面をした武士が三名でした。着ているものからみて、浪人ではないように思えました」

「天下の鴻池を狙うとは大胆不敵なやつらだな」

「善右衛門が贔屓にしている鶴松という駕籠屋の駕籠をみな買い切り、網を張っていたものと思われます」

「周到な策を立てたうえでの待ち伏せだな。鴻池善右衛門といえば日本一の金持ちだが、それだけに恨みもいろいろと買っているだろう。――わかった。今日は諸御用調役の花《はな》井戸《いど》蛍四郎《けいしろう》さまがお頭との打ち合わせ後、お泊まりになっておられる。もうお休みだが、ことがことだけに、すぐにお知らせしたほうがよかろう。わしがお起こしして言上して参る」

　諸御用調役与力というのは、全与力の筆頭である。今の東町奉行は石田《いしだ》長門守《ながとのかみ》孝之《たかゆき》という三千石の旗本で、つい先月前任者と交代して着任したばかりだった。そのため現在は、諸御用調役与力の花井戸が東町奉行所の万事を取り仕切っていた。

「おそらく今から鴻池の店のまわりを見廻らせるようお指図があるだろう。もしかするとおまえにもご下問があるかもしれぬゆえ、わしが戻るまでここで控えていてくれ」

「かしこまりました」

渋山与力はすぐに戻ってきた。その表情が曇っているので、

「どうなさいました」

「花井戸さまは、そうか、とだけ申されて、鴻池家に警護の人数を出せ、とも、おまえに話をききたい、ともおっしゃらなかった。わしが重ねて『いかが取り計らいましょうか』ときくと、『たかが商人が追い剝ぎにあっただけだ。放っておけ』と申された。『お頭にお知らせしなくともよろしゅうございますか』と言うと、『お頭はご就寝だ。明日の朝にでもわしから申しておく。下がれ』そう申されてまた布団をかぶって寝てしまわれた。全国の大名家の三分の一に金を貸している大商人が襲われたのだから、もう少しなにかお指図があると思うていたが……」

「我々はどのようにすればよろしいでしょう」

「花井戸さまが、放っておけ、とおっしゃるのだから、放っておくしかあるまい。できることといえば、定町廻りに鴻池の辺りを念入りに見廻るよう命じるぐらいか……」

「花井戸さまは、商人がお嫌いなのでしょうか」

「さあなあ……とにかくわしらとしては言われたとおりにするしかないな」

そう言うと渋山与力は腕組みをした。

◇

「船が出るぞー」

「出しますぞー」

伏見《ふしみ》から下る三十石の朝船は客でいっぱいだった。三十石の船頭が歩み板を引き上げようとするのを、

「待て！　その船、出してはならぬ」

遠くから声がかかった。船頭がそちらを見ると、よく肥えた出家がひとり、ゆっくりと歩いてくる。直綴《じきとつ》に絡子《らくす》という雲水《うんすい》姿ながら、衣は墨染めではなく赤い。笠《かさ》も帯も値の張りそうなものばかりである。よほど身分のある僧なのだろう。荷物はなにも持たず、両脇に付き従っているふたりの従者が大きな荷を振り分けにしている。従者はどちらも身体が大きく、腕も太い。腰には長めの道中差《どうちゆうざし》を差し、鋭い目つきで船頭をにらんでいる。

「坊さん、乗るのやったら急いでんか。時刻どおりに出さんと役場から叱られるのや」

「わしは早うは歩けぬ。酔うておるからな」

「それやったらつぎの船にせえ」

「つぎの船では大坂の用件に間に合わん。わしが行くまで待っておれよ」

「知るかい。——おい、円助《えんすけ》、出してしまえ」

「ええんか。えらそうな坊主やで」

「かまわんわい。ほかの客の迷惑や」

船頭が櫂《かい》で岸をぐいと突くと、船は進み出した。

「これ、出してはならぬと申したであろう！　わしをだれだと心得おる。——助《すけ》さん、あの船を止めい！」

「心得ました」

助さんと呼ばれた、口の左端に大きなほくろのある従者が走り出し、岸を離れた船に飛び移ると、年嵩《としかさ》の船頭の顔面をいきなり殴りつけた。

「な、なにするんや！」

船頭は船底に倒れた。

「船を止めろと申したのが聞こえなんだのか」

「無茶しよって。お役人呼ぶぞ」

船頭の顔は紫色に腫れ上がっている。

「ふふ……まだ殴られたいとみえるな。船を戻すか戻さぬのか」

べつの船頭があわてて船を岸に戻し、出家がよろめきながら乗り込んできた。

「ああ、間に合うた」

間に合ったのではなく、むりやり間に合わせたのだが、だれもそのことを口にするものはいない。皆、ふたりの従者が恐ろしいのだ。船頭たちは黙ったまま、赤樫《あかがし》の櫂を使いはじめた。船歌を歌うものもいない。

「暑いなあ。川のうえは少しは涼しいかと思たら、かえって蒸し暑いわい」

そう言いながら出家は笠を脱いだ。酒のせいか、額から胸のあたりまでが真っ赤で、茹で蛸《だこ》のようである。大きな欠伸をして、

「格《かく》さん、眠とうなってきた。床をとってくれんか」

町奴《まちやっこ》のような口髭《くちひげ》を生やしたもうひとりの従者が、

「かしこまりました。——おい、貴様ら、大和尚《おおおしよう》が横になりたいとおっしゃっておられる。そこを空けろ」

客たちは顔を見合わせた。ひとりがおずおずと、

「見てのとおり、ぎゅうぎゅうすし詰めで、場所を空けようにも空けられまへんのや」

「なにい？　素町人の分際で大和尚に意見するつもりか」

「いや、そういうわけやおまへんけど、こうして船に乗ったら大和尚もわてらもお互いさまだす。大坂まで辛抱しとくなはれ」

「ほほう、面白いことを抜かすな」

格さんと呼ばれた従者はその男の胸ぐらを摑んで高々と持ち上げると、川に放り込ん

だ。

「うわあっ、助けて！　わては泳がれへんのや！」

沈みかけている男を、若い船頭が飛び込んで抱え上げた。僧侶のまわりにいた客たちは押し合いへし合いしながらなんとか場所を空けた。髷《まげ》の先を刷毛《はけ》のように広げた格さんは笑いながら、

「見ろ。ちゃんと場所が作れるではないか。――大和尚、どうぞ」

「格さん、すまんな。祇園《ぎおん》で朝まで飲み続けやったから、どうもまぶたがとろとろしてかなわんのや」

そう言うと、太った僧はごろりと横になった。船頭や客たちの視線が集中したが、気にもとめていない様子である。ふたりの従者は、主が眠ったのを確かめると、船柱を背にして座り、酒を飲みはじめた。そのとき、あまりにぎゅうぎゅう詰めになったためか、ある客が連れていた二歳ぐらいのこどもが、突然火が点《つ》いたように泣きはじめた。いくらあやしても泣き止まない。助さんのこめかみに稲妻が走り、

「そこの小児を黙らせろ！　うるそうて大和尚が眠れぬではないか！」

「す、すんまへん。けど、こどものことでおます。どうかご勘弁を……」

「ならぬ。どうしても泣き止ませられぬと申すなら……」

助さんは客に向かって拳を振り上げた。それを見たこどもはなおいっそう、大声で泣

き出した。親は仰天して、

「泣くな。頼むさかい泣かんとってくれ。わてが殺される……」

そのとき、それまでじっとしていたひとりの老僧が立ち上がった。寝ている僧とは対照的に、着物はあちこち破れていて、ボロ雑巾にもならぬような粗末な代物である。また、身体は骨と皮ばかりに痩せており、「鶴のように痩せている」と言いたいところだが、「鶴よりもかなり痩せている」と言ったほうが正確だろう。そして、額からうえがものすごく長い。まるで福禄寿《ふくろくじゅ》のようである。白い顎鬚《あごひげ》を船底につきそうなほど伸ばしており、それをきゅっきゅっとしごきながら、

「皆の衆、ごめんなされや」

そう言いながら寝ている出家に近づくと、その顔面を踏んづけた。

「うぎゃっ」

出家は目を開けると、汚らしい足の裏が顔に乗っている。

「な、なんじゃ、これは！　助さん、格さん！」

老僧は、

「む？　なにやら踏んだかのう。さっき犬の糞《くそ》を踏んでしもうたところじゃ。今度も犬の糞でなくばよいが」

出家は顔を急いで拭っている。従者たちは肩を怒らせ、

「この物乞い坊主。死にたいのか」

「ふははは……わしが物乞い坊主なら、おのれの主は生臭坊主であろう。祇園で浮かれて、船客に迷惑をかけてやりたい放題とはここな売僧《まいす》坊主めが！」

「抜かしたな」

格さんはふところから印籠を取り出し、皆に示した。そこには寺紋が刻まれていた。

「ええい、控え！　このお方をどなたと心得る。恐れ多くも臨済宗《りんざいしゅう》雷覚寺《らいかくじ》派大本山雷覚寺住職にして宮中より紫衣《しえ》を授かった良苔《りょうたい》大和尚にあらせられるぞ」

肥えた僧はぐいと胸を反らした。しかし、痩せた坊主は鼻で笑い、

「臨済宗ならばわしと同じ宗派じゃな。なれど、雷覚寺と申さば名刹《めいさつ》として名高いが、そこの住職がこのような生臭坊主のわけがない。おおかた偽者であろう。名僧の名を騙《かた》れば祇園で女子《おなご》にもてる、とでも思うたか！」

僧はてかてかした顔を真っ赤にして、

「な、なんだと？　わしはまことの良苔だ！　貴様はどこの寺の坊主か申せ」

「わしか。わしは、大坂下寺町《したでらまち》の要久寺《ようきゅうじ》住職大尊《だいそん》と申す」

大尊は、寺ばかりがずらりと並ぶ下寺町のなかでも有数のおんぼろ寺の住持である。本堂は斜めにかしぎ、屋根瓦はほとんど割れて雨漏りがひどく、廊下には穴が開き、壁土は落ち、天井には蜘蛛《くも》の巣が一面に張っている。大酒飲みで肴《さかな》にはマグロの刺身が好

物、と嘯《うそぶ》く破戒僧である。金が入るとすべてを酒代に費やしているので、赤貧洗うがごときありさまだが、当人は、

「座禅は酔うに如《し》かず」

と嘯いている。門前には「葷酒《くんしゅ》山門に入《い》るを許す。なんぼでも許す」という石柱が建っている。からくり仕掛けを作るのが好きで、これまでに数々のわけのわからないからくりを拵えては潰している。そして、大尊和尚も横町奉行を補佐する「三すくみ」のひとりなのである。

「ははっ、聞いたこともない寺だわ。どうせ吹けば飛ぶような末寺であろう」

「黙らっしゃい、この騙り坊主めが！　わしは末寺の和尚かもしれぬが、まことの禅坊主じゃ。おのれの化けの皮をわしが剝いでやる。——問答をしようではないか」

「問答？　なにゆえこの良苔が貴様ごとき愚貧僧と問答せねばならぬのだ」

「禅門に属するもの、問答を挑まれたら受けて立つのが法じゃ。拒むなら、それこそ騙り坊主として世間に喧伝《けんでん》してやるがどうじゃ」

格さんが良苔という僧に、

「大和尚、ここは私にお任せを……」

そう言って進み出ると、

「身の程知らずのジジイよな。そのへらず口が命取りだ」

そして、拳を固め、大尊に殴りかかった。大尊和尚はひらりと身をかわし、杖《つえ》で格さんの鳩尾《みぞおち》をずんと突いた。

「はむっ……！」

格さんは白目を剝《む》いて伸びてしまった。

「こやつ、味をやる！」

助さんは船底に置いていた道中差を手に取ると、白刃を抜いた。客たちは悲鳴を上げ、船頭は船を漕《こ》ぐのを止《や》めた。助さんは刀を振り上げたが、大尊和尚は動じることなく杖を槍《やり》のように構えて微動だにしない。

「死ねっ！」

助さんが斬りつけようとしたとき、大尊和尚の杖の先端から赤い水が噴き出して、助さんの顔面にかかった。

「ぎゃあああっ」

助さんは刀を取り落とし、両手で顔を覆い、目をこすった。

「唐辛子入りの水じゃ。こすればこするほど痛くなるぞ。そういうときは川の水で目を洗うがよい」

大尊和尚はそう言うと、杖で助さんの額を思い切りかっ飛ばした。額に大きなたんこぶができた助さんは身体を大きく反らして川に落ちた。大尊和尚は良苔に向き直ると、

「さて、と……邪魔者がいなくなったところで、そろそろ問答をはじめようかのう。それともおまえも川で泳ぎたいか？」

良苔は身体を小刻みに震わせながら大尊をにらみつけ、

「わ、わかった。問答しよう」

ふたりは相対して座った。船頭も客たちもどうなることかと固唾《かたず》を呑んで成り行きを見守っている。大尊和尚が腹から搾り出すような大声《たいせい》で、

「作麼生《そもさん》！」

良苔は太った身体をちぢこめるようにして、弱々しい声で応じた。

「説破《せっぱ》……」

「仏門にあるものが守るべき戒律に不飲酒《ふおんじゅ》戒あり。なれど、おぬしもわしも酒を飲んでおる。酒は美味く、酔うたら極楽に上る気分になる。戒律を犯したるわれらは死んだら地獄に堕《お》ちるや否や。この儀いかに！」

「うーむ……」

良苔は苦渋に満ちた顔つきで唸っている。

大尊がふたたび叫ぶと良苔は、

「この儀いかに！」

「地獄には堕ちぬ。われら僧侶は俗人と違《ちご》うて修行を積んでおるゆえ、死んだら極楽浄

土に上がれるはずだ」

「たわけが！」

大尊の大喝は、良苔だけでなく乗り合いの連中をも吹き飛ばすような勢いであった。

「びっくりしたわ……」

「心の臓が止まるかと思た」

皆は口々に言い合っている。良苔は泣きべそをかいている。大尊が、

「負けを認めるか」

「ううう……」

「それともまだ問答を続けるか」

「ううう……」

「ううう、ではわからぬ。作麼生！」

「わ、わかった。もう問答は堪忍してくれ」

「おまえの負けということじゃな」

「そ、そうだ」

「ならば唐傘一本持って寺から出ていってもらおうか」

「それは嫌だ。わしは先代住職の息子で、宮中から紫衣をちょうだい……」

「まだ言うか！　もし、あくまでまことの雷覚寺住職だと言い張るならば、唐傘一本持

って寺を出よ。じゃが、おまえが偽者だったと騙りを認めるならば、問答に負けるも道理ゆえ今日だけは許してつかわそう。どうじゃ」

肥えた僧は垂れた頬肉を揺らしながら上目遣いに大尊和尚を見ていたが、

「そ、そ、そうじゃ。わしは良苔ではない。良苔を称しておっただけの騙り法師じゃ。ゆ、ゆ、ゆ、許してくだされ。高僧を名乗ると道中の宿場立て場の取り持ちが良く、なんじゃかんじゃと得することがあるゆえ、ずうずうしくも偽りを申したのじゃ。面目次第もない」

そう言って頭を下げた。それを聞いた船頭や客たちは、

「なんじゃい、あいつ偽者やったんか」

「道理で、威厳のかけらもないわ」

「偉い坊主のふりをしてたら、旅の行く先々でただ飯、ただ酒にありつけると思うたのや」

「さんざんわてらをコケにしてからに……太いやっちゃ。畳んでしまおか」

「おう、どついてこませ」

「川に投げ込んで、サメの餌にしたれ」

「川にサメはおらんやろ」

一同は衣の袖で顔を隠して震えている良苔に近づいていった。先頭にいた船頭が良苔

のまえに進み出て、その両脇に手を差し入れ、持ち上げようとした。彼はさっき、助さんに殴りつけられた年嵩の船頭であった。顔面はまだ紫色に腫れている。

「わしがおのれを大川のウナギの餌にしたる。覚悟せえ」

「うへえ、堪忍してくれえっ。わしは泳げぬのだ！」

　大尊和尚が、

「まあ、待て。こやつは糞みたいなまやかし坊主じゃが、川に突き落とせばおまえさんがひと殺しの罪に問われる。こやつのごとき塵芥《ちりあくた》のために手を汚すのは考えものじゃ」

　良苔が、

「そそそそそうだ。手を汚すでない！」

「それゆえここは唐辛子水で勘弁してやれ」

　良苔は茹で蛸のような赤さから一転、真っ青になった。大尊から杖を受け取った船頭は頭を下げ、

「へえ、坊さんのおかげで、こんなしょうもないガキのためにひと殺しにならんですみました。——おい騙り坊主……食らいやがれ！」

　船頭は杖の持ち手についた仕掛けを押した。赤い水はあやまたず良苔の顔に命中した。

「ぐわあああ！　痛《い》たたたたたた……」

　良苔は船縁《ふなべり》から身体を乗り出し、川の水で何度も目を洗った。皆は大笑いして、

「ざまあみさらせ、カス坊主！」

船頭たちは船を岸につけると、良苔に言った。

「さあ、降りい」

「なんだと？　わしらは船宿に船銭を払うたぞ。大坂八軒家《はちけんや》まで送り届けろ」

「だれがおまえらを乗せてくかい。お奉行所に突き出さんだけありがたいと思え」

「わしらは急ぐ身だ。どうしても降りぬぞ」

「降りんのなら降ろすまでや」

年嵩の船頭は良苔の帯を摑むと、相撲の上手出し投げのように大きく投げを打った。良苔はよろめきながら岸に倒れ込んだ。気絶からとうに回復していた格さんもあわててあとを追った。船頭が櫂で地面を突くと、船は岸から離れ、ふたたび大川を下りはじめた。良苔と格さんは、川から這《は》い上がっていた助さんと合流した。助さんのおでこのたんこぶはいっそう膨れ上がっていた。良苔は、大尊を恨みのこもった目でにらみすえ、

「下寺町の要久寺と申したな。木っ端坊主のくせにこの雷覚寺良苔を騙り坊主扱いしおって……この借りはきっと返すぞ。そのとき吠《ほ》え面《づら》かくな！」

やれ
船の旅にはな

いらざるものはよ
騙り坊主とな
間抜けな家来よ
やれさ、よいよいよーい

三十石の船歌がようやく川面《かわも》を流れ出した。

◇

雀丸が竹を削っていると、ひとりの侍が怒髪天を衝《つ》く形相で足音荒く入ってきた。四角い顔の真ん中のあたりに目や鼻や口がぎゅっと集まっている。

(どこかで見かけたような……)

雀丸がそう思っていると、

「貴様が竹光屋雀丸か！」

「はい……そうですけど。なにか怒ってます？」

「そうだ、わしは怒っておる。これを作ったのは貴様だな」

そう言うと、刀を鞘ごと腰から抜き、雀丸に差し出した。ひと目見て、雀丸にはそれが昨日できあがったばかりの国貞だとわかった。

「はい、そのようですね。ですが、私はこの竹光を昨日、山部キクさまというお嬢さんにお渡ししたのですが、あなたはそのお嬢さんの知り合いかなにかですか」

「わしはそのものの兄だ。だが、山部キクというのはまことの名ではない」

「ということはあのひとは偽名を使って私に注文した、ということですね。あまり感心しないなあ……」

「そんなことはどうでもよい。わしに竹光など摑ませよって、どえらい恥を搔《か》いたぞ！」

「竹光を作れと言われたから竹光を作ったのです。出来映えも気に入っていただけましたし、残りのお金もいただきました。それで溜《た》まっていた借金の支払いを……いや、そんなことはどうでもいいんですが、なにがいけなかったのです？　私は、長い浪人暮らしだったあなたの仕官がようよう決まって、その支度を調えるために先祖伝来の国貞を売り払うことになったので、他人に見られてもわからぬような竹光の中身を拵えてほしい、と言われたのですが……」

「たわけめ。わしは浪人などではない。れっきとした主持ちだ。妹がわしの刀の中身をひそかに竹光にすり替えたがために、仕事において大しくじりをした。許せぬ、そこになおれ。成敗してくれる」

「はあ？　竹光屋が竹光を作って成敗されるとは解せません。なんの罪なんです？」

「武士に偽の刀を売り渡した罪だ」

「竹光とはそういうもんです。それに、私は妹さんに頼まれて拵えたのですから、それをあのひとがどうしようと、あなたの家のなかのことまで知ったこっちゃありません。揉めるなら妹さんと揉めてください。でも、いったいどういうしくじりをしたんです？　刀が竹光にすり替わっていて恥を掻くというのは……」

「うるさい！　斬ろうとしたものが斬れなかった。そこで、よく確かめてみると竹光だ。これだけ出来のいいものは日本広しといえど浮世小路の竹光屋雀丸しか作れぬ、と教えられてここに来たのだ。やはり貴様の仕業だったか……」

「仕業ってひとを盗人みたいに……」

「盗人ではないか。この中身の刀はどうした。返せ！」

「いえ、それは妹さんが持ってるはずですよ。売り払ったりしていなければ、ですが……」

「なにい？　嘘《うそ》をつくな！」

「嘘なんかついてませんって……」

侍は雀丸に摑みかかった。

「うわ、乱暴だなあ」

そのとき、表から飛び込んできたのは山部キクと名乗った武家娘だった。

「兄上、やはりここでしたか。帰宅したあと、わたくしが留守と知ってすぐに怖い顔で刀を引っ摑んで出ていった、と爺《じい》やに聞いたので、まさかと思ったのですが……雀丸さんは関わりありません。すぐにお戻りください。刀身はわたくしが預かっております」

「なんだと？　なにゆえかかることをして、兄に恥を搔かせた」

「兄上がしばらくまえから仲間のお方たちと、いついつ誰某《たれがし》を待ち伏せる、だの、斬る、だのと物騒な相談をなさっておられるのをわたくしが気づいていないとでも思っておられましたか。わたくしは兄上にひと殺しなどさせとうありませぬ。それで竹光と取り替えたのです」

「馬鹿な真似を……」

「お役目に打ち込んでおられたころの兄上に戻ってほしいのです」

「黙っておれ！　これはおまえなどにはわからぬことだ。天下国家のためなのだ」

「では、おききいたしますが、町奉行所同心尾上権八郎《おのえごんぱちろう》ともあろうものが……」

「キク！」

　武士は大声で叫び、娘はハッとして口を押さえた。武士は雀丸をにらみつけ、

「このこと口外したら命はないものと思え」

　押し殺したような声でそう言うと、娘の腕を摑み、引きずるようにして出ていった。

　雀丸はしばらく考え込んでいた。

（そうか……どこかで見たことがある、と思ったのは……）

おそらく同心町の皐月親兵衛の屋敷を訪れたとき、近くで見かけていたのだ。大坂町奉行所の同心たちは東町も西町も皆、天満の同心町の拝領屋敷に住んでいる。

（それにしても……町奉行所の同心たちが待ち伏せをしてだれかを斬るなんて、どういうことなんだ？　皐月さんにきいてみようかな……）

そんなことを雀丸は思ったものの、雀丸たちをめぐる事態はとんでもない方向へと進み始めていたのだ。

◇

「おはようございます」

東町奉行所に出勤した皐月親兵衛はまず与力溜まりに向かい、八幡弓太郎《やはたゆみたろう》に一礼した。八幡組に所属する皐月にとって、八幡弓太郎は直属の上司なのである。といっても、八幡は皐月親兵衛よりもはるかに年下である。金糸の刺繡《ししゆう》をほどこした羽織を着、黄色の着物に白黒の縞《しま》模様の袴という派手な姿に、皐月は目をぱちぱちさせた。

「おお、皐月、昨夜は手柄を立てたそうだな」

「お聞きおよびですか」

「うむ、渋山殿にうかごうた」

「花井戸さまが、朝になったらお頭に伝えておく、と申されたそうですが……」

「そのうちお頭からおほめの言葉があるだろう。もしかすると褒美をくださるかもしれんぞ。なにしろ相手は天下の鴻池だからな」

「なにか鴻池に対してお指図はありましたか。警備を固めよ、とか……」

「いや、それはまだだが、朝会のときにおっしゃると思う」

町奉行は、朝、仕事まえに与力たちを集め、その日の指図を行うのが通例であった。

「では、行って参る。褒美、期待しておれ」

そう言うと八幡与力は与力溜まりを出ていった。そののち、皐月がその日の町廻りの順路を同心溜まりでほかの同心たちと話しあっているとき、八幡が通りかかったので、

「八幡さま、いかがでしたか」

八幡は浮かぬ顔で、

「褒美のことはおろか、昨夜の一件についてはなんの話も出ずじまいだった」

「え……？」

「わしも黙って聞いておったが、とうとう我慢できず、『昨夜の件、いかが取り計らいましょうか』と申し上げた。すると、お頭は首をかしげて、『昨夜の件だと？　なんのことだ』と仰せだ。聞いておられぬのか、とわしが詳しく申し上げようとすると、花井戸さまに一喝された。『八幡、でしゃばるな！　控えい！』……とな。そして、あとでわしの部屋に参れ、とおっしゃられた」

八幡弓太郎がおそるおそる部屋を訪ねると花井戸与力は、

「襖《ふすま》をしっかり閉めよ」

と言った。そして、歳が親子ほども離れた八幡をにらみつけると、

「今、東町奉行所は御用繁多だ。鴻池の主も無事だったのであろう。そのような件に割く人数《にんず》はおらぬ。また、お頭も、赴任したばかりでいろいろご心労も多い。つまらぬ件を耳に入れるな」

「あの……駕籠かきがひとり斬られておりますが……」

しかし、花井戸はじろり、と八幡を見ただけでなにも言わなかったという。

「あれは『黙れ』ということなんだろうな……」

「鶴松という駕籠屋に話をききにいこうと思うておりましたが……」

「とにかく花井戸さまの指図なのだ。守らねばなるまい」

「花井戸さまは、鴻池の件にわざと目をつむっておられるのではありますまいか」

「しっ……！　うかつなことを申すでない！」

八幡弓太郎は口に人差し指を当てた。

「そんなはずはあるまい。なにかわけがあるのだろう」

「どんなわけです」

「そ、それはわからぬが……諸御用調役の花井戸さまににらまれたら出世に響く、どこ

ろか、定町廻りを外されるかもしれぬ。ここはおとなしくしておるほうがよいぞ」

「は、はい……」

「花井戸さまはもともと、大塩平八郎が東町奉行所与力だったころ、その配下だったお方だ。それゆえ大塩の乱のときは鎮圧の出役から外され、陣頭に立つこともなかったと聞く。それが今や筆頭与力なのだから、やはりたいしたやり手なのだろうな。——皐月、もう鴻池の件は忘れろ」

そのとき皐月親兵衛はふとあることを思い出し、ふところに手を入れた。

「駕籠屋が斬られたあたりでこんなものを拾いました。三人のうちのだれかが落としていったものかもしれませぬ」

八幡与力はその紙きれに目をやった。羽織袴を着た大きな猿がなにか白いものをなめている奇怪な絵があり、猿の頭のうえに「十四十三」という文字がある。それらはお粗末な木版のようなもので刷られているのだが、下の空白部に筆の走り書きで「兎《うさぎ》殿水無月《みなづき》猿殿蛙《かえる》」と書かれている。

「どういうことでしょう」

「さて……わからぬのう。六月に猿と蛙……」

それではそのままだ。

「十四十三とは？」

「水無月の十四日か十三日になにかをするのだ」

そうだろうか、と皐月親兵衛は思った。それなら十四十三が木版刷りになっているのはおかしい。十三十四ではなく十四十三であるのも引っかかる。

「猿とはなにものでしょう」

「猿山か猿塚か猿飼か……ははは、それでは八猿伝だな」

笑いながら紙をひっくり返したとき、八幡与力の顔色が変わった。

「どうかなさいましたか……」

しかし、八幡は無言で紙を見つめたままだ。

「なにかわかったのですか」

再度皐月が声をかけると、

「皐月、ここを見よ」

指差したところには、「公事吟味の儀、明日相済まざる儀はかかり奉行宅にて吟味を詰め」と筆で書かれていた。

「なにかの反故《ほご》の裏を仲間同士のつなぎに使ったようですな」

「うむ……これはおそらく……町奉行所の公事書付だろう。そうだ。そして、わしはこの筆跡に見覚えがある」

八幡は腕組みをしてしばらく黙ったあと、その腕を解き、

「物書き方同心尾上権八郎の筆にまちがいない。この右に払うべきところを跳ね上げるのや『か』の文字の丸め方などは尾上の文字癖だ」

「たしかに……そう言われてみれば……」

「皐月、これは容易ならざることだぞ。鴻池善右衛門を襲った三人の侍のうち、少なくともひとりは東町に関わりのあるもの、ということになる」

「いかがなさるおつもりで」

「うむ……わしの思うに、花井戸さまが鴻池の件を放っておけと申されたのは、身内のものが関わっているかもしれぬ、とお気づきになられており、ひそかに調べを進めるおつもりだからではなかろうか。ことが公《おおやけ》になっては町奉行所の体面に傷がつくかもしれぬからな」

「なるほど。そうかもしれません。町奉行所のなかに獅子身中《しししんちゅう》の虫がいる、というわけですから、だれが敵でだれが味方かもまだわからない。慎重にことを運ばねばなりません」

「そういうことだ。お頭は着任してからまだ日も浅いゆえ、下手に動かれると藪蛇になる。花井戸さまは万事をご自身で明らかにしてから、お頭にご報告なさるつもりなのだ。それであの態度も腑《ふ》に落ちた」

そこまで言うと八幡はにやりと笑い、

「ならば、わしが花井戸さまにこの紙をお見せして、われらは味方である、とお知らせしたほうがよかろう。――よし、今から花井戸さまに内々に申し上げて参ろう。さすれば、おそらく花井戸さまのわれらへの信任が篤《あつ》くなるであろう。もしかするとすべてが解決して花井戸さまがお頭にご報告になられる際に、『此度《こたび》のこと、大公儀に対して恥をかかずに済んだのは、ここにいる八幡と皐月の働きによるものでございます』……などと口添えしていただいたら、お頭より加増の沙汰があるかもしれぬ」

「加増？　それはようございますな。そうなったらそれがし、屋根の修繕と畳替えをいたします。もう少し良い羽織と袴も欲しいし、そうそう、刀も新調します。あと、熱海《あたみ》に湯治にも参ります」

「あわてるな。まだそうと決まったわけではないぞ。皐月、吉報を待っておれよ」

「はいっ」

八幡弓太郎は肩を怒らせて部屋を出ていった。しかし、なかなか戻ってこない。そろそろ市中見廻りに出発する刻限なので、じりじりして待っていると、半刻ほどのち、八幡は足を引きずるようにして皐月のところにやってきた。皐月には、八幡が憔悴《しょうすい》しきっているのがひと目でわかった。

「い、いかがなさいました？」

八幡はその場に崩れるようにうずくまったまま応えない。

「八幡さま……八幡さま？」

八幡与力は涙目で、押し出すように言った。

「皐月……えらいことになったぞ」

「どうなされたのです」

八幡はしばらく呆然として天井を見上げていたが、やがて鼻をすすりながらぽつりと言った。

「わしらは……あやうくお払い箱になるところであった」

「なんと……」

「花井戸さまにあの紙をお見せして、われらは味方である、と伝えると、突然怒気を顕《あら》わになさり、紙をわしに向かって放り投げたうえ、われらふたりの職を免ずるようお頭にお伝えする、とおっしゃった」

「えええええっ！」

「わしもうろたえて、『なにゆえでござるか。それぱかりはお許しくだされ。先祖代々の職を免ぜられては一家の暮らしが立ちかねまする。どんなことでも仰せのとおりいたしますゆえ……』と言うと、『これには深い仔細《しさい》がある。おまえたちごとき下役《したやく》のしゃしゃり出るところではない。その件について二度と口にしたならばその日のうちに罷免してやる。これは脅しではないぞ』と、わしの目を見つめておっしゃられた。——ああ、怖かった……」

「と、とは申せ、尾上権八郎が関わっているのがわかっていてみすみす……」

「皐月、花井戸さまを甘くみるな。あのお方は本気だぞ」

「では、我々はなにをすればよいのです」

「うちの組にはべつの役目が与えられた」

「は……？」

「下寺町にある要久寺という寺の住持がよからぬことを企《たくら》んでいるという投げ文があったとやらで、なにか起きたらただちにその寺の和尚を召し捕って、口を割るまで厳しく詮議せよ、とのことだ」

「要久寺でございますか。あそこの和尚は大尊と申しまして、それがし、よう存じております。酒飲みの堕落坊主ではございますが、けっして悪人ではないと……」

「花井戸さまは、理由《わけ》はおっしゃらなかったが、そやつが極悪人であることはわしが請け合う、と仰せだ。すぐにでも牢《ろう》に入れ、責めにかけたいところだが、近々かならず罪を犯すゆえ、朝な夕な要久寺の近くに張り込み、その坊主の所業を逐一見張っておれ、と申された」

　皐月親兵衛は下を向いて考え込んでいたが、やがて顔を上げ、

「八幡さま、その件もなにやらきな臭《くそ》うございます」

八幡はきっとして皐月を見、

「皐月……もし、おまえがわしの命に従わぬなら、わしがこの手でおまえを斬る」

「…………」

「おまえにも守るべき家族があるではないか。ひとり娘の園、と申したな、あの娘に泣きを見せとうはなかろう。長いものには巻かれろだ。——よいな、くれぐれも勝手なことをするなよ」

「は、はい……かしこまりました」

「では、今からわれら八幡組は要久寺に向かい、かわるがわる見張るのだ。ただしくれぐれも大尊には悟られぬようにな。——さ、支度いたせ」

「い、今からでございますか」

「そうだ。なにか差し支えがあるのか」

「い、いえ……なにもございませぬが……」

それでは大尊にこのことを知らせるわけにはいかぬ。

「八幡さま、罪がなければ捕らえることはできませぬ。まことに大尊和尚は近々罪を犯すのでございましょうか」

「花井戸さまがそうおっしゃったのだ。信じるほかあるまい」

八幡与力はそう言った。

◇

「ああ、退屈や」

上背があって太り肉《じし》の女が欠伸をした。三十過ぎの大年増だが、だぶだぶの浴衣《ゆかた》をわざとだらしなく着なし、帯も緩めに締めている。短い裾から白い太股《ふともも》が丸見えだが、何箇所か蚊に食われた痕がある。顔には歌舞伎の隈取《くまど》りのような化粧を施しており、ただものではないとわかる。天王寺《てんのうじ》にほど近い口縄坂《くちなわざか》に一家を構える女侠客《おんなきょうかく》、口縄の鬼御《おにご》前《ぜん》である。「三すくみ」のひとりで、天王寺界隈《かいわい》ではなかなかの顔役である。

喧嘩も強いが大酒飲みで、飲み比べでは相撲取りにもひけを取ったことはなく、

「くちなわやのうてうわばみや」

と噂《うわさ》するものもいるほどだが、背中にはとぐろを巻いた大蛇の極彩色の刺青《いれずみ》を背負っているのだ。

「近頃は派手な喧嘩《でいり》もないし、横町奉行は休んどるし、烏瓜《からすうり》先生も診療がお忙しいみたいやし……ああああ、暇やわ。なんぞ、ぶわーっと血の雨が降るようなすがすがしいことはないやろか」

隣で聞いていた子方《こかた》の豆太《まめた》が、

「姉さん、なにを物騒なこと言うてはりますねん。世の中が落ち着いてるのはええこと

やおまへんか」

「アホ!　あてらみたいな稼業はな、少々騒がしいほうがええのや」

「けど、近頃は露西亜やメリケンやエゲレスの異国船が来たり、江戸の公方《くぼう》さまのお城が燃えたりして、けっこうガチャついてまっせ」

「そやなあ……この国も十年後、十五年後にはどうなっとるかわからんわなあ。徳川さまの天下がひっくり返ってるとか……」

「そんなことはおまへんやろ。二百五十年も続いとる天下だっせ」

「武士より百姓、町人のほうが偉なってるとか」

「そんなことはおまへんやろ。やっぱりお侍はお侍だっせ」

「日本が異国に港を開いてるとか」

「そんなことはおまへんやろ。阿蘭陀と清《しん》国だけとしか付き合うてまへんさかい」

「あのな、豆太……おまえ、なんぼほど頭固いんや」

「そうだすか?　けっこう柔らかいほうや思いますけど……」

「徳川さまの天下ゆうたかて、そのまえは太閤さんが天下人やったんやで。あのお方は信長《のぶなが》公のご家来やったのが、明智光秀《あけちみつひで》をやっつけて、あっという間に天下を獲《と》ってしもた。今度また、そんなことが起こらんともかぎらんやろ」

「そらまあそうだすな」

「それに、太閤さんはもともと百姓の出やで。それが天下を我がものにしはったのや。百姓、町人が武士よりうえになる日が来たかておかしないで」

「そらまあそうだすな」

「由井正雪《ゆいしょうせつ》にしても大塩の乱にしてもあとちょっとのところでしくじったけど、つぎは上手いことやるやつが出てくるかもしらん」

「そらまあそうだすな」

「おまえなあ……おのれの考えというものはないんかいな」

「おまへん」

豆太はきっぱりと言い切り、鬼御前がため息をついて、

「おまえと話してたら頭痛《いと》うなるわ。——頭痛を治すために飲みに行ってくる」

「ほな、わてもお供を！」

「いらん。あてひとりで行く」

「そんなことおっしゃらんと……姉さん行くところにこの豆太あり、だっせ。なにしろ一の子方ですさかい。へっへっへっ……」

「気色の悪い笑い方すな。——しゃあない、ほかに行ってくれそうな相手もおらんし、おまえを連れてこか」

「そうこなくっちゃ。へっへっへっへっ……」

ふたりはぽいと表に出た。外は夕焼けがきれいだった。

「どこへ行きまひょ」

「久しぶりにごまめ屋に顔出してみたいところやが、ちと遠いさかい、今日のところは数寄屋《すきや》か芳野屋《よしのや》にしとこか」

「そうだすな」

しかし、ふたりが訪れた店はことごとく満席だった。しかたなく鬼御前たちは、麻津屋《まつや》という、あまりよく知らない店に入った。そこが大当たりで、酒もよしアテもよし客あしらいもよし、しかも値も安く、ふたりは茄子《なす》揉み、キュウリ揉み、冷奴……といった肴で痛飲した。鬼御前は、三升ほども飲み、しまいにはべろべろになった。

「お、おい、豆太、帰るで」

立ち上がったが足もとがおぼつかない。ひょろひょろと出口に向かったが、頭をしたたかにぶつけ、

「こらあ、どこのどいつや！　ひとにぶつかったんやさかい詫《わ》びのひとつも言わんかい！」

「姉さん、それ、柱だっせ」

「柱ゆう男かい。かかってこい！　あては口縄坂の鬼御前ゆうもんや」

「姉さん、柱は口ききまへんで」

豆太があきれてそう言ったとき、表で声がした。

「こちらの店に口縄の貸元さんがお越しじゃあございませんか」

豆太が、

「旅人《たびにん》さんみたいだすな。姉さん酔うてはるさかい、わてが応対しますわ」

「大丈夫かいな。仁義で舌嚙《か》んだりしなや」

「あったりまえだすがな。何年、姉さんの下でこの稼業しとると思てなはんのや。なんぼわてでも、やるときゃやりまっせ」

豆太は憤然として出ていくと、

「こちらに口縄の鬼御前さんお越しでおます」

鬼御前は頭を抱えて店を出た。

「こら、豆太！　おのれの親方の名に『さん』をつけたらあかんやないか」

すると、旅人は鬼御前を見て、

「おお、鬼御前親分。お久しぶりでござんす」

「あんたは清水《しみず》一家の……」

「へい、小政《こまさ》でござんす」

男は清水次郎長《じろちよう》の子分、清水の小政だった。以前、旅先の大坂で病を得、鬼御前のところにしばらく逗留《とうりゆう》していたことがあるのだ。

「姉さん、おなつかしゅうござんす」

「わあ、ほんまやなあ。ええとこに来た。さあ、一緒に飲も」

手を取って店に戻ろうとした鬼御前に小政は、

「それどころじゃねえんで……。姉さん、こいつをご覧になってくだせえやし」

そう言って小政はふところから油紙に包んだものを取り出した。

「なんやねん、それ」

「姉さん宛の手紙でござんす。お宅にうかがうと、お留守居のおひとが、姉さんは飲みに出たきりまだ帰ってこねえ、とおっしゃるもんで、心当たりの店を何軒か教えていただいたんで訪ねてみてもどこにもいらっしゃらねえ。ここを探し当てるのにゃあ苦労しやした」

「手紙やったらうちの若いもんに預けてくれたらよかったやないか」

「それがその……かならず姉さんに直にお渡ししてほしい、と念を押されやしたんで」

「だれの手紙やねん」

「姉さんの兄貴だとおっしゃる、武田《たけだ》さまというお武家さまからお預かりして参りやしたんで……」

「な、なんやて？」

鬼御前はその包みをひねくり回していたが、

「これ……血がついてるやないの」

「へい……実ぁあっしは、親分次郎長の名代で大和《やまと》の荒鹿《あらしか》の貸元の葬式に焼香しにいく途中なんですが、駿府のご城下を抜けて安倍川《あべかわ》沿いの街道を歩いてたときに、松の木の根もとにお侍がひとり倒れておりやした」

「え……？」

小政の話によると、その武士は立派な身なりをしていたが、顔や首筋に刀傷があり、あちこちに血が滲《にじ》んでいたという。小政が、

「怪しいもんじゃござんせん、あっしは清水次郎長というヤクザもんの子分で小政と申します。すぐに医者を呼んできますんで、ここを動かねえようにしておくんなせえ」

と言うと、

「なに？　次郎長の子分なら、もしや大坂口縄坂の鬼御前という女伊達《おんなだて》を知ってはいまいか」

「鬼御前の姉さんならよく存じておりやす」

「そうであったか……。地獄に仏とはこのことだ。わしは駿府城代配下の武田新之丞《しんのじょう》と申すもの。わけあって大坂に住む妹のところに参る途上であったが、追っ手に斬られてかくのごときありさま……。やつらを必死に振り切ってここまで逃げてはきたが、そのうち追いつかれよう。貴公を男と見込んで頼みがある」

武士は油紙に包んだものをふところから出し、

「この書状を妹のもとに届けてはくれぬか」

「でも、追っ手が来るのがわかっていながら、あんたをここに放っておくわけにはいきませんぜ。せめて駿府のお奉行所に届け出て……」

武士はかぶりを振り、

「理由《わけ》あって、それも叶わぬのだ」

「どういうこってす」

「話している暇はない。——もし、わしが追っ手に斬り殺されても、書状が妹の手に届けばまだいくばくかの望みはある。だが、わしと貴殿がともに殺されたら、すべては潰《つい》えてしまう。——頼む、一刻も早くここを離れてくれ」

小政は血だらけで息も絶えだえの人物を残していくことにためらいを覚えたが、

「わかりやした。この小政を男と見込んでの頼み、かならず果たしてみせやす。ご安心なすってくだせえ」

「そ、そうか……すまぬ。かならずや妹当人に直に手渡してくれ。——それにしてもまたま通りかかったのが妹の知己とは……わしにもまだつきが残っているとみえるな」

武士は莞爾《かんじ》と笑った……。

「という次第でやす。どうぞ中身をご覧になってくだせえ」

「あんたは読んだんか？」

「へへ……あっしは学問がはんちくで目に一丁字《いっていじ》もねえんでさあ。さ、早く……」

小政に急かされて、鬼御前は血のついた油紙を破り、書状を取り出した。そこには、ある陰謀についての概略がしたためられていた。そして、

「余は駿府の山中に隠れおるつもりなれど、そこもとこの書面落手したる折、万に一《いっ》余すでにこの世のものにあらざるならば、そこもとただちにこの書面持参のうえ雀丸殿のところに参り助力乞うべく候《そうろう》」

と結ばれていた。酔いが一度に醒《さ》め果てた鬼御前は、

「その侍、顔がでかなかったか？」

「へい、歌舞伎役者みてえに……と言いてえところだが、奈良の大仏さまみてえにでかい顔のおひとでした」

「そうか……それやったらまちがいない。あての兄《あに》さんや」

鬼御前はその場にしゃがみこんだ。

「兄さんとあては双子でな、ふた親が亡くなったとき、別々の親類に預けられた。あては親類と揉めて家を飛び出し、香具師《やし》の親方のところに転がりこんでこのざまやけど、兄さんは頭が良うて愛嬌《あいきょう》があったさかい学問と商いの道を仕込まれて、そのうちあるお侍さんの養子になって今は駿府城代のご配下で役人をしてるのや」

「そうだったんですかい。おふたりとも苦労しなすったんですねえ」

小政は、葬式に遅れると一大事だからと言って去っていった。あとに残った鬼御前は、手紙を仕舞い込むと豆太に言った。

「豆太……あては今から駿府に行くわ」

「今から？　もう夜中だっせ。それに姉さん、かなり酔うてはります。気も急きまっしゃろけど、今日は寝て、明日の朝一番にお出かけになりはったら……」

「いや、小政どんの話やと、兄さんは怪我してはるうえに追われてるらしい。あてが助けにいかんとどもならん」

「ほな、わてもお供します」

「あかん。おまえには留守を任せるさかいしっかり頼むで」

「わ、わかりました。留守居役、きっちり務めさせてもらいます」

「よっしゃ。――あては家に戻って旅支度するわ」

「雀丸さんに手紙を渡さんでもよろしいんだすか」

「そやなあ……。いまから浮世小路に行ってたら遅うなる。あんたが渡しといてくれるか」

「承知しました」

そのときどこかで半鐘の音が聞こえた。大勢のものが叫ぶ声も風に乗って聞こえてくる。遠くに火の手が見えた。野次馬たちが騒ぎながら南に向かって走っている。

「姉さん、四天王寺《してんのうじ》の方角だっせ」

「そやな」

豆太が野次馬のひとりを捕まえ、

「火事はどこや」

「なんでも下寺町のほうらしいで。あの辺りは寺が集まってるさかい、えらいことになるかもしれん」

鬼御前と豆太は真っ青になって駆け出した。鬼御前一家がある口縄坂も下寺町のすぐ近くなのだ。ふたりは走りに走った。近づくにつれ、火事の全貌がわかってきた。どうやら火もとは下寺町のどこかの寺である。そこから縦横に燃え広がっている。口縄坂のほうにも火が回っているようだ。

たくさんの火消したちが大纏《おおまとい》のもとで必死に働いている。彼らの顔は火に照らされて真っ赤になっている。大坂は江戸のような大名火消しはなく、「雨」「波」「井」「滝」「川」の五組で町火消しを編成して防火・消火活動を行っている。また、大きな商家や寺院などはそれぞれ自前の火消しを持っている。それらが下寺町に集結して燃える家を取り囲み、手にした鳶口《とびぐち》で引き倒している。水など掛けても間に合わない。木造家屋はあっという間に燃えてしまう。類焼を防ぐには、家を潰してそれ以上焼け広がらないようにするしかないのだ。

「ね、姉さん……」

「豆太……」

口縄坂に到着したころには火災はだいたい収まっていた。

「なんともなかったらええけど……」

そう言い合いながら口縄坂を上ったふたりが見たものは、すでに焼け崩れて熱い炭となった鬼御前一家の家だった。家のまえでは子方たちが呆然としてその瓦礫《がれき》を見つめている。ひとりが鬼御前に気づき、わっと泣き出した。

「姉さん、すんまへん……。まんが悪うおました。はじめは下の道の寺が燃えてましたんやが、風向きが急に変わってこっちに火が来てしもた。うちの家と何軒かだけが焼けたあと、また風向きが変わって……」

「しゃあない。あんたのせいやない」

そう言いながらも鬼御前の目からも涙が流れていた。豆太が憤然として、

「どこのどいつが火ぃ出しよったのや。どうせどこぞの坊主やろ。そいつ捕まえて、首根っこへしおったる！」

「それがやなあ、豆太の兄貴……妙な噂があるのや」

「噂？」

「この火事は火付けや、それも要久寺の大尊和尚が火ぃつけたのや……と言うとる連中がおる」

鬼御前が血相を変え、

「あんた、なんぼ家が燃えても、言うてええことと悪いことがあるで！」

「せやけど姉さん……真っ先に燃えたのは要久寺だすねん。それに……こんなもんがこのあたりの家とか寺にばら撒かれてて……」

そう言って子方が差し出したのは、一枚の刷り物だった。そこには、

赤い猫の舌が今夜四ツ時分下寺町をねぶるぞよ。剣呑《けんのん》剣呑。要久寺住職

とあった。

「これが知らんうちに配られてたおかげで、火事があるんとちがうか、て皆言いあってて、多少は気ぃつけてましたんや。そのせいかどうか、焼け死んだものはひとりもないらしい」

べつの子方が、

「要久寺の和尚が酔っ払っておのれの寺に火ぃつけたのが燃え広がった、て言うとるもんもおました」

鬼御前は要久寺のほうを見やると、

「あのガキ……許さん」

そうつぶやくと、

「皆、集まってくれ」

鬼御前一家の全員を黒焦げになった家のまえに集めた。

「見てのとおり、家が丸焼けになってしもた。今日かぎり、鬼御前一家は解散や。皆、長いあいだご苦労さんやった。これからはだれでもええ、好きな親方のところに行ってんか」

「そんな姉さん」

「わてら皆、姉さんのことを慕《しと》うとるさかいここにいてますのや」

「家が焼けたぐらいなんだす。皆でがんばって建て直しまひょ」

「あちこちの貸元に言うたら、火事見舞いや、いうてお金も集まりまっせ」

鬼御前はうなずいて、

「ありがとう。けど、あては今から、ちょっとわけがあって駿府まで行かなあかんのや。いつ帰ってこれるかわからん。あてが戻るまで、あんたらが住むところもないやろ」

「ほな、みんなで駿府まで……」

「いや、渡世の道とは関わりのないことやさかい、これはあてひとりでけりをつけなあかんのや。あんたらに手伝《てつど》うてもらうわけにはいかん」

一同が暗くなったのを見て、豆太が大声を上げた。

「こら、おまえら、なにをしょぼくれとるのや。姉さんが帰ってきはるまでに、家をなんとかする目鼻だけでもわてらで付けとこやないか」

鬼御前は少し涙ぐんだようだったが、すぐに懐紙で鼻をかむと、

「ほな、着物もなにもかも焼けてしもたから、着の身着のままで出かけるわ」

「姉さん、お達者で」

「お達者で」

「姉さん、行ってらっしゃい」

「ああ……みんなも元気でな」

そう言って鬼御前は、焦げくさい臭いのなかを旅立っていった。それからすぐに、大尊和尚がやってきた。衣は焦げて、顔も真っ黒になっている。

「えらいことであったな。うちも燃えてしもうたが、おまえ方のところも焼けたと聞いて飛んできたのじゃ。鬼御前は無事か？」

豆太が大尊の胸ぐらを掴み、

「こらあ、この極道坊主！　おまえのせいでうちまで丸焼けになってしもたやないか。どないしてくれるんじゃ！」

「わしのせい？　なんのことじゃ」

豆太はさっきの刷り物を大尊に示し、

「要久寺住職ゆうのはあんたのことやろ！　火もとは要久寺やと聞いたで。あんたが酔うて火ぃつけた、ゆう噂もある」

「たわけ！　おのれの寺に火をつける阿呆《あほ》がおるか！」

「ほな、今晩下寺町で火事が起きるゆうことがなんで前もってわかったんや」

「知るか！　こんな刷り物、わしは作った覚えはない」

そのとき、

「待てっ、要久寺住職大尊とはそのほうか！」

十手を持った皐月親兵衛が野次馬を掻き分けて現れた。

「なにをいまさら……おまえさん、わしのことはよう知っておるではないか」

皐月は、その言葉を無視して、

「火付けの疑いで召し捕る。会所《かいしょ》まで参れ。逃げようとしてもそうはいかぬぞ」

皐月親兵衛の隣には、盗賊吟味役同心やその下聞きの長吏、役木戸なども控えている。

「わしは火付けなどした覚えはない。東司《とうす》（手水場《ちょうずば》）から火が出たらしいが、日頃は火の気がないところじゃ。だれかが付け火したのかもしれぬが、ずっと酔うておったゆえなにも知らぬ」

盗賊吟味役同心が刷り物を大尊に示し、

「おまえが作った刷り物に下寺町で火事が起きるという予告が書かれていたのが動かぬ証拠だ」

「なにゆえわざわざ予告したうえでおのれの寺に火をつける」

「大塩の乱のとき、大塩平八郎は自宅に火を放って決起したではないか」

「わしは決起などせんぞ」

皐月親兵衛が、

「言い訳は会所で聞こう。さあ……来い！」

「じゃが、わしがここに来ているとようわかったのう。火事のさなかに早手回しもよいところじゃ。まるで、わしのことを見張っていたようではないか」

「う、うるさい！　とにかく来るんだ！」

皐月親兵衛はあわてて大尊の手首を摑み、引っ張った。長吏が、

「旦那、縄はかけんでよろしいか」

「かまわぬ」

皐月親兵衛と大尊和尚は並んで歩き出した。しばらく行ったところで大尊は皐月親兵衛の耳もとでささやいた。

「なにがどうなっておるのじゃ」

「わしにもわからぬのだ」

皐月はそう答えた。彼らのうしろでは、鬼御前の子方たちが、

「やっぱりあの坊主がやったんか」

「道理で人相が悪いと思うたで」

「太いやっちゃ」

口々にそう言い合っていた。

◇

下寺町の火災は出火してから四半刻ほどで鎮火した。大坂人の頭には、あの大塩の乱のとき、大坂の五分の一を焼き尽くしたいわゆる「大塩焼け」が生々しく残っている。あのときは七万人が家を失った。しかし、今回は要久寺に隣接する三軒の寺院の伽藍《がらん》が焼け、口縄坂を上がりきった辺りにある民家が十軒ほど焼けたにとどまった。不幸中の幸いと言えるのは、ひとりの焼死者も出なかったことである。「赤猫の舌」云々《うんぬん》という刷り物を受け取った寺院や商家、民家などでは、どうも薄気味悪いと考え、内々に火事に気をつけていたのだという。

召し捕られた大尊和尚は天満の牢屋に入れられ、吟味役与力によって厳しい取り調べを受けているが、まるで口を割る気配がないため、そろそろ「責め」を行うかどうか……

という話になっているらしかった。火付けやひと殺しなどの罪の場合、町奉行の権限で拷問を行うことが許されていたのである。

「たいへんなことになりましたね……。鴻池さんは襲われるし、鬼御前さんの家も要久寺も丸焼けになるし、大尊さんは召し捕られるし……もうめちゃくちゃだ」

雀丸はそう言った。竹光屋には、大尊の弟子である仁王若《におうわか》と小坊主の万念《まんねん》がいた。ふたりとも寺が焼けてしまい、行く場所がなくなったので雀丸に相談に来たのである。雀丸は鬼御前のところにも火事見舞いに行こうとしたが、居場所が知れない。一の子方の豆太の行方もわからないので、あちこち訪ねて、ようやくひとりの子方の口から、鬼御前が駿府の兄のところに行ったことを知ったが、詳しいことはまるで不明である。

「鬼御前殿は、うちの和尚が火付けをした、と思うておられたようだが、大尊和尚はたしかに大酒飲みで自堕落で檀家《だんか》から金を借りても返さず米や味噌、醬油の払いも踏み倒し、修行もせずからくりばかり作っておる、世間から見ればとんだ破戒僧であった。なれど、おのれの寺に火をつけたり、諸人に迷惑をかけるような方ではけっしてござらぬ」

仁王若が言うと万念も、

「はい、和尚《おっ》さまは朝から酒を飲んだり、イワシやら刺身やら生臭ものを食べたり、昼寝したり、わけのわからんからくり作ったり、借金踏み倒したり……時には博打《ばくち》もしてはりますけど、火付けをしたりするようなお方やおまへん」

「わかっています。私も今から東町奉行所に行って、掛け合ってくるつもりです」

「よろしくお願いいいたす」

仁王若が頭を下げたところに、

「こんにちは」

入ってきたのは皐月親兵衛の娘、園である。雀丸とはネコトモだが、今日は愛猫のヒナは抱えていない。その表情はかなり暗かった。園は仁王若と万念に頭を下げると、

「私の父が大尊和尚さんを召し捕ったそうで、皆さんにご迷惑をおかけしております」

仁王若が、

「いや、皐月さまもお役目としてなされたことゆえいたしかたない。このうえは一刻も早う疑いが解けて解き放ちになることを願っております」

「そのことなのですが……」

園は言いにくそうに、

「私が父に、大尊和尚さまのお人柄をよく知っているはずなのになにゆえ捕縛したのか、と申しますと、父も大尊和尚は下手人ではない、と上役の八幡与力さまに強く申し上げたがお取り上げにならなかったそうです。大尊和尚さまの召し捕りはもっとうえのほうからの指図だそうで……」

「うえのほう？」

雀丸がたずねると、

「諸御用調役の花井戸さまというお方です。諸御用調役というのは与力役席のなかではいちばん高い位で、今のお奉行さまはまだ先月赴任したばかりですから、実質は花井戸さまが東町奉行所を取り仕切っていると言ってもいいと思います」

「牛耳っている、という言い方もできそうですなあ」

と仁王若が言った。

「はい。園さんが皐月さんから聞いたそうですが、鴻池さんのことを揉み消してしまったのも花井戸さんなのです。それぐらい力があるひと、ということです」

あれ以来、善右衛門は家のまわりに雇った用心棒を何十人もずらりと並べ、外出《そとで》は一切していない。商人がそんなことではいろいろ不都合もあるが、身を守るためにはやむをえないのだ。

「大尊和尚さまが火付けをしたという証拠は、例の『赤猫の舌』云々という刷り物だけなのですが、おのれが火付けをするということをおのれが喧伝して廻るはずがない、と私は思います」

園がそう言うと雀丸はうなずいて、

「そのとおりです。大尊さんが下手人のはずがない。そんな証拠はいくらでもでっちあげることができます」

「はい。証拠としては弱すぎます。なので、花井戸さまは大尊和尚さまの『責め』をすることにしたそうです。いつからかはわかりませんが……」

「えーっ！」

小坊主の万念が泣き声を上げた。

「和尚《おっ》さまは日頃えらそうなことを言っておられますがご高齢で、とてもそんな拷問には耐えられません。死んでしまいます。ああ、和尚さま……」

「それはいけない。なんとか止めなくては……」

雀丸は拳を握り締めた。火付けは死罪である。拷問を受けて白状しなかったら責め殺され、白状しても獄門柱が待っている、としたら大尊の運命は「死」しかないことになる。

園が、

「ここだけの話ですが……父によると、火事が起きるまえから大尊和尚さまは目をつけられていたようで、父は八幡さまを通して花井戸さまから、要久寺の和尚が近々なにかしでかすはずなので身辺を昼夜わかたず見張っておけ、とのお指図をちょうだいしていた由……」

「なんだと？」

仁王若が顔を真っ赤にして、

「ううう……やはり和尚は陥れられたのだ！」

　雀丸が、

「園さん、花井戸さんという方のひととなりをご存知ですか」

「父の話では、かつて大塩平八郎の配下だったそうですが、薫陶を強く受けて、いつも奉行所のなかで天下国家の行く末について熱弁をふるっておられたそうです」

「熱いひとでもあるのですね」

　雀丸がそう言うのを聞いた万念が、

「熱いのが行き過ぎると暑苦しくなります。人間は常に心を冷ややかに保て、と和尚《おっ》さまがおっしゃっておられました」

　仁王若がうなずいて、

「禅の真髄だ。暑苦しくなってしまうと他人に嫌がられていても気がつかぬ。当人は正しいことをなしておるつもりでも、よそからは大迷惑となる。どんな境遇でも心を冷ややかに保たねばそのような地獄に陥るのだ」

　雀丸はため息をつき、

「鴻池さんの件だけでなく、大尊和尚さんのことについても花井戸さんがなにか関わっているような気がしますが、どうやって探り出せばいいのかわかりません」

「和尚さまが花井戸さまを怒らせるようなことをしたとも思えませぬが……」

園がそう言ったとき、店の表から、

ほんまだっか、そうだっか
あんたの言うことそうだっか
嘘です嘘です真っ赤な嘘です
嘘は楽しやおもしろや
嘘はうれしやはずかしや
嘘つきゃ幸せ、嘘つきゃご機嫌
嘘つきの頭《こうべ》に神宿る
この世のなかに
ほんまのことなんかおまへんで
ほんまだっか、そうだっか
ほんまだっか、そうだっか

という陽気な歌声が聞こえてきた。歌の合間には横笛の音や鉦《かね》、太鼓などを叩く音、金属片がじゃらじゃら鳴る音なども聞こえる。雀丸はポン！　と手を叩き、

「そうだ、夢八《ゆめはち》さんがいた！」

雀丸が外に駆け出すと、黄色の着物に金色の羽織、真っ赤な襦袢《じゆばん》、緑の烏帽子《えぼし》……という派手な格好をした男が踊りながら歩いている。「しゃべりの夢八」である。

夢八の表稼業は「嘘つき」だ。遊郭などを流して歩き、お座敷がかかると、あることないこと嘘八百を口任せにしゃべりまくり、座を盛り上げる。幇間《ほうかん》のようだがヨイショはせず、噺家《はなしか》のようだが覚えてきたネタを披露するわけではなく、歌ったり節をつけたりもしない。ただただ、ひたすらしゃべるだけでご祝儀をもらう。しかし、彼には裏の顔がある。腕が立ち、身が軽く、忍びの術も心得ているらしい。石礫《いしつぶて》を打たせれば百発百中で、「七法出《しちほうで》」という変装も得意だ。ときどき長旅に出たり、伝書鳩《ばと》を飼っていたりすることもあり、雀丸は長らく「公儀隠密ではないか」と疑っていたが、先日やっとその正体がわかった。夢八は「沙汰《さた》売り」だったのである。沙汰売りは「噂屋」とも言い、情報を売るのが仕事である。多くの大名は江戸と大坂に屋敷を置いているが、九州や四国、東北といった遠隔地に領地のある外様大名はどうしても情報の届くのが遅くなる。そこで、「沙汰売り」と契約して、「噂」を買うのである。色里《いろざと》で「嘘つき」をしているのも、大勢の客と接していろいろな噂を耳にしている芸子《げいこ》や舞妓《まいこ》たちからそれを聞き出すためなのだ。酔っ払った商人や遊郭ということで気を抜いた侍が、うかっととんでもないことを漏らすこともあるらしい。

そんな夢八がなぜか雀丸と馬が合い、たびたび横町奉行の仕事に手を貸してくれるのだ。

「夢八さーん！　ちょっと寄ってください！」

「ああ、雀さん。あんたとこに行くところやったんや。――鬼御前さんと大尊和尚は気の毒やったなあ」

「そうなんです。今も仁王若さんと万念さん、それに園さんが来ておられます」

「そうか。――じつはその件についてちょっと小耳に挟んだことがあるんで、横町奉行に言うとかなあかんと思てな」

「なかに入ってください」

竹光屋に入ると夢八はさっそく、

「昨日の夜遅く、烏瓜諒太郎《りょうたろう》さんのとこに、手を火傷《やけど》した、ゆう男が来たらしいんだす」

烏瓜諒太郎は、夢八のすぐ近所に住む蘭方医である。もともと雀丸が大坂城に勤めていたころの同僚だったが、妹の病を治すため一念発起し、長崎で修業をした。医者としての腕はたしかだが、得た金をほとんど薬代と蘭学書に使ってしまうので、いつも貧乏である。

「そのひとはたしかに右腕にどえらい大火傷してて、当人はカンテキで火を熾《おこ》していたときにうっかり触ってしまった、と言うてたそうだすけど、烏瓜さんはそんなことではあれほどの火傷にはならん……と言うてはりました。一応、手当てをして帰しはったけど、下寺町の火事のことがあるんで、どうも気になる、ゆうて、すぐにわたいに報せにきはりまして……」

「あいつもなかなか気が利くようになってきたな。――で、どうなったのです」

雀丸が言うと、

「わたいはこっそりその男のあとをつけました。すぐにそいつが後ろ暗いところのあるやつや、とわかりましたわ。しょっちゅう後ろを振り向いて、つけられてないかどうか確かめよりますのや」

「怪しいやつだな」

仁王若が言った。

「まあ、わたいぐらいになると見つかるようなへまはしまへんけどな。――そいつ、どこへ行きよったと思いなはる?」

雀丸が首をかしげ、

「さあ……」

「立売堀《いたちぼり》から橋を渡って東へ東へ……」

「ははあ、東御堂《ひがしみどう》さんのあたりですか」

「なんの。そこからまだまだ東へ東へ。とうとう久太郎町《きゅうたろうまち》一丁目まで出てきよった」

「うわあ、西横堀《にしよこぼり》から東横堀まで行ったんですね。大坂横断だ」

「いや、それでは終わりまへん。農人橋《のうにんばし》を渡って松屋町《まつやまち》に出よった。そこを左へ曲がって今度は北へ北へ。大胆にも西の御番所のまえを通って大川まで行きよりました」

「天神橋《てんじんばし》を渡りましたか」

「いや、ところがどっこい、川沿いを東へ折れて、なおもどんどん歩いていく。まさかお城へ行くのやないやろな、と思いながらついていくと、なななんと……」

夢八が講釈師のように声を張り上げたとき、万念がぼそりと、

「東町奉行所に入ったのやおまへんか」

夢八はがくりと体勢を崩し、

「万念さん、一番盛り上がるところをわたいから取らんといとくなはれ。裏口が開いてて、そこから入りよりました。——けど、なんでわかりましたんや」

雀丸が、

「みんな、最初からもしかしたら東の御番所に行くのかなあ……と思いながら聞いていました。それにしてもずいぶんと歩きましたね」

「へとへとだすわ。あいつ、下寺町の界隈の医者に行ったら足がつくさかい、わざと遠方の医者に診てもろたんやなあ」

「でしょうね。その男、どんなやつでしたか」

「大柄で屈強そうだしたけど、侍やおまへんな。どこぞの寺侍かもしれん。——あ、そ

うそう。でこにでっかいたんこぶがおましたわ。どこぞでよほどぶつけよったんだすやろな。それと、唇の左端に大きいほくろがおますさかい、よう目立ちます。けど……あいつが火付けの下手人やとしたら、今度の一件には東町奉行所が関わってることになりまっせ」

雀丸はうなずいて、

「町奉行が着任したばかりでなにもわかっていないのを良いことに、花井戸という与力が好き放題しているのかもしれない。一連のことを町奉行の耳に入れることができればいいんですが……。園さん、今度のお奉行さまの石田長門守さんってどういうお方ですか」

園は首をかしげ、

「よくは存じ上げませんが、もとはまことの侍ではなく、どこかの地役人の四男だったそうです。それが江戸の御家人の養子となり、旗本に取り立てられて駿府町奉行、堺《さかい》奉行を歴任され、ついには大坂町奉行にまでご出世なさったそうです」

「すごいなあ。それはなかなかのやり手だ。こちらの味方につけたいなあ……」

「花井戸があいだに入って通せんぼしとるんだすやろなあ」

夢八が言うと、園が案じ顔で、

「大尊和尚さま……大丈夫でしょうか」

「なんとかなるでしょう。これまでもなんとかなってきたんですから」

雀丸は自分に言い聞かせるように言った。

「でも……鬼御前さんの家も要久寺も焼けてしまうなんて……」

「そういう『とき』が来たんだと思います」

「とき……？」

「世の中もおかしくなっています。何百年も泰平が続いていたのをほうぼうから揺り動かされておおあわてしている。それと同じで、我々も否応なしに変わらねばならない『とき』だと思うしかないですね」

「私たち……これからどうなるのでしょう」

「わかりません」

それが雀丸の正直な思いだった。

三

「そろそろ決行の日が近づいているはずだ。それまでにわれらに与えられた任を果たさねばならぬぞ」

「つなぎによると、大猿殿は水無月に戻られるとのことだ。急がねばならぬ」

「ああ、一度しくじったから風当たりがきつうなっておる。つぎはかならず仕留めねば……」

「それはそうだが……なにゆえわれらが悪右衛門《あくえもん》を斬らねばならぬのだ。ただの商人ではないか。われらが斬るべきは大坂城代や老中、若年寄たちではないのか」

「今頃なにを申しておる。武器や弾薬の調達などでわれらの後押しをしてくれているのは外様の大名衆だ。彼らは皆、やつからとうてい返せるはずもない大金を借りており、悪右衛門に死んでもらいたがっている。そこで我々が悪右衛門を斬ることを請け合うたのだ。持ちつ持たれつということだぞ」

「それに、やつは大塩さまが貧民救済のために金を貸してくれと申し入れたときも断ったというではないか。誅すべきだ」

「今度のしくじりでお頭は大名たちからさんざん責められ、早う決着をつけろとせっつかれておるそうだ」

「そもそも尾上、おまえがあのときちゃんとしておれば、すでにことは終わっておるはずなのだぞ。刀と竹光を取り違えるなど、ありえぬ話だ」

「そ、それがありうるのだ。重さといい、見かけといい、そっくりそのままで……」

「とにかくおまえのせいで、われらはもう一度やらねばならぬ。尾上、今度しくじったら、おまえを斬る」

「ば、馬鹿な……われらは同志ではないか」

「竹と刀の見分けがつかぬような馬鹿になにもかも台なしにされてはかなわぬ。おまえのようなやつは、文字を書いておるか刷り物をしておればよかったのだ。下手のくせに刀を振り回すからああいうことになる」

「そ、それもおかしいと思うのだ。なにゆえそれがしがあの良苔とかいう坊主の私怨を晴らすために刷り物を作らねばならないのか、と……」

「おまえはそれがいかんのだ。良苔殿も同志の一人《いちにん》。その頼みはこころよく聞いてやるべきではないのか」

「そうだとも。おまえは考えすぎだ。悪右衛門を斬る……われらはそれに注力すればよい」

「とにかく尾上、おまえは馬鹿なのだから、われらの足を引っ張るな。それだけだ」

「…………」
七、八人の若侍たちが狭い一室に垂れ込めて話し込んでいる。それを隣室でじっと聞き耳を立てているものがいることに、彼らは気づいていなかった。

◇

「八幡さま……！」

足音荒く与力部屋に入ってきた皐月親兵衛を八幡与力はじろりと見上げた。

「なんだ、皐月。町廻りに行ったのではないのか」

皐月親兵衛は立ったまま、

「今、中間《ちゅうげん》の稔助《ねんすけ》から聞きました。今日から大尊和尚の牢問いをはじめるとか……」

「わしもそう聞いている。だが、牢での責めは吟味役の役目。われら定町廻りが口を出すべきことではない」

「ではございますが、大尊を召し捕ったのはそれがしでございます」

「それがどうした」

「大尊がいまだに口を割らぬは、下手人ではないためではないでしょうか」

「要久寺住職名義の火付けを予見する刷り物がなによりの証拠だ」

「それこそが大尊が無実である証拠、とそれがしは考えます。おのれの名を書いて火付けを周知するはずがありませぬ。——それに、あの刷り物は下寺町から四天王寺、松屋町あたりに配られておりましたが、それがしが独自に調べたるところ、それを配っていたのは町奴風の髭を生やし、髷の先を刷毛のように広げた大男だ、と申すものが幾人か見つかりました。要久寺にはそのようなものはおりませぬ」

「皐月……勝手なふるまいはよせ。町奉行所にいられなくなるぞ。言われたことだけをしておればよいのだ」

「大尊は老齢です。厳しい責めに耐えられるとは思えませぬ。牢問いは止めるべきです」

「なまぬるいことでは白状せぬならばやむをえぬではないか。それに、召し捕りも責めも……皆、お頭の指図なのだぞ」

「わかっております。それゆえ申し上げておるのです。――じつはそれがし、そのような男を見かけたのでございます」

「なに？　どこでだ」

「この……東町奉行所のなかでございます。先ほど、お頭の住まいのほうから裏門を通って外に出ていくところをこの目で見ました」

町奉行所は、白洲《しらす》や奉行、与力、同心たちが執務をする部屋といった公の場所のほかに、町奉行とその家族が住み暮らす私的な役宅としての空間がある。そこには旗本である町奉行が江戸から連れてきた自分の用人や家老、中間、小者、飯炊き……などが大勢住んでいる。そこにはよほど親しくならないと与力や同心は入り込むことはできない。

「たわけたことを……。奴髭《やっこひげ》を生やして髷の先を刷毛のようにした男などいくらでもいよう」

「ならば、そのものをそれがしが吟味してもよろしゅうございますか」

「その男はな、格三郎《かくさぶろう》と申して、今、お頭のもとにご逗留されておいでの良苔和尚の従者のひとりだ。身もとはしっかりしておる。吟味などとんでもないことだ」

「良苔和尚?」

「知らぬのか。臨済宗雷覚寺派大本山雷覚寺ご住職にして、宮中より紫衣を授かったお方だ。長浜町にある大きな瀬戸物屋美松屋のご親類でもある」

「その良苔和尚とお頭はどのようなお付き合いで……?」

「そこまでは知らぬが、お泊めになっておられるところをみると親しいご友人なのだろう。そんなお方の従者を取り調べるわけにはいかぬ」

「ではございましょうが、もしも大尊が濡《ぬ》れ衣《ぎぬ》であったなら、それこそわれらの大失態……」

八幡与力は立ち上がると、

「皐月、おまえに申しておく。なにもするな。一切、なにも、だ。よいな。娘が可愛いならば、動くな。目をつむり、耳をふさぎ、じっとしておれ」

「八幡さまはどこまでご存知なのですか」

「まことにわしはなにも知らぬぞ。知りたくもない。なにも耳に入らぬようにしておるのだ。ただ……花井戸さまがなにかをしようとしていることはわかる。今はひたすら、そのなにかが少しでも早う過ぎてくれるのを待っているのだ」

「見損ないました。あなたは……そんなおひとだったのですか。うえに立つものが間違うたことをしているなら、それを身体を挺《てい》して止めるのがわれらの役目ではございませぬか。われらは町奉行の下僕ではなく、大坂の町のものたちに仕えているのだ、とかつてのお頭に教わりました。あなたも同じ考えだと思うていたのですが……」

「皐月……なんだ、その目は！　わしをにらむな」

皐月親兵衛はしばらく八幡をにらみつけていたが、

「ご免！」

吐き捨てるようにそう言って一礼すると、来たときよりも荒々しい足音を立てて部屋を出た。

「よいか、皐月！　なにもするな。これはわしからの忠言だ。よいな、忘れるな、わしはたしかに言うたのだぞ！」

八幡与力の声が空っ風のように背中を撫でた。

◇

「もういい加減に吐いたらどうだ」

薄暗く、じめじめした牢屋敷のなかで吟味役同心碓氷徳太夫《うすいとくだゆう》が言った。彼のまえには大尊和尚が座禅の姿勢で座っていた。

「吐いたら楽になるぞ。自堕落な暮らしをしていた貴様のようなやつにはここは辛《つら》かろう。この湿気でたいがいのものは病を得て、死んでしまうのだ」

「ははははは……心配してくれずともよい。贅沢三昧をしてきた大寺の和尚ならともかく、わしのように貧乏な禅坊主はな、こういう暮らしには慣れておる。燃えてしもうたが、わしの寺のほうがここよりナメクジの数は多かったぞ」

「生意気な口を叩くな。吐かねば今日から牢問いをすることになっておる。牢問い……わかっておろうな」

「ああ、責め折檻《せっかん》のことであろう。かまわぬゆえやってくれ」

「やってくれ……と申すが、かなりきついぞ。貴様のような年寄りにはとても耐えられるものではない」

「じゃが、やっていないことをやった、というほうがわしには耐えられぬ。あんた方に責め殺されたほうがましじゃ」

「うーむ……」

　碓氷は唸った。

「それはそれとして、贅沢三昧の大寺の和尚、で思い出したが、臨済宗雷覚寺派大本山雷覚寺の良苔という和尚を知っておるか」

　碓氷同心はきょとんとして、

「なんのことだ」

「いや、なんでもない。知っておるか、ときいただけだ」

「知っているもなにも、そのお方なら、二日まえからうちのお頭のところにお泊まりになっておられるぞ。昔からの知己だと聞いておる。お頭のほうが、京のそのお方の寺に泊まりにいくこともある。よほどの親友とみえる」

「ほう……やはりなあ……」

大尊はうなずいた。

「なんだ。気になるな」

「いろいろつながっとるもんじゃ、と思うてな。――さ、そろそろやってもらおうか」

「按摩《あんま》みたいに申すでない。はじめるのは八つ半だ。もうしばらく待っておれ」

碓氷同心がそう言ったとき、

「お待ちくだされ」

入ってきたのは皐月親兵衛であった。

「皐月氏《うじ》、なにごとでござる」

「そのものはそれがしが召し捕ったるもの。お役目の責務として、牢問いに立ち会わせていただこうと思うてな」

「それは殊勝なる心がけ。なれど、牢問いはわれら吟味役の仕事ゆえ、お任せいただきたい」

「無論、口出し、手出しはせぬ。ただ、この一件、いろいろ思うところもこれあり、後学のために牢問い拝見つかまつらん」

「そこまで申されるならばご同席くだされ。なれど、くれぐれも口出し、手出しご無用にお願いいたす」

「わかっておる。——なれど、此度の火付け、数々の不審あり。この和尚の名義で刷られた刷り物だが、配っていた人物はこの東町奉行所に匿《かくま》われていたことをご存知か」

「——なに？」

吟味役同心は眉根を寄せ、

「皐月氏は頭がおかしゅうなったのか。そのようなはずはなかろう」

「また、花井戸さまはわれらがなにも知らぬうちから、要久寺の住職の身辺を見張れ、なにかしでかすはずだからすぐに召し捕れ、との指図をなされたのだぞ」

「それは……いずれよりかネタを摑んでおられたからだろう」

「そのネタもとについては一切申されぬ。それに、鴻池善右衛門を襲った刺客が落としていった刷り物が東町奉行所内で刷られた形跡がある。しかも、花井戸さまはその件については調べてはならぬと申されたのだ」

「…………」

「碓氷殿、これら一連の裏にあるものがなにかわかるまで、責めを日延べしてはいただけぬか」

「残念だが、貴殿の話がまことのことだという証拠もない。にわかに信じるわけにはいかぬ。拙者は花井戸さまから、本日八つ半より牢問いをはじめよ、と命じられておる。いたずらに延ばすことはできぬ」

　八つ半といえばあと一刻半（約三時間）ほどしかない。

「責めをするにはお頭の許しがいる。お頭の許しは得たのか」

「花井戸さまにそう聞いておる」

「花井戸さまは嘘を申されておいでだ。おそらくお頭はなにもご存知ないのだ」

「そんな馬鹿な……」

「碓氷殿、それがしと貴殿との長い付き合いに免じてなにとぞしばしの猶予を……。幾たびも飲みにいった仲ではないか。貴殿がお内儀に内緒で新町《しんまち》の女郎に入れあげたのがバレて、お内儀に屋敷を追い出されたとき、それがしがあいだに入って……」

「そんなことは知らぬ！　ともかく花井戸さまの命に従うまで。貴殿も、職を辞す覚悟がないなら、出過ぎた真似は慎むことだ」

「碓氷殿……花井戸さまは、この和尚がなにかをしでかすゆえ、要久寺の周辺を見張っておれ、なにかあったらすぐに召し捕れ、と仰せであった。まるで、先のことがわかっておるような口ぶりであったのだ」

「………」

「頼む。それがしはこのものの無実を信じておる。その証拠を摑むまで、待っていただけぬか」

「罪というのは、一個人が信じたり信じなかったりする類のものではない。厳然たる事実なのだ」

「では、どうあっても……」

「無論だ」

皐月親兵衛はため息をついて大尊和尚に向き直り、

「すまぬ。和尚を救うてやれなんだ。わしが上役の言うとおりに和尚を召し捕ったばっかりに……」

うなだれる皐月に大尊は皮肉な口ぶりで言った。

「ふっふっふふふ……すまじきものは宮仕えじゃのう。うえから押し付けられれば、嘘とわかっていても従わざるをえないとは……人間、おぎゃあと生まれてきてかかる目に遭うとは情けないことじゃ」

皐月親兵衛は無言のまま天満牢を去った。その顔には、なにかを決した表情が浮かんでいた。

◇

雀丸は、地雷屋蟇五郎の店を訪れた。帳場には番頭の姿がなく、丁稚たちが脇目もふらず熱心に働いていた。だれも雀丸に気づかないのか、気づいているが知らんぷりをしているのか、まったく声をかけてくれないのでしかたなく、

「蟇五郎さんはいますか」

顔見知りの手代にきくと、

「奥におりますけど、今えろう忙しいさなかでおまして……」

「すいませんが大事な用件なので、呼んできてもらえませんか」

「へえ……」

手代は奥に入り、しばらくすると蟇五郎が現れた。

「なんや、雀さん」

「大尊和尚さんのことは聞いておられるでしょう」

「ああ、聞いた。えらいことやな。わしも覚えがあるが、牢問いなんぞ食ろうたら一発であの世行きや」

「それがやなあ……」

「なんとかしたいのですが、お力を貸してもらえませんか」

蟇五郎は渋い顔で、

「それがやなあ……今忙しいのや。ほんまのことやで」

「手代さんにうかがいました。でも……」

「わしが大名貸しを頑としてせんさかい、うちの店があちこちの大名からの嫌がらせで商売あがったりなことは知っとるやろ」

「はい、うすうすは……」

「もう干乾《ひぼ》しになるのとちがうか、と思うてたときに、救いの神が現れた。美松屋はんゆうてな、長浜町の大きな瀬戸物問屋や。駿府に新しい瀬戸物の店を作るさかい、その仕入れ一切を美松屋はんが取り仕切る。運ぶのに千石船が五艘いるのやが、それをみな、わしとこに任せてくれた。ありがたい話やで。その積み込みでおおわらわになっとるのや。船出の期日はもう迫っとる。風待ちやらなにやら考えると、なんぼ急いでも足りんほどなんや」

「わかります。わかりますけど……」

「美松屋はんは骨のある御仁で、大名連中が束になって『地雷屋の船を使うな』と騒いでも取り合わず、うちに仕事をくれた。その恩には報いなあかんやろ」

「はい……」

「ど性根が据わっとるというか、天保の飢饉のときは米をタダで配ったり、大塩の乱のときは炊き出ししたり、乱に加わったもんの助命に走り回ったりしたそうや」

またただ、と雀丸は思った。なぜか大塩平八郎の名前がたびたび出てくる。大坂にとってそれだけ大きな戦だった、ということかもしれないが、それにしても……。

「というようなわけでな、大尊和尚のことは気の毒やと思うけど、うちもたいへんなんや。鬼御前に頼んでくれ」

「鬼御前さんも家が焼けて、駿府のお兄さんのところに行ったらしいんです。なので、蟇五郎さんしか頼る相手が……」

「悪いな。堪忍してんか。――ほな、わしは仕事に戻るさかい……」

　雀丸は蟇五郎を横目でにらみ、

「仲間の難儀なのにちょっと薄情じゃありませんか」

「仲間？　あんな酔いどれ坊主、仲間でもなんでもない。わしが仲間やと思うとるのは……店のもんだけや」

「え……？」

「雀さん、わしはうちの店におる一番番頭、二番番頭、手代、丁稚《こども》、女子衆《おなごし》にいたるまで、みな奉公人やのうて仲間やと思とる。一緒に地雷屋を支えとる仲間や。そいつらに飯を食わして面倒を見るのがわしの務めや。三すくみにしても、店がなんとか回っとればこそ余力で手伝うとるのや。まずは商い、それからほかのこと……順番を間違えたらあかん」

「そうですか、わかりました」

雀丸はため息をつき、店を出ようとしたが、暖簾のところで振り返り、

「この件の裏にはなんだかきなくさいものがあります。ただの揉めごとじゃない。近々、きっとなにか大きなことが起こります。目先の商いも大事ですけど、そうなってしまったら商いどころじゃなくなりますよ。大坂の町がどうなってもいいんですか」

「ははははは……占い師みたいなことを言う。まさかまた大塩の乱みたいなことが起こる、ゆうのとちがうやろな」

「それはわかりませんが、大坂の、いや、この国のみんなが安心して暮らせるようにしなければ……」

「あんたも商売のために横町奉行を休んでたやないか」

雀丸は頭を掻いた。そう言われると一言《いちごん》もない。

◇

雀丸は東町奉行所に行き、門番のひとりに、皐月親兵衛をちょっと呼んできてほしい、と願い出た。

「皐月さまになんの用件だ」

「私は、要久寺の大尊和尚の友だちです。皐月さんが大尊和尚を召し捕られたと聞きまして、少しお話ししておきたいことがあってやって参りました」

「うむ……そういうことなら皐月さまにうかごうて参るゆえ、ここで待っておれ」

しかし、しばらくしてから戻ってきた門番は、

「皐月さまは他出中だ」

「どこへ行かれたのですか」

「わからん」

「わからないはずないでしょう。町奉行所の同心は、どこかに出かけるときは用人さんや上役に申し出て、許しを受けるはずです」

門番は困ったような顔で、

「それがだな……八幡さまも皐月さまの行く先が知れぬゆえ探しておられるようなのだ」

どうやら居留守や嘘ではないようだ。

「わかったな。わかったら帰れ帰れ」

「あのー……大尊和尚さんの牢問いは今日から行われるそうですが……」

雀丸はカマをかけてみた。

「今日から牢問いがあるとは、よく知っておるな」

（今日からだったのか……）

雀丸は内心の動揺を悟られぬように、

「今日のいつからです？」

「そんなことは俺は知らぬ。知っていても、なにゆえおまえに教えなければならぬのだ」

「あなたも、友だちが牢問いにかけられるとわかっていたら心配になるでしょう?」

「まあ、そうだが……詳しい時刻は言えぬ」

「あと、どれぐらいではじまりますか」

「そうだなあ……うーん……一刻半ぐらいは先だろう」

「ありがとうございます。恩に着ます」

ここにいてもしかたがない。雀丸は一旦戻ることにした。

天満から浮世小路までとぼとぼ帰ってくると、家のまえに加似江が立っていた。

「どうしたのです」

「おまえに客が来ておる。早う入れ」

土間に突っ立って待っていたのは、皐月親兵衛であった。

「皐月さん! 今、皐月さんに会いに東の御番所まで行ってきたところです」

「入れ違いだったか」

「居所がわからない、と門番さんが言ってました。八幡さんが探しているみたいでしたよ」

「そうだろうな」

皐月親兵衛は悲しげに笑った。

「どうぞ、座ってください。お祖母さま、お茶もお出しせずに……」

「いや、このままでよい。茶も、わしが断ったのだ。――雀丸殿、横町奉行としての才を見込んで教えてほしいことがある」

「なんでしょう」

「わしは一介の小吏《しょうり》にすぎぬ。上役の言うことには逆らうことのできぬ宮仕えの身だ。なにも探るな、見るな、聞くな……と言われたらごもっともでござると引き下がるしかない。だが……わしはどうしても此度の件の裏にあることを知りたい。どうしてもだ。たとえ知ったからと言うてなにもできぬかもしれぬ。なれど……ただ、知りたいのだ」

「わかります」

「そこで雀丸殿の知恵を……土佐で万次郎の謎を見事に解いたその知恵を拝借して、なにが起きているのかを暴きたい」

「私の浅知恵でよければいくらでもお貸しします」

「それはありがたい。――わしが大尊和尚を火付けの罪で捕縛したことは聞いておろう」

「はい……」

「あれは花井戸さまという筆頭与力の指図なのだ。東町で働くものは花井戸さまには逆らえぬ」

「園さんからお聞きしました。――花井戸さんよりもえらいひとはいないのですか」

「お頭だけだ」

「そうですか……。では、大尊和尚を救う手立てはないのでしょうか」

「まことの下手人を見つけ出し、動かぬ証拠とともに差し出すよりほかないが、わしは上役からこの件に関わることを禁じられておる」

「花井戸さんというひとは、鴻池善右衛門さんの件も揉み消してしまったそうですね」

「さよう……。善右衛門を襲った刺客三人のうち、ひとりは東町のものではないか、という疑いがある。それが、揉み消した理由《わけ》に通ずるのかもしれぬ」

「皐月さんがご存知のお方ですか」

「おそらくは、物書き方同心尾上権八郎という男だ」

「ええーっ！」

　雀丸は仰天した。

「知っておるのか」

「そのひとの妹さんがうちに竹光を頼みにきたのです。そのあと、尾上さんという方が怒鳴り込んできました。どうやら妹さんがお兄さんにひと殺しをさせないために腰のものをすり替えたらしくて、大事な仕事で大恥を掻いた……と言ってましたけど……」

「それだ！　善右衛門は刺客のひとりに袈裟懸けに斬られたはずなのに、なぜか吹っ飛ばされただけですんだ。きっとあれは雀丸殿の作った竹光だったのだ」

「ははあ……なるほど……」

「尾上が落としたとおぼしき刷り物がこれだ。花井戸さまがくしゃくしゃに丸めて八幡さまに投げつけたのを、わしが取り戻したのだが……使われているのが東町の公事書付の反故紙なのだ」

皐月親兵衛は一枚の紙切れを雀丸に見せた。羽織袴姿の大猿が白いものを美味そうになめている。上部に「十四十三」という文字が刷られ、下部に「兎殿　水無月猿殿蛙」と走り書きがある。

「この字の筆跡が尾上権八郎のものなのだ。八幡さまが、右に払うべきところを跳ね上げているところ、『か』の文字の丸め方などが尾上の文字癖だ、とおっしゃったので気づいたのだが……なんのことだかわかるか？」

「いえ……猿殿に蛙に兎か。鳥羽絵《とばえ》のようですね」

鳥羽絵とは鳥羽僧正が描いたとされる「鳥獣戯画《ちょうじゅうぎが》」のことである。猿や蛙、兎が相撲を取ったりする風刺画だ。

「ううむ……わからぬ」

「ちと、見せてみよ」

それまで黙って茶を啜っていた加似江が覗《のぞ》き込み、

「これは、水無月に猿殿という御仁が蛙……つまり帰ってくるということではないかのう」

「では、兎とは？」

「東町奉行所に、兎という与力か同心はおらぬかや」

「お、おりました！　因幡重左衛門《いなばじゆうざえもん》という与力で、因幡の白兎から『兎』というあだ名がついておりました。大塩の乱のとき、大塩にひそかに加担していた、ということが露見して切腹を命じられたにもかかわらず逃亡して、いまだに見つかっておりませぬ。三人の刺客のうち、ひとりは因幡重左衛門だったのかも……」

また大塩か、と雀丸が思った瞬間、あることが頭に浮かんだ。

「皐月さん……この大猿がなめているのって、もしかしたら『塩』じゃないでしょうか」

「かもしれんが、だとしたらどうなのだ」

「大きな猿……大猿《おおざる》……これの読みを変えると『おおえん』です。大塩も『おおえん』と読めます」

「あ……」

皐月は目が覚めたような顔をした。

「では、この『十四十三』というのは……」

加似江が、

「これも言葉遊びだとしたら、『とよとみ』じゃな」

「とよとみ？」

「太閤さんのことじゃ。大塩は世直しを謳《うと》うて乱を起こした。太閤さんの昔に帰ろう、ということではないかな」

「それは……徳川の世を覆す、ということか……」

皐月の顔は蒼白《そうはく》だった。

「だが、なにゆえ今ごろ大塩の……もしや残党がいて、ふたたび乱を起こさんとしておるのか」

雀丸が、

「かもしれません。でも、だとすると水無月にいったいだれがどこから戻ってくるのでしょう」

「うーむ……」

考えてもわかるはずもない。雀丸は話をもとに戻した。

「私のほうでも少しわかったことがあります。昨日の火事のあと、烏瓜諒太郎のところに大火傷を負った男が療治を受けにやってきました。当人はカンテキで火傷した、と言っていたそうですが、諒太郎はカンテキではこんなことにはならないと思い、夢八さんにあとをつけてもらったのです。そうすると……その男は東町奉行所に入っていったそうです」

「なにい？」

皐月は大声を出して身を乗り出した。

「やはり、そうか。深夜に奉行所に裏から入る、というのもおかしい。――そやつの見た目はどうだ」

「おでこに大きなこぶがあって、口の左にほくろがあるそうです」

「そのような小者は、東町では使うておらぬ。もしかしたらそやつも、雷覚寺住職の従者のひとりでは……」

「なんですか、その雷覚寺って」

「京にある寺院だ。そこの住職で良苔という和尚がお頭の友人で、今、奉行所に泊まっている。美松屋という大きな瀬戸物屋の親戚だそうだ」

「美松屋……？」

「美松屋がどうかしたか」

「いえ……地雷屋さんがそこから大仕事を請け負った、と聞いたものですから。すいません、続けてください」

「大尊の名で撒かれた刷り物だが、それを配っていた男というのが雷覚寺の和尚の従者によう似ておるのだ。町奴風の髭を生やし、髷先を刷毛のようにしておるやつで、わしは吟味させてくれと八幡さまに申し出たが拒まれてしもうた。そんな男はどこにでもおる、とな。——これが、その刷り物だ」

　皐月親兵衛がふところから紙切れを出した。「赤い猫の舌が今夜四ツ時分下寺町をねぶるぞよ。剣呑剣呑。要久寺住職」という文字が刷られている。受け取った雀丸はしばらくその紙を見つめていたが、

「これって……さっきの猿のやつと同じところで刷られたものじゃないでしょうか」

「な、なんだと……」

「『四ツ』の『四』の彫り方が、『十四』の『四』とそっくりです。あと、右に払うところを跳ね上げているところも、筆と彫りのちがいはありますがよく似ています」

「言われてみれば……」

　皐月親兵衛は刷り物をひったくると穴があくほど凝視したあと、ふーっと長嘆息して、

「いずれも尾上権八郎が版木を彫ったもの、ということか。東町奉行所はどうなってしもうたのだ……」

　雀丸が、

「でも、この二枚の刷り物こそ、大尊和尚が下手人ではないというたしかな証拠になりますよ。ふたつを並べれば、きっとお奉行さまも花井戸さんの言うことじゃなくて皐月さんのほうを信じると思います」

「そ、そうだな……」

皐月は二枚の刷り物を大事そうにしまいこむと、

「わしは今からこれを持ってお頭のところに参る。そして、大尊和尚の解き放ちを嘆願する」

「よろしくお願いします。うまくいけばいいのですが……」

「うむ……きっとうまくいく」

皐月親兵衛は意気揚々と店を出ていった。いくら雀丸が横町奉行でも本物の町奉行所のなかには入れない。ここは皐月にすべてを託して待つしかないのだ。

◇

八幡弓太郎は不機嫌そうに、

「どこへ行っておったのだ！　ずいぶんと探したぞ」

皐月親兵衛は頭を下げ、

「申し訳ございませぬ。今朝から下腹がきりきりと痛み、今までずっと厠《かわや》に入っておりました」

「嘘ではあるまいな。例の件を勝手に調べておるようなことはないだろうな」

「お疑いならそれがしの衣服、臭《にお》うてごろうじなさいませ」

八幡は顔をしかめ、

「まことならばよいのだ。——とっとと仕事に戻れ」

「かしこまりました。失礼つかまつる」

皐月は八幡のまえを退出したが、同心溜まりには行かず、まっすぐに建物の奥へ向かった。町奉行の居間が近づくにつれて次第に気持ちが昂《たかぶ》ってくる。

（今からわしは、奉行所に巣食う不正についてお頭に告げにいくのだ……）

彼はふところの二枚の刷り物のうえに手を置いた。

（これを見せればお頭はわかってくださる……はずだ）

石田家用人の笹《ささ》尾十内《おじゅうない》が廊下に現れた。六十歳を過ぎた老人だ。

「どちらへ参られる」

「お頭に火急の用件是《これ》あり、急いで面会に……」

「殿は御用続きでお疲れじゃ。日を改めなされ」

「どうしても今お会いしたい。重ねて申すが、火急の用件でござれば」

「どういう用件かな」

「それは……八幡さまからのご伝言でござる」

「なにゆえ八幡殿はご自分で参られぬ」

「その火急の件にて手が離せぬのでござる」

「ふむ……」

用人は少し考えたが、

「よかろう。殿にお取り次ぎいたそう。しばし待たれよ」

町奉行の居間のまえに座り、襖越しに声をかけた。

「殿……同心皐月親兵衛が参っております。八幡与力からの火急の伝言だと申しておりますが……」

「うむ……通せ」

皐月は唾を飲み込み、座したまま襖を開けた。

「御免……」

東町奉行石田長門守が机に向かってなにやら書きものをしていた。石田は五十がらみの頑強そうな男で、顎の先が尖《とが》っていた。いわゆる槍頤《やりおとがい》というやつだ。それが、人相を厳《いかめ》しげに見せていた。

「お頭、皐月親兵衛でございます」

皐月はその場に平伏した。

「なかに入って、襖をぴしゃりと閉めよ」

皐月が石田とこうして一対一で会うのは、石田が先月赴任して以来はじめてのことだ。

「面《おもて》を上げよ。なにごとだ」

「は、はい……その……」

「早う申せ。わしは忙しい」

「まことに申し訳……」

「謝っている暇があるなら用件に入れ」

石田にじろりと見られた瞬間、皐月の全身からどっと汗が噴き出した。

（今度のお頭は切れ者という評判だったが、まことのようだな……）

ぴりぴりした空気が漂うなか、皐月は必死で言葉を探した。

「じつは……八幡さまからの火急の用件というのは嘘いつわりでございます」

石田奉行は目を剝き、

「なに？　どういうことだ！」

「は、はい……それがし、昨日夜、花井戸さまの指図により、火付けの罪にて要久寺住職大尊和尚なるものを召し捕りましたが、それは冤罪《えんざい》にて、まことは花井戸さまをはじめ数名のものによる仕業であることを、それがしつきとめましてございます」

「まことのことか！」

「ははっ……しかも、先日の鴻池善右衛門が襲われ、駕籠屋が大怪我をした一件も、彼ら一味が関わっていること明白となりました」

「うーむ……」

「もちろんそれがし、かかる大事を証拠もなしに申し上げておるわけではございませぬ。

たしかな証拠がございます。それが、これ……」

皐月は二枚の刷り物を石田のまえに示し、つまびらかに説明を行った。

「わが東町奉行所の奥深くに大坂の民の安寧を覆さんとする徒党が巣食うておることは間違いございません。彼奴《きやっ》らこそ獅子身中の虫。ただちに大尊和尚を解き放ち、花井戸一派を根絶やしにするべきです」

「なるほど、そのほうの申すこと、ようわかった」

皐月は胸を撫で下ろし、

「わかっていただけましたか」

「なれど、花井戸たちはなにゆえこのように大それたことを企んだのであろうのう」

「そこまではわかりませぬが……おそらく十六年まえに起きた大塩の乱になんらかの関わりがあるものと思われます。花井戸さまに直々におたずねすればわかることかと……」

「ふうむ、さようか」

石田は薄笑いを浮かべると、

「では、たずねてみよう。――花井戸！」

内側の襖がからりと開いた。そこには花井戸与力が立っていた。なにが起きたのかわからず目を白黒させている皐月親兵衛に石田奉行は言った。

「皐月、おまえは知らぬとみえるな。わしは、かつて大塩平八郎殿と昵懇の間柄であった」

「えっ！」

皐月は蒼白になった。脇の下から汗が滲み出る。

「わしは、もとは侍ではない。美濃《みの》郡代所の地役人の四男坊であったが、同地が飢饉になった折、口減らしのために江戸に奉公に出された」

皐月親兵衛は石田がなぜ急に身の上話をはじめたのか、といぶかしんだ。

「江戸で公儀役人宅に奉公しているとき、そこの主に気に入られ、知り合いの御家人の婿養子となった。のちに御家人を継いで侍となったが、粉骨努力の甲斐《かい》あって、旗本に取り立てられた。そのあと普請奉行から堺奉行、駿府町奉行を歴任したのだが、堺奉行のときに大塩平八郎殿と交友があったのだ」

「…………」

「そのあと大塩の乱が起きたため、一度差し控えを受け、江戸で小普請組入りをした」

差し控えとは罷免のことである。

「公儀には、大塩とは茶の師匠が同じだったというだけの付き合いで、なんのやましいこともない、と言上した。その申し開きが認められて此度の大坂東町奉行就任となったのだが……まことはかなり親密でな、花井戸同様強く感化された。わしのそもそもの礎は、美濃にいた幼いころ飢饉で大勢のひとが飢え死にするのを目の当たりにしたことだ。

おのれも口減らしのために江戸に奉公に出され、食うや食わずの暮らしをしたこともあった。民が飢え死にするのを救えぬ政などあってはならぬ。なにもかも徳川家と悪徳商人たちが悪いのだ。わしは大塩殿と、天下国家のあり方や役人はどうあるべきか、ご政道は誤っていないか、などについて夜通し論じたりしたものだ。この花井戸もまじえてな」

「花井戸さまもそのころからのお知り合いでしたか」

「同じ大塩門下で学んだ間柄だ。東町奉行拝命を機に腹心の配下としたのだ」

「そうでしたか……。私は助力を求めにいく相手を間違えたようですな」

「そのようだな。おまえがわしのところに来てくれて助かった。十六年まえと同じように、千丈の堤も蟻穴《ぎけつ》より崩るからのう」

「お頭もグルだったとは……ああ、馬鹿だ。それがしはとんだ大馬鹿でございました」

「ははは……おまえが間抜けでよかった。そう言えば、顔も間抜け面だわい」

花井戸も、

「わしもまえからそう思うておった。娘がひとりおるそうだが、さぞかし娘も間抜け面だろうな。——のう、皐月」

皐月親兵衛はひきつった顔で、

「さようでございます。娘もそれがしに似て間抜けでございましてな……」

「うわっはっはっ……一度見てみたいものだわい」

石田は愉快そうに笑うと花井戸に、

「こやつ、娘をけなされても怒りもせぬ。とんだ腰抜け同心だわい」

「ですな。東町一の腰抜けかと……」

ふたりはひとしきり笑ったあと、石田が皐月親兵衛に向き直り、

「さて、皐月。われらが企みを知ってしもうたうえは、ここで死ぬか、われらの仲間になるか、道はふたつしかないぞ。いずれを選ぶ」

「もちろん、死にとうはございませぬ。配下の片隅にお加えくだされ」

花井戸与力が、

「よろしいのですか、お頭。かかる間抜けを仲間にしたら、どのようなしくじりを犯すかわかりませぬぞ」

「今はひとりでも仲間が欲しいところだ。間抜けでも馬鹿でも、頭数にはなる」

皐月はすかさず、

「そうです。頭数にはなります。それがし、こう見えてなにかと間に合う男です。でも、どのような企てなのでございますか？　今のところ、この馬鹿頭ではなにがなにやら……」

「それはおいおい教えてつかわす」

「はい……」

「それもそうだな。――皐月、八つ半から大尊和尚の牢問いをせよ、と吟味役同心に命じてあるのを知っておるな」

「ですが、このものの忠義、口先だけかもしれませぬ。信じてよいものやら……」

花井戸が顔をしかめ、
それを止めさせるために来たのに、とんだことになってしまった……。

「その責めの役、おまえがやってみよ」

「ええーっ！」

「いやか。いやならば、ここで死ね」

「や、やります。やりますとも。牢問いいくらでもやります。――ですが、なにゆえ大尊を陥れるのです。その理由《わけ》だけでもお教えくだされ」

「それはだな……われらの仲間である御仁をあやつが辱めたからだ。その男がどうしても仕返しがしたいと言うので、わしがお膳立てをした」

「え？　それだけですか？　それだけのために要久寺に火を放って、ほかの寺や人家も巻き添えにして、大尊を召し捕ったのですか？」

「そうだ。皐月……わしは敵にまわすと怖い男だぞ」

皐月親兵衛はぞっとした。たしかにそのとおりだ。なにをしでかそうとしているのかわからないが、この人物ならやり遂げてしまうかもしれない……。

「牢問いの儀、いかにも承知いたしました。大尊に、あることでもないことでもかならずや吐かせてみせましょう」

皐月はそう言うと立ち上がった。

◇

家僕を連れて外出していた園が買い物をすませて同心町に戻ってきたとき、

「大義のためとおっしゃいますが、どこに大義があるのですか！」

どこからか女の叫ぶ声が聞こえ、園は足を止めた。

「女子供にはわからぬことだ！　放せ！」

男の声がそれに呼応した。

「ええ、わかりませぬ。なんの罪もない商人を殺すことが大義ですか。私怨を晴らすための刷り物を作らされることが大義ですか。兄上はだまされています。いいように使われているだけです」

「なにを申す。おまえなどにわしの思いが……こ、これ……や、やめぬか！　危ない……危ないと申すに！」

このあたりに並んでいるのはほとんどが町奉行所の同心の拝領屋敷である。声はそのうちの一軒から聞こえてくるようだ。

「やめろ！　わしを殺す気か！　短刀をしまえ！」

「兄上が私の言うことを聞かぬなら、いっそこの手で殺したほうが……」

「馬鹿なことを……」

「死んでください。キクも死にまする」

「うわあっ、やめろ！」

園は急いでその屋敷に飛び込んだ。玄関先で若い武家娘が、仰向けに倒れた侍に馬乗りになって、短刀を振り上げている。園も見知っている尾上キクだ。園はキクの腕を押さえ、

「いけません！　キクさま、おやめください！」

「お放しください！　こうしなければならぬ理由《わけ》があるのです」

「どんな理由があろうと、ひと殺しはいけません」

ふたりが揉み合っているうちに、侍は起き上がり、走って屋敷の門から出ていってしまった。キクは短刀をその場に落とし、泣き崩れた。

「いらざるお節介をしてしまったのかもしれませぬが……なにがあったのです」

なにを言っても泣き続けているキクを園はなだめすかした。ようよう落ち着いたキクは、

「兄が以前、何人かの仲間とどこかの商人を斬る相談をしておりました。わたくしは、兄にそんなことをしてほしくないという一心から、竹光屋雀丸さんという方にお頼みして拵えた竹光を、兄の刀の中身とすり替えたのです。そのせいで兄は『仕事』をしくじり、相手は死なずにすみました。わたくしは兄からさんざん叱られましたが、後悔はしませんでした。ですが……兄は今日非番のはずなのに、刀を持って出ていこうとしました。行く先をきいても答えようとしません。きっとまたそのだれかを斬りにいくつもりなのです。わたくしは兄を殺しておのれも死のうと思って……」

「そうでしたか……」

「ですが、園さんに止めていただいてよかった。わたくしが兄殺しの下手人になるところでした……」

「相手の名はわからないのですか」

「悪右衛門という商人だと申しておりました」

「悪右衛門……」

「ときどきその仲間の寄り合いがあって、そういうときは事前に庭に紙切れが落ちています。たぶん仲間からのつなぎなのだと思います。兄はそれを拾ったあと隠れて読み、こそこそとどこかへ出ていきます。この家で寄り合いがあることもあります。わたくしが聞いているとも知らず、お酒をたくさん飲んで物騒な相談をしています」

「寄り合いには、何人ぐらいが集まるのですか」

「十人を超えることもあります。わたくしは怖くて怖くて……」

「お兄さまの部屋を拝見できませぬか」

「兄は、部屋にだれかが入ることを、家族でも嫌がるのです。でも、あなたならかまいません。どうぞお入りください」

キクの案内で園は尾上権八郎の部屋に入った。とりたてて変わったところはない。文《ふ》机《づくえ》のうえにも硯《すずり》と筆があるだけだ。園は、押し入れを開けてみた。布団が入っているだけだ。布団を下におろす。

「あっ……！」

園は小さな声を立てた。押し入れの奥には神棚のようなものが設けられており、そこには豊臣秀吉とおぼしき人物と大塩平八郎とおぼしき人物の二枚の絵姿が掲げられており、そのうえに「国家安康君臣豊楽」という文字が大書されていた。そして、数千枚はあるだろう大量の紙の山が音を立てて雪崩《なだ》れ落ちてきた。園とキクは呆然としてそれを眺めていたが、園がその一枚を拾った。それは大猿が塩をなめている絵の入った刷り物だった。

◇

「花井戸さま、なにごとでござるか」

　吟味役同心の碓氷徳太夫が言った。すでに大尊は諸肌《もろはだ》を脱いだ状態で責め部屋の中央に引き据えられ、後ろ手に縛られている。打ち役が箒尻《ほうきじり》という竹棒を持って後ろに立っている。

「うむ、お頭からの急なお指図だ。今から行うこのものの責めは、ここなる皐月親兵衛が扱うこととなる」

　碓氷は顔をしかめ、

「それは解せませぬ。われら吟味役を差し置いて定町廻りの皐月氏が牢問いをするは、領分をわきまえぬことのように思われまするが……」

「普段はそうだが、これはこのとおり……」

　花井戸は石田奉行からの指図書きを碓氷に示した。碓氷は不快げにそれを読み、

「お頭からのお指図、たしかに承った。なれど……われら吟味役はいわば汚れ仕事を強いられ、それなりの気概をもってたずさわってきた。それを、一枚の紙切れでなんの関わりもない定町廻りに譲れ、というは納得がいきかねまする」

「碓氷、お頭の指図書きを紙切れと申すは不敬であろう。それに、皐月は何の関わりもないわけではない。この坊主を召し捕ったるは皐月なのだ」

「それがおかしいと申しております。皐月氏が申すには、花井戸さまは事前に火付けの

ことを知っておられたそうでございますな。易でも立てられたのか」

「口が過ぎるぞ、碓氷」

「われらとて、釈然とせぬ牢問いなどしとうはないが、お頭の指図ゆえ従《したご》うております。それを、なんの説明もなく、皐月氏に代われというのは……」

「碓氷、向後も東町奉行所の役人でおりたいならば、黙って言うことをきけ」

「………」

碓氷同心は不快そうに打ち役に顎をしゃくった。打ち役は箒尻を皐月親兵衛に手渡した。碓氷は皐月に言った。

「まずは笞打《むちう》ちからだ。これで吐かねば、つぎは石を抱かせるのだが、たいていは笞打ちだけで白状する。ただ……皐月が耐えられるかどうか……」

「どういうことだ」

「棒で打つだけだと甘くみぬことだ。先の割れた竹で打つと、背中の肉が破れる。打ち役のものも、初心のうちは吐いてしまうほどのむごたらしさなのだ。ましてや素人《しろうと》の皐月ではのう」

「な、な、なにを申す。それがしとて町奉行所同心として幾多の修羅場を潜り抜けてきた身だ。たかが笞打ちごときで吐いたりするものか」

「それともうひとつ……手加減をしようと思わぬようにな。打ち手が力をゆるめるとよけいに痛む。一打一打しっかりと打つことだ。まあ、この年寄りならば二打ほどで音を上げ、なんでもぺらぺらしゃべるだろう。なかには一打目で死んでしもうたものもおるからな」

大尊が顔を上げ、

「ふたりとも、いらぬ講釈を垂れ流しておる暇があったら、早う打たぬか。待ちくたびれて寝てしまうわい」

皐月親兵衛は、

「わかった。望みどおり打ってやる。覚悟はいいな」

「覚悟？　禅坊主は、日々、覚悟とともに生きておる。生きることがすなわち覚悟なのだ。——さあ、やれ」

皐月は箒尻を振り上げたが、その手が固まってしまい、打ち下ろすことができない。打てば、大尊の背中の肉は破れるだろう……そう思うと手が震えてくる。それを覚《さと》られないようにしようとすると一層震えが強くなる。しかも、足もがくがくしはじめた。なにしろ拷問など生まれてはじめてなのだ。だが、ここで牢問いを放棄したら、自分が花井戸に斬られてしまう……。

（ええい、どうにでもなれ！）

箒尻を振り下ろそうとした瞬間、なにかが天井から降ってきた。町人体の男だ。

（夢八……！）

皐月はその男が夢八だとすぐに気づいた。夢八は皐月に向かって、

「おまえら、この坊さんに指一本でも触れたらわたいが許さんで！」

そう叫ぶと、皐月の手から箒尻をもぎ取り、それで皐月の顔面をしたたかに打った。

「痛あっ！」

夢八はもう一発、皐月の胸板をそれでずどんと突いた。皐月親兵衛は吹っ飛んだ。

「へへっ、ざまあみさらせ」

夢八は大尊を背負うと、責め部屋から走り出た。花井戸が、

「曲者《くせもの》だ！　なにをしておる、早う追わぬか！」

そう怒鳴ったが、碓氷たちは呆然として動こうとせぬ。

「馬鹿ものめ！　追えっ！　やつらをこの牢屋敷から生かして出すな！」

やっと碓氷たちは我に返り、ふたりのあとを追いかけていった。花井戸は、床に伸びている皐月親兵衛をちらと見て、

「役立たずめが」

そう吐き捨てると自分も責め部屋から出ていった。

四

「あああ、退屈や」

　鴻池善右衛門は猫を撫でながら欠伸をした。もう何日もこの居間に閉じこもったままだ。外に出ようとすると、一番番頭の弥曽次がおっかない顔で押しとどめる。

「旦さん、とんでもないことでおます。侍三人にお命を狙われたのを忘れはりましたか。当面は外出《そとで》は控えていただきます」

「こんなとこに閉じ込められてたら息が詰まる。ちょびっとぐらいはええやろ」

「閉じ込められてるやなんてひと聞きの悪い。旦さんをお守りするためだす」

「はばかりへ行くのも用心棒がついてくるのやで」

「それも旦さんをお守りするためだす」

「かなわんなあ……」

　善右衛門は鼻毛を抜き、

「弥曽次、退屈しのぎや。碁でも打とか」

「わかりました。お相手させていただきます。——丁稚《こども》に碁盤を持ってこさせますさかい……」

「いや、丁稚というたかて仕事中や。手ぇとめたら商いにひびく。おまえが持ってきとくれ」

「うへえ、これはまた旦さんのありがたいお言葉。丁稚の手ぇとめたら商いにひびく……弥曽次、感服つかまつりました」

「アホなこと言うてんと、早う持っといで」

弥曽次が行ってしまったのを見澄まして、善右衛門は手文庫から財布を出し、部屋の外の廊下で見張りに立っている用心棒たちを呼び寄せた。

「あんたら、毎日ご苦労さん。これ、少ないけど小遣いや。わしの感謝の気持ちやさかい、とっといて」

そう言って小粒銀で一両ずつ渡した。用心棒たちは目を丸くして、

「こんなにもらってもよいのか」

「ああ、かまへんかまへん。――ところで、わし、ちょっとはばかりへ行きたいのやが、あんたらがいつもついてくるさかい、出るもんも出んようになってな、糞詰《ふんづ》まり気味なんや。今日はひとりで行きたいから、ついてこんといて」

「それは困る。つねに見張っておるように番頭から命じられておるゆえ……」

「家のなかにあるはばかりや。だれも襲ってこんわいな。な、な、今日は存分に出すもん出したいのや。頼むわ」

用心棒たちは顔を見合わせた。今もらった小遣いのこともある。

「わかった。では、ついていかぬことにするが気をつけてくだされよ」

「おおきにはばかりさん……て、ほんまにはばかりさんや」

善右衛門はくすくす笑いながら財布をふところにしまい、廊下を小走りに厠に向かったが、そこを通り越して台所に入り、勝手口から庭下駄《にわげた》をつっかけて中庭に下りた。植え込みなどに隠れながら広い庭を横切り、裏口から外へ出た。

「ふふふふ……これでよし。今日は北の新地で散財や。昼遊び、それも一刻ぐらいなら大事ないやろ」

善右衛門が路地を抜けようとしたとき、

「待っていたぞ」

後ろから声がかかった。ぎょっとして振り向くと、ふたりの侍が立っている。顔は覆面で見えないが、明らかに先日の連中だ。

「しもた……」

裏口に戻ろうとしたが、べつの侍に通せんぼされた。侍たちは全部で六人。善右衛門を取り囲んでいる。逃げ場はない。

「このまえのしくじりを取り返す機だ。おまえがやれ」

ひとりの侍が隣の侍にそう言った。

「わ、わかった……」

　言われた侍は抜刀し、善右衛門のまえに立つと、

「おまえに意趣遺恨があるわけではないが、やむをえぬ訳があってどうしても斬らねばならぬ。——死んでくれ！」

　侍が先日同様、袈裟懸けに斬りつけようとしたとき、突然、裏口の戸が開いた。侍は開いた戸に後ろから腰を強く打たれてその場に倒れた。飛び出してきたのは善右衛門の三女、さきだった。

「お父ちゃん、無事か！」

　侍たちがあわてて、

「ええい、尾上、なにをしておる、このたわけめ！」

「お父ちゃんになにするねん！」

　さきは侍たちに石をぶつけながら飛びかかっていった。その声を聞きつけた用心棒たちがつぎつぎと裏口から現れて、刀を振りかざして侍たちに押し寄せた。侍たちは半ば退きながら抜き合わせ、倒れた男に向かって叫んだ。

「尾上、早う斬れ！　善右衛門を斬るのだ！」

　倒れた武士は必死で起き上がり、善右衛門に一歩近づいたところを用心棒のひとりに、

「でえいっ！」

真っ向から首筋を打たれて、崩れ落ちた。

◇

竹光屋の土間で園が雀丸に、大量の刷り物を見せている。塩をなめる猿が刷られたもののほかに、要久寺住職名義の例の「赤猫」の文もあった。

「尾上さまにはご両親がなく、妹のキクさまと奉公人ふたりの四人住まいです。まことは尾上家の次男で、母親は権八郎さまを産んですぐに亡くなり、後添いに来た新しい母親に嫌われて幼いころから親類に預けられていたのですが、跡を継ぐはずのご長男が急逝され、家に戻されたのだそうです。ですから、それからかなり辛い思いをなさったとか……」

「そうですか……」

「父親も、後添いの母親もそのあと相次いで亡くなり、尾上さまが十五歳で家を継ぐことになったのですが、そのときにはげましてくださったのが大塩平八郎だったそうです」

「なるほど……」

「たびたび結婚話が持ち上がるのですが、尾上さまが狷介《けんかい》な性質《たち》で、すぐに天下のことを論じはじめるゆえ、どれも破談になってしまうとか……」

「まわりのひとを信じられないのでしょう。それほど苦労したということでしょうね」

「キクさまのお話では、尾上さまは、だれかの私怨を晴らすために、むりやり頼まれてこの『赤猫』の文を作らされ、そのことで不満を漏らしていたそうです」

「そうでしたか……」

「尾上さまは、悪右衛門という商人を斬る相談をしていたようです」

「悪右衛門……鴻池善右衛門のことですね」

「世話になっている外様大名衆からの頼みだとか」

「大名貸しをさせるだけさせておいて、払えなくなったから斬る……。ひどい話です」

「尾上さまの部屋にはまだまだ刷り物がたくさんありました。それに、太閤さまと大塩平八郎の絵姿のうえに『国家安康君臣豊楽』と書かれたものが神棚のようなところに飾ってありました」

「国家安康君臣豊楽か……」

もちろん豊臣秀頼《ひでより》が方広寺《ほうこうじ》に寄進した鐘銘に刻まれていた文言だ。「豊臣家の繁栄を願い、家康の二字を分断して徳川家を呪うもの」と家康が難癖をつけ、大坂の陣の口実となったことで有名である。それが押し入れの奥とはいえ麗々しく掲げられているとするなら、まさしく「豊臣の繁栄と徳川への呪い」を謳ったものではないのか……。

「残念ながら、豊臣秀吉と大塩平八郎を信奉する一派の仕業、というお祖母さまの考えは当たっていたようですね。でも、どうして今頃になって大塩の残党が動き出したのでしょう」

　雀丸が言うと園が、

「だれかが水無月に戻ってくる、というのですから、それに合わせてすべてをお膳立てしたのでしょう。きっとその『だれか』は一味の大将格で、お戻りをみなが待っていたのだと思います」

「おそらく大塩のあとを継ぐ人物、ということになります。よほどの大物にちがいありません。いずれにしても十六年かけて支度を整えたのですから、綿密な企てができあがっているにちがいないですね。これに立ち向かうのは至難の業です。横町奉行の手には負えない。東西の町奉行所、いや、大坂城代、ご老中にも動いてもらわなくては……」

「ですが……今どき、徳川家の天下を覆す、などということができるのでしょうか。大塩の乱のときも、半日で鎮められてしまいましたし……」

「あれは天下を覆そうとしたのではなくて、大坂の町奉行所や大商人を誅するつもりだったただけなのです。たとえば由井正雪の乱のときは、丸橋忠弥《まるばしちゆうや》が江戸城の火薬庫に火をつけるのをきっかけに大名屋敷などに放火して、その混乱に乗じて上《うえ》さまを拉致する計画でした。あわてて江戸城に集まってきた老中たちを鉄砲で皆殺しにします。時を合わせて京と大坂でも兵を挙げ、宮中から帝《みかど》を誘拐して徳川家討伐の勅命を出させようとしたのです。そうなると徳川家は朝敵、賊軍ですから、大義名分ができる。そこで、日本中から集めた浪人たちによって公儀をやっつける……そんな大きな企てだったのです」

「でも、失敗しましたよね」

「そうですね。身内から裏切り者が出て、事前に企ては漏れていたそうですから……」

「当時はまだ豊臣家の残党や、豊臣家恩顧の大名たちもたくさんいたでしょうけど、今なら乱を起こすなんて、とても無理なんじゃないでしょうか」

「だといいんですが……」

普通に考えると、どんなに周到な計画を立てたとしてもすぐに鎮圧されるだろう。だが……。

（なにかとんでもないことを考えているのかもしれない……）

雀丸は自分の勘が外れることを願った。

「とにかく皐月さんの帰りを待ちましょう。町奉行の石田さんが皐月さんの証拠を取り上げてくださって、大尊和尚さんが解き放ちになればいいんですが……」

そのとき、入り口からなにかがものすごい勢いで飛び込んできた。てっきり皐月親兵衛だと思った雀丸は、それが夢八で、しかも大尊和尚を背負っていたので驚いた。夢八は大尊を上がり框に放り出すように下ろすと、

「えらいこっ たっせ！　皐月さんが大尊和尚を牢問いしようとしましたんや」

「なんですって！」

雀丸はもともと丸い目を丸くした。

「わたいは様子を探るだけのつもりだしたのやが、花井戸一味に取り込まれてしもた皐月さんが大尊和尚を笞打ちしようとしたんでどうにも見てられず、和尚を助け出してしもた。追っ手がかかったさかい、撒くのに苦労しましたわ。あー、しんど」

園が青ざめて、

「父が……父が大尊さんを打とうとしたのですか！」

大尊和尚がいたって気楽な語調で、

「いやいや……皐月殿はおそらく相手のふところに入り込んで真相を探るおつもりであろう」

「どうしてそう言い切れるのです」

雀丸が言うと大尊は笑って、

「わしを見るあのひとの目は澄んでいた。やましいことはなさそうであったぞ」

雀丸はうなずいて、

「和尚さんがそう言うなら間違いないでしょう」

夢八が園に向かって、

「わたいもそやないか、と思うたんだすけど、流れで皐月さんをどついてしもた。あのときはああせなその場が収まらんかったのやけど、えらいすまんことでおます」

「いえ、いくらでもどついてやってください」

　雀丸が、

「皐月さんは、火付けを予告する刷り物と鴻池善右衛門さんを襲った下手人が落とした刷り物が、どちらも東町奉行所の尾上同心の手で作られた、ということを花井戸さんを飛び越えて石田奉行に直に告げる、と言って出ていかれたのです。それなのに、花井戸さんの手下のようになっているのはおかしいですね」

　大尊が、

「わしがかかる目に遭《お》うておるのは、どうやら雷覚寺という京の大寺の良苔という和尚に三十石のなかで大恥を掻かせてやったためらしいのじゃが、その良苔は東町奉行の役宅に泊まっておるらしいぞ。昔からの知己だという話じゃ」

　一同は顔を見合わせた。夢八が、

「そう言えば、花井戸が吟味役の同心に見せた書付も、東町奉行直々の指図書きやて言うとりましたわ」

　雀丸が、

「そうでしたか……。これはえらいことです。東町奉行がグルだとなると、皐月さんの身が心配ですね。なんとかしないと……」

夢八が、

「ここにもそのうち追っ手が来るかもしれん。大尊和尚をどこぞに隠したほうがええんとちがうやろか」

「そうですねえ。お寺も焼けてしまったし……」

大尊は憤然として、

「わしは逃げも隠れもせんぞ！」

「まあまあ、抑えて抑えて」

雀丸は園に、

「園さんの家に匿っていただけませんか。皐月さんのところなら、かえって安心ですから」

「はい、喜んで」

ぶつぶつぼやく大尊を連れて園は竹光屋を出ていった。

◇

「こ、ここは……」

尾上権八郎は目を開けた。いつのまにか布団に寝かされている。

「気がつきはったか」

声のしたほうに顔を向けると、

「うわっ」

尾上は驚愕《きょうがく》した。そこに座っていたのは鴻池善右衛門だったのだ。尾上は這いずるように逃げ出そうとしたが、

「ははは……逃げることおまへん。あんたはわしが雇うた用心棒に首を打たれて、気絶してしもたのや」

横にいた若い娘が、

「うちが部屋に入ったらお父ちゃんがひとりで厠へ行った、て言うさかい、こらおかしい、なにかある……と思て裏口のほうに行ったら案の定やったわ。危ないところやったで」

思い出した。あのとき石をぶつけながら彼の同志たちに飛びかかっていった無謀極まる娘だ。

「でも、それがしはなにゆえ死んでおらぬのだ。首をばっさりいかれたはずなのに……」

善右衛門が、

「峰打ちやからや。わしは、なにかあっても斬らんとってくれ、わしは血ぃ見るのかなわんさかい、とくれぐれも言うてあったのや」

尾上は布団のうえに起き上がった。

「一度ならず二度までも……不甲斐ない……」

「その不甲斐なさのせいで、わしは命拾いしたのや」

尾上が自分の首に手を当てると、そこには晒《さらし》が巻かれていた。

「ああ、それはな、峰打ちとはいえ怪我しとるかもしれん、と思て、出入りの医者に診てもろたのや。幸い骨は砕けてないらしいけど、念のために打ち身の治療をしてもろてある」

「かたじけのうござる……」

尾上はか細い声で言った。

「貴殿の命を狙《ねろ》うたそれがしを介抱してくださるとは……なぜでござる」

「いや、べつに……目のまえで怪我をしたものがいれば助ける。それがあたりまえだすわ」

「そんなことは考えたこともない。それがしは貴殿を殺そうとしたのだぞ！」

「大きい声出さんでも聞こえてますがな。けど、それが大坂の人間の……いや、人間だれしもの自然な気持ちやおまへんかな。常日頃憎しみ合うてる相手でも、そこで苦しんでたらなんとかしたろ、と思いますやろ」

「それがしの仲間はどうなった」

「ははは……薄情なもんや。あんさんが気絶したのを見て、馬鹿とか間抜けとかさん

ざんののしったあげくに逃げていきよりましたわ」

「そ、そうか……」

尾上はしばらく下を向いていたが、

「つかぬことをうかがうが、善右衛門殿はかつての飢饉のとき、大塩平八郎殿から救民のための金を貸してほしいとの申し出があったのを拒まれた、と聞いておるが……その真意やいかに」

「なんや、そんなことかいな。あれはなあ、大塩さんからそう言われたんで、わしもええこっちゃ、大坂のみんなをなんとかしたろ、と思て、貸すのやのうて差し上げるつもりで二万両ほど支度しとったのや。それが、なんでかわからんけど、町奉行の跡部さまから、大塩に金貸すことまかりならん、とお差し止めがあってなあ……」

「そりゃまことか」

「結局、どないしたらええんかいな、と思うとるところへ大塩さんが乱を起こしてしもたんで、わしはその金を、大塩焼けで焼け出された町人連中に分けてさしあげた。同じころに、おんなじように焼け出されたお侍の子らを引き取って育てとった河野四郎兵衛《こうのしろべえ》ゆうご浪人もいてはったみたいやな。みんな、おのれの分相応にでけることをやったというだけの話や」

尾上の両目から大粒の涙がぼろぼろとこぼれ落ちた。

「あんさん、泣いてなはる？」

「う……うう……それがし、生まれてから今まで泣いたことがないのでわからぬのだ」

　さきが驚いたように、

「あんた、泣いたことないんかいな。なんちゅう不幸せなひとや。うちなんかしょっちゅう泣いてるで。わんわんいうて……それで涙が出んようになるまで泣き尽くしたら、つぎになんとかしよ、ていう気になるもんなんや」

「そういうものか……。それがしには妹がひとりおるが、よう泣いておる」

「なんでやのん？」

「それがしが不埒な企ての仲間入りをしているのが悲しいのだろう。だが……ようやく目が覚めた。もう二度と妹を泣かすようなことはせぬ」

「なんやわからんけど、それがええわ」

「善右衛門殿、それがしを会所に突き出してもらいたい。それが善右衛門殿に報いる道と心得る」

「いや……それはあかんわ。あんさんらがなにを企んどるか知らんけど、それはたぶん世のためのようで世のためやない。あんたの仲間を説き伏せて、愚かな真似をやめさせるのがあんさんのやるべきことやないか？」

「まことにそのとおりだ。――では、善右衛門殿、それがしはそれがしにできることをするために戻る。さらばだ」

「大事おまへんか。もう少し寝てはったほうが……」

「いや、大丈夫だ。──御免」

尾上権八郎は、しゃくりあげながら部屋を出ていった。

◇

「やっと日が決したのう」

東町奉行石田長門守は薄い盃を口に運びながらそう言った。対面しているのは、雷覚寺住職の良苔和尚である。こちらは大きな湯呑みに酒を注ぎ、がぶがぶと飲んでいる。すでに顔は茹で蛸のようだ。

「そのようじゃな」

「この職を離れるについてはいろいろと感慨もあるが……われら一党が長く待ちわびた日がようやく来るのだからな」

「そのようじゃな」

「聞いておるのか、良苔。わしは大塩殿の夢に一歩近づいた……そう申しておるのだ」

「はははは……夢などわしにはどうでもよい。わしにとっては現《うつつ》が……ここにある、ほれ、この酒がすべてじゃ。美味い酒を飲み、美味い料理を食い、贅沢な着物を着、豪奢な館に住み、美妓《びぎ》をはべらせる……それがわしにとっての夢じゃな」

「それはいかん。おまえは大塩殿の言いつけを守る気持ちがあるのか」

「ない」

良苔は即答した。

「言うたとおりじゃ。わしは贅沢三昧ができればそれでよい。徳川の世が覆り、おぬしらが天下を摑んだなら、今よりももっともっと……それこそ計り知れぬほどの贅沢ができるであろう。ひととして生まれたからは、かつての唐土《もろこし》の紂王《ちゅうおう》やわが朝の太閤殿下のように、だれも及ばぬほどの奢侈《しゃし》にふけりたいではないか」

「禅僧の言葉とは思えぬな」

石田は呆《あき》れたように言った。

「ふふ……人生は一度きりじゃ。貧困のまま死ぬるも、富を蕩尽《とうじん》して死ぬるも同じ一生ならば、どのような手を使うてでもやりたい放題に徹するべきであろう」

石田は顔をしかめ、

「おまえが船のなかでやりこめられたという大尊という坊主に意趣返しをしようと、寺男に火をつけさせた件だが、わしの配下の同心に勝手に刷り物を作らせて罪をきせただろう。あれも困る。あの尻拭いでこちらは往生して、あやうく秘密が漏れるところだったぞ。ああいう私怨を晴らすのは今は慎んでくれ。大事の障りになる」

「わっはっ……わしがどれほどの大物か知らぬ末寺のクソ坊主が身の程知らずのふるまいをしよったゆえ、思い知らせてやったのじゃ」

「とにかく町奉行所のものを私《わたくし》に使うな。いくらわしとおまえが古い知り合いでもな」

「ケチくさいことを申すな。刷り物が得意な同心をちょっと借りただけじゃ」

「万事に気をつけねばならぬ。われらは私怨を超えた大きな企てのために動いているのだ」

「わしに指図するつもりか。あのお方も口ではご立派なことを言うておられるが、その実、かつての恨みを晴らそうというだけではないのか」

「言うてよいことと悪いことがあるぞ、良苔」

「ふん……わしはことが成就した折には大金をくれる、と言われたので手伝うておるだけじゃ。おまえがたの志とやらに興味はない」

奥の襖が開いて、花井戸が入ってきた。入室するまえに声もかけぬ、というのはよほど親しい間柄なのだろう。

「お頭、大尊が逃げました」

「なんだと！」

石田奉行と良苔が同時に叫んだ。

「どういうことだ。皐月が裏切ったのか」

奉行の問いに、

「いえ、皐月が大尊を箒尻にてまさに打たんとしたところ、曲者が天井より降って参り、皐月を箒尻で殴りつけ、大尊を背負って牢屋敷から逃亡したのです」

「曲者は捕らえたか」

「いえ……取り逃がしました」

「正体はわかっておるのか」

「それもまだ……」

「むむ……これは容易ならざることだ。われらの企てに気づき、妨害しようとしておるものの仕業かもしれぬ」

「そうではありますまい。おそらくは大尊の知人が牢問いをされると聞いて奪還に参ったのでございましょう」

良苔は酒をあおり、

「くそっ、大尊め。牢破りとはだいそれたことをする。与力、同心をあげて居所を突きとめ、縛り首にせよ！」

花井戸が、

「はい、そのように……」

「いや、待て」

石田が制した。

「放っておけ。もとは良苔の私怨から出たこと。これ以上の深入りは危うい」

良苔は赤い顔をいっそう赤くして、

「なぜじゃ。東町奉行所の大失態ではないか！」

「大尊のことは、うちはもともと関わりがないのだ。おまえが火付けなどしなかったらなにも起こらなかった。ここいらが引き揚げ時だろう」

「くそっ……」

花井戸は石田に頭を下げ、

「もうひとつ失態がございます」

「なにい？」

「鴻池善右衛門の件ですが、尾上がまたしくじりをやらかし、討ち取りそこねました」

「どいつもこいつも役立たずばかりだ。大塩殿に顔向けができぬ。鴻池の件は大名たちから急かされておる。数日のうちにはなんとかせねばならぬ」

石田は苦りきった顔で言った。花井戸が、

「それこそ放っておいてはいかがでしょう。鴻池善右衛門を誅したところで、われらにはさほどの益はございますまい」

「武器調達などでわれらを後押ししてくれている大名たちが、こぞって鴻池から金を借りているのだ。その頼みごとは断れぬ」

　良苔は、

「金を借りておいて、返せぬゆえ、貸し主を殺してしまおう、などというのはヤクザものの考え方じゃな。天下の大名も地に堕ちたものじゃ」

　石田はうなずき、

「そのとおりだ。大名などと申しても今や商人の足下に屈しておる。そんな世の中だから、われらの挙兵に勝算がある。鴻池善右衛門の誅殺は、われらの大望の本筋ではない」

　花井戸が、

「すでに決行の日取りは決まりました。鴻池のほうは、もし間に合わなければこの際あきらめましょう」

「うむ……そうだな。ことの順序を間違うてはいかんな」

　石田は大きくうなずき、

「手はずとしては、まず城の火薬庫に火を放ち、大爆発を起こす。その混乱に乗じて武器を持って突入し、豊臣家の財宝を奪うのだ。そして、その城に立て籠もり、押し寄せる公儀の軍勢を食い止め、大塩殿が戻ってこられるのを待つのだ」

　一連の話を天井裏でひそかに聞いているものがいた。夢八である。夢八は思わず「えっ」と言いそうになってあわてて口を押さえた。

(どえらいことを言うとるなあ……。マジかなあ……)

普通なら阿呆の大法螺《おおぼら》としか思えないような、たいそうな企てである。

(これは嘘つきのわたいよりもこいつらのほうが一枚うえやで。けど……どう考えても上手いこといくとは思えん話やけど……)

しかし、彼らの自信に満ちた口調を聞いていると、なんらかの根拠があるとしか思えない。

(これはとんでもないことになってきた。まず城の火薬庫に火を放つ……か。なるほど、大坂城はもともと太閤さんのもんやさかいな、そこに籠城するのは道理に適うとる。大坂城にある財宝も豊臣家から徳川が奪ったもんやから、これも返してもらう、というわけか……。でも、大塩が戻ってくる、ゆうのはどういう意味合いかいな。大塩平八郎が生きてる、ゆうことか？　そんなはずない。大塩は乱のあと逃亡して下船場《しもせんば》の美吉屋五郎兵衛《みよしやごろべえ》ゆう商人の家にひと月も隠れてたけど、見つかって自決したはずや……)

大塩平八郎は、町奉行所の捕り方たちに包囲され、火薬を使って隠れ家に火をつけ自害した。そのため遺骸はだれのものともわからぬほど焼け爛《ただ》れていたというが、一年間塩漬けにして保存されたあと、主たる同志たちの遺骸とともに磔にされた。

(たぶん……大塩二世を名乗るもんが現れる、ゆうことやな。もしくは、大塩は生きていた、ゆうて別人を大塩に仕立てあげて、頭分にするのやろ。けど……籠城してるとこ

ろに二代目大塩が現れたとしてもどうにかなるとは思えんけどなあ……）

島原《しまばら》の切支丹《キリシタン》一揆《いっき》のときの天草四郎《あまくさしろう》のように、象徴として精神的支柱にはなるかもしれないが、それで不利な戦況がころりと変わるとまでは考えられない。

（ま、ええわ。とにかくこのことを一刻も早う雀さんに知らせんと……）

夢八は凍りついたような手足を動かし、そろりそろりと天井裏を這いはじめた。夢八は忍びのものではないので、こういうふるまいに慣れてはいない。埃が鼻に入るとくしゃみが出そうになるし、何重にも張った蜘蛛の巣が顔にかぶさると気色が悪い。ネズミや虫がいてもわからない。天井の板は薄いので、よほど気をつけないとたわむし、きしきしと音がしてしまう。しかも、明かりはないので、逃げるべき方向もはっきりしない。だが、今は急ぐべし。芋虫のように進んでいると、

「お頭……お静かに」

花井戸の声がした。

「む……どうした」

「どうやら虫が一匹入り込んでおるようです。今、取り捨てまするゆえ、しばしお待ちくだされ」

夢八はぎくりとした。どうやら見つかったらしい。花井戸が長押《なげし》にかかっていた槍を手にして、その穂鞘を払ったのが音でわかった。

（ヤバいがな……）

どうしたものか。狭い天井裏である。逃げ場はない。立ち上がることはおろか膝で立つこともできないのだ。思い切って天井板を外し、飛び降りるか、それともこの姿勢のまま逃げられるところまで這っていくか、動きをとめ息を殺して花井戸が気配を見失うのを期待するか……一瞬のうちにいろいろ考えたがよい思案はない。唇を嚙み締めたとき、襖の開く音がして、

「皐月親兵衛、そこでなにをしておる」

節穴から下を覗くと、皐月親兵衛が頭を搔いている。

（わたいのことやなかったんか……）

夢八がじっと見下ろしているとも知らず、皐月は言った。

「あ、いや、ははは、これは花井戸さま、なんとなくこのあたりに参りますればそのなんと申しましょうか……」

「おまえの手にしておるものはなんだ」

花井戸は皐月が持っている巻物のようなものを指差した。

「さ、さあ、わかりかねます。たまたま手を伸ばしたところにかようなものがあり、いったいなんだろうと思って見ておりましたるところ……」

「なにゆえそれを懐紙に引き写しておるのだ」

「こ、こ、こ、こ……」

「鶏か！」

「こ、後学のためと申しましょうか、なにかの引き合いになるかと思い、あのそのこのどのわわわわわけがわからないと申しましょうか……」

花井戸は皐月の手から巻物と懐紙をひったくった。

「これは、われら一味徒党の連判状……貴様、これを写し取ろうとしておったのだな」

「連判状でしたか。ああ、そうとは知りませんでした。それではそれがしはこれにて……」

「馬鹿め、無事に帰れると思うか。やはり貴様、裏切るつもりだったのだな」

花井戸は槍を構えた。皐月親兵衛も鯉口《こいぐち》を切った。

「でえやあっ」

花井戸の突きは凄《すさ》まじく、皐月はそれを防ぐだけで精一杯だった。二、三合しただけで、皐月は刀を跳ね飛ばされていた。花井戸はここぞとばかりに槍を繰り出し、その先端が皐月の左肩を貫いた。花井戸は一旦槍を引き抜き、

「死ね！」

心臓を目掛けてふたたび突き出そうとしたので、

（こらもうあかんわ……）

夢八は飛び降りようとしたが、取り外せる天井板がない。どこか降りられるところはないか、と必死で探していると、

「皐月氏……！」

その場に駆けつけたのは、尾上権八郎だった。尾上は血だらけの皐月をかばうようにして、

「さ、お逃げなされ。ここはそれがしがなんとかいたす」

花井戸は舌打ちをして、

「尾上、貴様も裏切るつもりか」

「裏切るのではない。おまえたちの志とやらの化けの皮が剝がれただけだ。それがしは今までだまされていた。なにが天下のためだ。それがしは目が覚めたのだ」

「ほざけ」

花井戸が繰り出した槍を刀の腹で払いながら、後ろにいる皐月に、

「早う逃げられよ」

「か、かたじけない……」

皐月は左肩を押さえながらよろよろと廊下を歩き出す。

「逃すかっ」

花井戸が追いかけようとしたとき、彼の目のまえに天井から足が一本、ずぼっ！　と

下りてきた。

「うわあっ……！」

足に頭を蹴られて、花井戸は尻餅をついた。良苔が数珠を取り出し、

「ば、化けものじゃあっ！　妖怪退散、妖怪退散……」

足はすぐに引っ込んだ。花井戸はなんとか立ち上がり、皐月を追おうとしたが尾上が
立ちふさがった。

「どけ、尾上。今ならまだ復帰が叶うぞ」

「うるさい！」

尾上は刀を正眼《せいがん》に構えた。そこへ天井板をむりやり剝がして夢八が飛び降りてきた。

「尾上さん、皐月さんはわたいが連れて帰りまっさ」

花井戸は鬼のような形相になり、

「くそっ……またおまえか」

「へへへ……いつも天井からすんまへんな」

「なにものだ。まさか公儀の……」

「その『まさか』ゆうやつだすわ。あんたらの企て、しっかりこの耳で聞きましたで」

尾上は夢八に向き直ると、なにかをふところから取り出し、夢八に手渡した。

「これを頼む」

「へ？　なんだすねん」

「あとで見ればわかる。——行け。行ってくれ」

「ほな、お言葉に甘えます。あんさんもご無事で……」

夢八は皐月を抱えるようにして廊下に出た。それを見届けた尾上がなにかを遣り遂げたようにうなずいたとき、

「ずわあっ！」

花井戸が裂帛《れっぱく》の気合いとともに槍を突き出した。尾上は振り向きざま刀を振るったが、それはむなしく空を切った。その瞬間、脇腹に凄まじい「熱」を感じた尾上は口から叫びを上げながらも、

（そうか……腹を刺されると痛いというより熱いのだな……）

そんなことを思っていると、

「裏切りものめ。思い知ったか。天誅だ」

花井戸の声がどこか遠くから聞こえてくる。尾上は目を閉じた……永遠に。

「やったか」

石田奉行が言った。

「はい……」

花井戸は大きく息を吐いた。

「連判状は無事か」

「取り戻しました。皐月が写そうとしていたものも、これこの通り……」

「でかした。これで安心だ」

良苔が頰の肉を震わせながら、

「なにが安心なものか。今の町人、公儀隠密だと申しておったではないか。このことがお上に知られるとまずいぞ」

「なにを申す。われらは今からお上に楯突《たてつ》くのだ。なにもまずいことはない」

花井戸が、

「ですが、向こうに備えの猶予を与えてしまいます」

「うむ……」

石田は腕組みをしてしばらく黙っていたが、

「決行を早める」

「いつになさいます」

「明日だ。皆につなぎを配れ」

石田奉行はそう言った。

◇

左肩から大出血している皐月親兵衛を背負って、夢八は大川沿いを駆けに駆けた。

（わたい、なんや近頃、こんなことばっかりしてるなあ……）

鶴のように痩せていた大尊と違って皐月親兵衛は重かったが、火事場の馬鹿力を発揮して、樋ノ上町の能勢道隆のところへ担ぎ込んだ。

「ふーむ……かなり血を失《うしの》うておるようだな」

額に玉の汗を浮かべて苦しそうにあえぐ皐月親兵衛を見下ろし、道隆は言った。

「途中で血止めしましたんやが……あきまへんやろか、先生」

夢八が言うと、

「まあ、なんとかやってみよう」

道隆は治療をはじめたが、次第にその表情は曇っていった。

四半刻ほどして、夢八が近所のこどもに託した伝言を受け取った園と雀丸、そしてさきが駆けつけた。さきは、鴻池善右衛門がまた襲撃にあったことを雀丸に伝えにきていたのだ。

「お父さま！」

園が父親にすがりつこうとしたが道隆に制された。園は道隆に、

「お願いです。父を……父を助けてください」

さきが泣きながら、

「このおっちゃんはええおっちゃんなんや！　高知でもいろいろ助けてくれたし、うちのことごっつう可愛がってくれた。せやから……先生、なんとかして！」

「わかっておる。だが、今はおまえたちに手伝えることはない。向こうに行っておれ」

四人は部屋を出ると、廊下の隅に座った。園は悄然《しょうぜん》として下を向いている。雀丸にはかける言葉もなかった。そんな重い空気のなか、夢八が東町奉行所で見聞きしたことを詳しく語った。

「わたいが部屋を出たあと、うしろからすごい悲鳴が聞こえました。尾上さんは殺されたと思いますわ」

「どんどんたいへんなことになっていきますね……」

雀丸はため息混じりに言った。さきが、

「大塩が戻ってくるのを待つ、というのはどういうことやろ。そのひと、とうに死んだんちゃうの？」

夢八が、

「たぶん大塩二世とか名乗るやつを大将にすえるつもりなんや。それか、顔のよう似たやつを『じつは大塩は生きていた』とか言うて連れてくる、とか」

「そんなやつに代わりがつとまるやろか」

「なんでもええのや。どうせ看板みたいなものやさかいな」

雀丸が、

「でも、そいつは今どこにいるんでしょう。なぜ、『戻ってくる』のでしょう」

「さあ……それは……」

さきが、

「ほんまに大塩が生きてる、ゆうことはないん？」

雀丸はかぶりを振り、

「ないと思います。自決したとき、死体は火薬でぼろぼろだったらしいですけど、もしそれが替え玉だったとしても、公儀が日本中を血眼《ちまなこ》になって残党狩りしたのですから、十六年も隠れ続けていたとは思えないです。たとえ薩摩や蝦夷《えぞ》地《ち》に逃げたとしても見つけ出したんじゃないでしょうか」

夢八が、

「せやけど、これであいつらがやろうとしてることがはっきりしたわけや。大坂城の火薬庫に火を放ち、混乱に乗じて城を乗っ取る、ちゅうのやさかい、とにかく大坂城の守りを固めんと……」

雀丸が眉間に皺を寄せ、

「でも、大坂城代がそんな途方もない話、信じてくれますかね。東町奉行が黒幕で、大坂城を乗っ取って豊臣家の財宝を奪って籠城するなんて……講釈師や歌舞伎作者でも書かないようなめちゃくちゃな筋書きですから」

それまで黙っていた園が顔を上げ、

「お父さまが書き写そうとしていた一味徒党の連判状さえあれば、大坂ご城代も動いてくださったと思うのに……残念です」

夢八が急に思い出したように、

「そや、忘れてた。尾上さんからなにか預かったもんがあったんや」

そう言うとふところから長さ三寸ほどの棒のようなものを取り出した。それは巻物で、広げてみると、

総大将　大塩中斎
副大将　石田孝之（坂）

ではじまり、およそ三百名ほどの名前がずらりと書かれていた。おそらく原本は本人が署名して血判を押していると思われた。名前に肩書き等の記載はなかったが、名前の後に「坂」という文字が記されているものが二百五十名ほどいた。なかには「府」と書かれたものもあったが、なにを意味するのかはわからぬ。雀丸は、

「尾上さんは万が一のときに控えを作っていたのですね。ほら、ここに……」

巻末には、「癸丑《みずのとうし》の年二月吉日　尾上権八郎　これを写す」とあった。夢八は涙をこぼし、

「尾上さんは、わたいが公儀隠密やと言うたのを真に受けて、この一巻をわたいに託しはったのや。すんまへん、尾上さん、あれ嘘だすねん。わたいはただの沙汰売りや」

雀丸は、

「いいえ、夢八さん……尾上さんがあなたにこれを託したのは正しい選択でした、たぶん……」

そして、巻物を押しいただくようにして、

「尾上さん……あなたの死を無駄にはしませんよ」

園が、

「どうなさるおつもりですか」

「大坂城代に会いにいきます」

「会ってくれるでしょうか」

「だんどりを踏みます」

雀丸は決然として立ち上がった。

◇

西町奉行本俵《ほんだわら》近江守《おうみのかみ》は眉をひそめた。

「鴻池善右衛門が参った、とな？」

用人が、

「火急の用件とかで、殿にお目にかかりたいと……。用心棒らしきものやらなにやらたいへんな人数を連れてやって参りました」

「以前会うたときは、仰々しい外出《そとで》は嫌いだと申しておったがのう……」

「いかがはからいましょう」

「ふむ……今月うちは月番ではないが、まあ、善右衛門が会いたいと申すのだから無下に断るわけにもいかぬな。よし、通せ」

しばらくすると鴻池善右衛門が小者らしき男をひとり連れて現れた。善右衛門は襖の外で平伏している。

「入れ」

「へえ……」

小者を連れて入室しようとしたので用人が、

「これ、お供の衆は廊下で待たせておけ」

「いえ、本日はわしゃのうて、このものがお奉行さまに用があるとのことで連れて参ったのでございます」

「なんだと？」

本俵は小者の顔を見た。

「私は横町奉行を拝命しております竹光屋雀丸と申します。以後よろしくお願い申し上げます」

「横町奉行？　町人のあいだでそのような役があるとは聞いておるが……その横町奉行がなんの用だ」

善右衛門が、

「今からこのものの申しますこと、すべてまことのことでございます。わしが請け合います」

西町奉行は苦笑いして、

「たいそうな物言いだのう。——ま、申してみよ」

それから雀丸はことの次第をかいつまんで順々に申し述べた。はじめは薄笑いを浮かべていた本俵の顔つきが徐々に変わっていった。そして、最後に連判状の写しを見せると、

「うーむ……」

唸ったまま黙り込んでしまった奉行に用人が、

「殿、たぶらかされてはなりませぬぞ。東町の石田さまが謀反を企てている、とか、大塩が生きている、とか、豊臣の世に戻す、とか……荒唐無稽にもほどがある。おおかた黄表紙の読みすぎで頭がおかしくなっておるのでしょう。取り上げることはございませぬ」

「いや……そうとはかぎらぬ」

　本俵は言った。

「この連判状のなかには、西町奉行所の与力、同心の名も見える。そして、その連中は皆、大塩と親交があったものたちだ。わしは着任時、大塩の思想が今も影を落としていないかをたしかめよ、とご老中から念を押されていたので、いろいろと調べた。それゆえ存じおるのだ。それに……天下の鴻池がなにゆえ嘘、でたらめを申すことがある」

「では……東町奉行の謀反、まことのことだと……」

「かもしれぬ。いずれにいたせ、大坂城代にはこのこと、知らせておかねばならぬ」

　雀丸は頭を畳にすりつけ、

「ありがとうございます！　これで尾上さんも浮かばれます」

「ことは隠密裏に行うべし。東町奉行にわれらが感づいていることを知られてはならぬからな」

「はい……ですが、彼らは公儀隠密に挙兵のことがバレたと思っています。きっとすぐにことを起こすと思います」

「うむ」

本俵近江守は立ち上がると、

「今から大坂城に参る。馬引け」

用人が大あわてで部屋から出ていった。本俵は雀丸に、

「雀丸とやら、そのほうも同道いたせ」

「はいっ」

雀丸はうなずいた。

◇

西町奉行の話を聞いた大坂城代守口貞尚《もりぐちさだなお》は蒼白になった。大坂城代は、旗本が就任する町奉行などとは違って、五、六万石の譜代大名が任に当たる重要な役割である。城主である将軍家の名代として大坂城を預かっているのだから、もしふたたび十六年まえのような乱が大坂で起こったなら、責任を問われることは明白である。乱の結果如何《いかん》によっては、下手をすると切腹……ということも考えられる。

「まことのことであろうの」

守口は念を押した。本俵近江守は雀丸のほうをちらと見て、

「そのように思います」

守口は連判状に目を落とし、

「大坂城に勤めるものの名前もちらほら見受けられる。これがまことであれば、なるほど火薬庫に火を放つぐらいのことは易《やす》かろう」

万治《まんじ》三年に大坂城の火薬庫に落雷したときは、二万二千貫の火薬が爆発した。天守閣をはじめ多くの建物が吹っ飛び、三十人近い死者が出たという。

「敵に知られぬようひそかに支度を整えて待ち受け、一網打尽にすべき、と考えます」

本俵が言うと守口もうなずき、

「ただちに火薬庫だけでなく城内、城外のすべての守りを厳重にし、襲撃に備えねばならぬ。だが、そのまえにこの連判に名のある城内のものどもを捕縛するのだ。それも、覚られぬように動かねば……」

守口は頭を抱え、

「あああ……なにゆえわしの在職中にかかる大事が起こるのだ。毎朝かかさず、なにも起こりませぬよう……と神棚に手を合わせてきたのに……なにゆえだあっ！」

本俵は、

「そんなことは存じませぬ。とにかくやるべきことをなさいませ」

守口は、副城代格の京橋口定番《きょうばしぐちじょうばん》、玉造口《たまつくりぐち》定番や警備の主役である東大番、西大番などといった主だった重職を秘密裏に呼び寄せた。謀反のことを知らせると一同はこぞって驚愕したが、

「この連判に名のあるものを配下に持つものは、今すぐ召し捕るように」

との指示を受けて、それぞれの持ち場に戻っていった。

「これでよい。なにもかも上手く運ぶであろう」

守口はそう言ったが、雀丸はまったく楽観できなかった。

そして、しばらくのちに戻ってきた重職たちの顔色は真っ青だった。

「ご城代……！」

「いかがいたしたのだ」

「わが配下におけるその連判状記載のものどもの所在を確かめようといたしましたるところ……ひとりも見当たりませなんだ……」

「わが配下も同様にて……」

「屋敷を訪ねてももぬけの殻でありまして……」

「捕り方を差し向けましたるところが家人、下僕をはじめだれひとりおらず……」

どうやら向こうの動きのほうが速かったようだ。なんと、東町奉行の石田までが姿をくらましていたのだ。大坂城代宛に病気療養のためしばらく休む旨の届けが出されたが、

一瞬のうちに用人をはじめ私的な家来たちまで全員姿を消していた。

「東町奉行所は大騒ぎになっております」

「これは……来るぞ！」

大坂城代は言った。半信半疑だったものが、確信に変わったのだ。

「今日か……明日かだ。皆のもの、持ち場につけ」

「ご老中にはお届けするのですか」

「万が一なにごともなかったら、騒擾《そうじょう》ものめ、とわしがお咎《とが》めを受ける。ここはわれらだけで万全の備えをして彼奴らを捕らえ、ことが片づいたあとご老中にお知らせするのだ。まずは、火薬庫に万全の手配りをいたせ。――よいな」

大坂定番、弓奉行、鉄砲奉行、具足奉行、金《かね》奉行、東大番、西大番、加番《かばん》……などに属する与力、同心たちも本格的に武装し、本丸、二の丸、追手口《おうてぐち》、京橋口、玉造口などの警備に当たった。ことに火薬庫と金蔵は厳重な警戒が敷かれ、夜間も交代で見張りを続けた。船手《ふなて》奉行は河川を見張り、怪しい船の出入りがないか検問した。西町奉行所の与力、同心衆はすべての長吏、役木戸、小頭、若いものらを動員して市中の見廻りを強化した。これらのことはひそかに行われたので、関係者以外は、

「町なかになんだか役人の数が多いな」

ぐらいの印象しか持たなかっただろうが、その実、水も漏らさぬ警戒が行われていた。

大坂の五分の一を焼き尽くした十六年まえの轍《てつ》を踏まぬよう、皆がいまや遅し……と待ち受けたのである。

しかし。

一日過ぎても、二日過ぎても、三日過ぎても……なにも起こらなかった。

「どういうことだ！」

大坂城代は雀丸に詰め寄ったが、雀丸もどういうことなのかさっぱりわからなかった。連判状に載っていたうち二百五十人ほどの人間が大坂から消失したのである。

◇

夜中に大坂を発《た》って四日、鬼御前は駿府にいた。着いてすぐに旅装も解かず兄の行方をたずねて回ったが、ようやくそれが知れたのは翌々日だった。武田新之丞は山中の神社にいた。大怪我を負っており、命に別状はなかったが、起き上がることはできなかった。追っ手から身を隠すため部屋に籠もっており、医者にもかかっていなかった。

「兄《あに》さん……」

「おお、はなではないか。よう来てくれた……」

「兄さんのことが案じられてな……」

「すまぬ。子細は書状に記したとおりだ。雀丸殿に渡してくれたか」

「それがその……」

鬼御前は、下寺町で火事があり、類焼で口縄坂の家が丸焼けになったことを告げた。

「子方の豆太に、雀さんに渡すように頼んどいたさかい、渡してくれてる、とは思うけどな」

「そうか、おまえも苦労したのだな。そんなたいへんな折に、わしに会いにきてくれたとは……」

「ええがな、ええがな。どうせ住むとこのうなったのや。身軽なもんや」

「金を工面して一家を立て直さねばなるまいに」

「今はとりあえず目先のことだけを考える。兄さんのほうがずっとたいへんやがな。――で、どんな塩梅《あんばい》なん？」

「よくない。わしひとりではどうにもならぬ。雀丸殿と三すくみの助力を当てにしておるのだ」

「大尊和尚はあかんかもしれんで」

「なにゆえだ」

「下寺町の火事、火もとは要久寺やねん。あの坊主が酔っ払うて火ぃつけた、ゆう噂もあるらしいわ」

「おのれの寺に火を放つことはあるまい。なにかの間違いではないのか」

「わからんでえ。人間、酔うたらめちゃくちゃになるからなあ。あてが言うとるのやさかい間違いない」

「それはそうだが……とにかく人数を集めねば対抗できぬ」

「あとは蟇五郎か……。もしかしたら雀さんが今頃、ええ手立てを考えてくれとるかもしれんわ。へらへらしてるように見えて、やっぱりなんちゅうたかて頼りになるひとや」

「そうだな……そう願おう」

　雀丸は雀丸でたいへんなことになっていることを、ふたりとも知らなかったのだ。

「おまえが来てくれたからには百人力だ。こうしてはおれぬ。わしは今から書状を書く。かかる陰謀が進んでいることをご老中に伝えねば……」

　武田は身を起こそうとしたが、ばたり、と倒れた。

「兄さん……！」

「めまいがする。身体に力が入らぬ……」

　そうつぶやいた武田の顔は土気色になっており、脂汗が滲んでいた。鬼御前がその額に手を当て、

「兄さん、えらい熱やわ！」

「くそっ……こんなときに……」

「どないしょ。お医者を呼ぼか」

「そこから足がついてはなんにもならぬ」

「そんなん言うたかて、命あっての物だねやで」

「今、やつらに捕まったら殺される。病に果てるも殺されるも同じこと。ならば、ここで死ぬほうがよい。そうなったら、おまえが雀丸殿とともに江戸に赴き、ご老中にこのことを知らせるのだ……よいな」

「兄さん……死んだらあかん」

そのとき、だれかが部屋に向かって歩いてくる荒々しい足音が聞こえた。

「だれも寄越《よこ》してはならぬ、と神社のものに申してあるのに……ついに追っ手が来たか」

「兄さん……」

部屋の襖が開いた。

「鬼御前……探したぞ」

立っていたのは烏瓜諒太郎だった。

黒船来航の巻

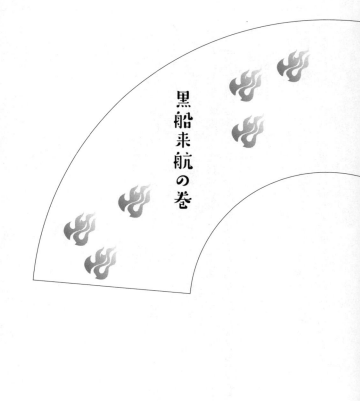

一

大坂城代守口貞尚《もりぐちさだなお》はぎりぎりと歯軋《はぎし》りをした。

「竹光屋雀丸《たけみつややすずめまる》、貴様のようなやつを信じたわしが馬鹿だった。ご老中にお知らせしなくてよかったわい。とんだ赤恥を掻《か》くところであった……」

すでに大坂城の与力《よりき》、同心衆は武装を解き、平常の勤務に戻っていた。

「それにしても雀丸……なにゆえお上《かみ》をたばかろうとした。ありていに申せ！」

「いや、たばかるなんてそんな気持ちは少しもありません。私も困惑しているところなんです」

ぎりぎり……ぎりぎり……。

「嘘《うそ》を申せ。なにが狙いだ。白状いたせ」

「白状もなにも……心から大坂のことを思ってやったことです」

「なんだと？　貴様、町奉行に命じて牢問《ろうど》いにかけてやろうか」

「勘弁してください」

「ならば、大坂構え（追放）にしてくれる」

「それも勘弁してください。だいたい私は罪を犯していないのに、どうして罰を受けねばならないのですか」

ぎりぎり……ぎりぎり……。

「罪を犯していないだと？　大塩《おおしお》の乱がふたたび起きる、という根も葉もない噂《うわさ》を撒《ま》き散らしていたずらに不安をあおり、人心を攪乱《かくらん》したではないか。わしをはじめ、大坂定番《じょうばん》、弓奉行、鉄砲奉行、具足奉行、金《かね》奉行、東大番、西大番、加番《かばん》……などに大迷惑をかけたことを、罪ではないと申すか」

「迷惑はかけたかもしれませんが、罪ではないと思います。それに……連判状に載っている三百人もの人間が一度にいなくなるなんておかしいじゃないですか。ことに東町奉行が役目を放り出して消えてしまうなんて、どう考えても変です。武装を解くのは早いですよ」

ぎりぎり……ぎりぎり……。

「まだ申すか。なにもないのに鎧《よろい》兜《かぶと》に身を固め、徹夜で火薬庫や門の警固にあたっているもののことを考えてみよ。皆、貴様の虚言《そらごと》に踊らされたのだ。物笑いもよいところではないか」

「うーん……では、やつらはなぜいなくなったのでしょう」

「企てが露見したと思って、決行を中止し、よその土地にでも逃げたのであろう」

「だとしたら、またやるかもしれませんよ。やはりご老中にはお知らせしたほうが……」

「あとでなにもなかったときにご老中から叱責されるほうが怖い。わしは、わしの大坂城代在任中にこの土地でなにも起きなければそれでよいのだ。よその土地で彼奴《きやつ》らがなにをしでかそうと、それはわしの知ったことではない」

「はあ……無責任だなあ……」

「なにか申したか」

「いえ、なんでもありません」

「申しておくぞ、雀丸。わしらはけっして貴様を許したわけではない。本来なればひっ捕らえて牢に放り込みたいところだが、それができぬゆえこのように歯軋りをしておるのだ」

「あ、このぎりぎりという音はご城代さまの歯軋りでしたか。だれかがどこかでノコギリを使ってるのかと思っていました」

「馬鹿もの！　貴様の顔は二度と見とうない。あえて大坂構えにはいたさぬが、大坂にはおれぬようにしてやる」

「そ、そんな無茶な……」

「それぐらいわしは怒っておるのだ。肝に銘じておけ！」

さんざん叱られて、雀丸は大坂城をとぼとぼと退出した。久しぶりに来たかつての職場を懐かしむ暇もなかった。

家に戻ってみると、園《その》と大尊和尚《だいそんおしょう》が待っていた。東町奉行が不在になったので、大尊も大手を振って外に出られるようになったのである。

「どうであった？」

「めちゃくちゃに怒られました。大坂から出ていけ、と言われました」

園が、

「まあ、ひどい……」

「召し捕って牢屋に入れる、とまで言われました。なんにしても大坂城代と町奉行ににらまれたら、大坂に居づらくなることはたしかですね。商いもやりにくくなるし、横町《よこまち》奉行としても……。皐月《さつき》さんのほうはどうですか」

「道隆《どうりゅう》先生のおかげで命は取り留めました。普段ならとても使えないような高いお薬をたくさん使ったからなのですが、鴻池善右衛門《こうのいけぜんえもん》さんがお見えになって道隆先生に、お金ならいくらでも出すから薬は惜しまず使《つこ》うてくれ、とおっしゃってくださったのです」

「へえ……善右衛門さんが……」

「でも、まだ安堵《あんど》できぬそうで、しばらくは床についたままだと思います。道隆先生からも、けっして動かすな、と言われております」

「早く元気になってほしいですね……」

「はい……普段は父のことをうるさいなあと思うておりましたが、物言わぬようになると心もとない気持ちです」

「烏瓜諒太郎《からすうりりようたろう》にも手伝わせましょうか。あいつなら蘭方に詳しいから、なにかべつのやり方を知ってるかもしれない」

「道隆先生もそうおっしゃったので、烏瓜さんのところに行ったのですがずっとお留守みたいなんです」

「なんだ。あいつ、肝心のときにどこに行ったのかな」

東町奉行が失踪してしまったので、今、東町奉行所は開店休業状態である。石田長門守《いしだながとのかみ》からの病気届けが老中に受理されれば、新任の町奉行が江戸からやってくるはずであるが、ちょうど西町に月番が切り替わるところだったので、大坂の町は表面上平穏さを保っている。公儀はおそらく「病気による退任」扱いにして失踪したことをもみ消そうとするだろう。

「ですが……どう考えてもおかしいですよね。あいつらの狙いはてっきり大坂城だと思っていたんですが……」

「大坂ご城代のおっしゃるように、企《たくら》みに感づかれたと察して逃げたのじゃないでしょうか。でも、なにごともなくてよかったです」

雀丸は心のなかで、

（なにごともなくて、か……）

と思った。駕籠屋《かご》と皐月親兵衛《しんべえ》は大怪我《おおけが》をし、大尊和尚や鬼御前《おにごぜん》たちは火事で住処《すみか》を失い、尾上権八郎《おのえごんぱちろう》にいたっては命を落としたのだ。

（これで終わるとは思えないけど……）

とはいえ、大坂城での大きな激突や大坂市中の破壊、放火などが回避され、最悪の事態は免れたのだ。大坂城代に叱られようと疎んじられようと、最悪の事態を免れたことは素直に喜ぶべきだろう。

「雀《じゃく》さん、おるか！」

どんよりとした空気を吹き飛ばすようにのしのしと入ってきたのは地雷屋蟇五郎《じらいやひきごろう》だった。

「ああ、蟇五郎さん。ようお越し。商いのほうはいいんですか」

「わっははは。ここんとこたいへんやった。目の回るような忙しさゆうのはあのことやな。けど、ようやく船も出せたし、ひと息ついたところや。これで銭も儲《もう》かる。番頭や手代に給金も払える……万事めでたしや」

大尊和尚が、

「ふん……うれしがっておるのはおまえひとりじゃ」

「おお、和尚も来とったんか。えらい目に遭《お》うたらしいのう」

「今ごろ遅いわい」

一触即発の空気になってきたので雀丸が割って入り、

「蟇五郎さん、今日はなにかご用ですか」

「いや、まあこないだはちょっとわしも言い過ぎた、と思てな。大尊和尚のことも鬼御前のことも心配は心配やったのやが、なんせめちゃくちゃ忙しかったもんでついつい依怙地《いこじ》な言い方になってしもた。あれからどうなったかききたいと思てな」

「そうでしたか」

雀丸は一連のできごとを順序立てて簡潔に話した。尾上権八郎の死や皐月親兵衛の大怪我、町奉行や諸御用調役の陰謀……。聞いているうちに蟇五郎の表情が険しくなっていった。

「えらいこっちゃないか……」

「そうなんです。蟇五郎さんに力を貸してほしかったんですが……」

「すまん。そこまでひどいことになっとるとは知らなんだのや。皐月さんまでが大怪我しとるとは……」

「でも、大坂城で戦《いくさ》支度万全で待ち構えていたのですが、結局はなにも起きなくて……

大坂城代の守口さんにすごく叱られました。大坂構えにしてやる、とまで言われてしまいましたよ」

「あんたは大坂の皆のために走り回ったのや。ほめられこそすれ、叱られる道理はない。その流れやったら、だれもが大坂城を攻められると思うわな。なにも起きんかったのはむしろ僥倖《ぎょうこう》や」

「どうしてなにも起きなかったのでしょう」

「さあな……大塩が戻ってくるのを町奉行たちは籠城して待つつもりやったのやろ？　計略を覚《さと》られた、と気づいて、どこぞ山奥かなにかで『大塩待ち』をしとるのかもしれんな。もしくは後ろ盾になっとる大名家に匿《かくま》われてるとか……」

「ありそうな話ですね」

「しばらくは様子見やな」

　園が、

「地雷屋さんはどうしてそんなにお忙しかったのですか？」

「美松屋《みまつや》ゆう瀬戸物問屋からの頼みでな、船五艘《そう》分の瀬戸物を運ぶ仕事を引き受けたのや。なんでも駿府《すんぷ》のご城下に日本一大きな瀬戸物屋を作るらしい。そこへの納品をまるごと美松屋はんが請け負うたのや。街道筋でも大評判になっとるそや。どえらい目論見もあるもんやなあ」

「美松屋さんってもしかしたら……」

そう言って園は雀丸を見た。

「そうなんです。ちょっと気になります」

「なんやなんや、美松屋はんになんぞあるのか?」

「じつは……さっきから話に出てくる良苔《りょうたい》という一味の親類なんです」

「なにい?」

蟇五郎は右眉を持ち上げた。

「ほんまか、それ」

雀丸はうなずいた。

「けどなあ……わしの見たところ、美松屋はんは物堅いひとやけど、悪いひとではないと思うで。相手が大坂ご城代や町奉行でもはっきりものを言う、気骨のあるお方らしいし、天保《てんぽう》の飢饉《ききん》のときは、おのれの蔵を開けて米を町のもんにタダで配ったり、東町奉行ともやり合《お》うたそうや。大塩の乱のあとも、炊き出しやら乱に加わった町人、百姓の助命やらに力を尽くしたて聞いとるが……」

しゃべりながら蟇五郎の顔がだんだん曇っていった。

「そ、そうか。美松屋は大塩贔屓《びいき》、いや、大塩の仲間やったのかもしれん……」

驚くほどしょげ返った蟇五郎に雀丸が言った。

「船への積荷は検《あらた》めましたか？」

「いや……それがやな……割れもんやさかい素人《しろうと》は手ぇ出さんとってくれ、と念を押されてな、荷造りは全部、向こうに任せたのや。積み込むのもゆっくりゆっくりでな、それでえろう手間隙《ひま》がかかったのやが……」

「では、中身がまことに瀬戸物かどうかは……」

「わからん。――もちろん荷造りしとるとこには番頭や手代に立ち会わせたで。けど、きちんと底まで調べてはおらんやろから、ごまかそうと思たらなんぼでもごまかせる」

「船は駿府のご城下に向かったのですね」

「そや……風の具合にもよるけど、早けりゃ六日ほどで着くはずや。出航したのはおとといやからあと四日もすりゃ清水《しみず》港や。そこから陸路を引き返して駿府入り、ゆうだんどりになっとる」

駿府城下には大船が入港できるような港はないのである。皆が無言になったとき、

「竹光屋雀丸さんのお宅はこちらでござんすかい？」

入ってきたのは旅姿の男だった。

「ああ、小政《こまさ》さん」

小政が仁義を切ろうとしたので雀丸はあわててとめて、

「ここは堅気の家ですので仁義はけっこうです。『こんにちは』でお願いします」

「へへ……こんにちはは堪忍しておくんなせえ」

小政は照れたように言った。

「以前に一度こちらにうかがったことがありやすが、道を忘れちまいまして、来るのが遅くなりやした。大和《やまと》の荒鹿《あらしか》親分の葬式から大坂に戻ってきたら、鬼御前の親分さんの家が丸焼けになったと聞いて、あわてて居所を探したんだが一家はちりぢりでどうしても知れねえ。一の子分の豆太《まめた》さんも、一家を立て直す元手を稼ぐために安治川《あじがわ》で沖仲仕《おきなかし》をしてるらしいんだが、どうしても捕まらねえ。雀丸さんなら鬼御前親分のこと、ご存知じゃねえかと思ってやってきたわけで……」

「鬼御前さんは駿府にいるはずです」

「ああ、やっぱり……」

「ご存知だったんですか」

「駿府のご城下で、鬼御前さんの兄《あに》さんが怪我をして倒れてるところに出くわしましてね、手紙をお預かりしたんでござんす。それを鬼御前さんにお渡ししたので、もしかすると兄さんを助けるために駿府に行ったのかと……」

雀丸、園、蟇五郎は顔を見合わせた。雀丸が、

「ははあ、そういうことでしたか」

「いったいこいつはどういうことなんで？」

「ちょっと長い話なんですけどね……」

雀丸はこれまでのことをかいつまんで話した。小政は首をかしげて、

「そいつあおかしいなあ。あっしは清水から大坂まで東海道をずっと旅してきやしたが、そんな図抜けた瀬戸物屋が開業するなんて話は聞いたことがありやせん。評判になっているならあっしの耳に入らねえわけねえんだが……」

「なんやと……」

蟇五郎は真っ青になった。

「わしは当初《はな》からしまいまであいつにたぶらかされとったんか……。くそっ……この地雷屋蟇五郎を虚仮《こけ》にしよって。断じて許さんで!」

怒気を顕《あら》わにして土間を拳で叩《たた》き、

「今から美松屋に行ってくる。あのガキ、どうしてくれよう……」

そう言うと足音荒く出ていった。

「あっしも清水に帰《けえ》ったらこのことをうちの親分に伝えておきやす。清水と駿府はまあ近《ちけ》えんで、なにかあったら次郎長《じろちょう》一家もお手伝いできると思いやすぜ」

雀丸は、

「それはありがたいです。次郎長さんによろしくお伝えください」

「へえ、ではあっしはこれで……」

小政は三度笠《さんどがさ》をかぶると去っていった。雀丸は、

「こうなると鬼御前さんのお兄さんが大怪我をしている、というのもなにかこの件に関わりがあるのかもしれませんね」

園が、

「そうですね。でも、駿府のどこにいるのでしょう。たしかお兄さまは駿府のご城代のご配下だと聞きましたが……」

「豆太さんのところにはなにか知らせてきているかもしれません。安治川は近いですから、今から探しにいってきます」

「では、私も……」

大尊和尚は長い顎鬚《あごひげ》をしごきながら、

「夢八《ゆめはち》にも来てもらいたいのう」

「そうですね。こうなったら総力戦です。夢八さんは頼りになるひとです」

「では、わしが呼んでこよう」

三人は連れ立って竹光屋を出た。大尊は立売堀《いたちぼり》へ、雀丸と園は安治川へと向かった。

安治川はいつもながら大船、小舟がひしめいている。沖仲仕は、大船から小舟に荷物を降ろすのが仕事だが、たいへんな肉体労働で生半可なものには務まらない。そのかわり手っ取り早く銭になるのだ。

安治川の浜であちらにたずねこちらにきき、豆太の居場所をたずねてまわったが、沖仲仕は船から船へ頻繁に移るので、なかなか所在がわからない。小政が探し出せなかったのも当然である。しかし、一刻《とき》ほどのち、ようようふたりは艀《はしけ》のうえで汗まみれになって俵を担いでいる豆太を見出した。

「おっ、雀さんと園さん。久しぶり」

豆太はちょっとのあいだにすっかり日焼けした顔を手ぬぐいで拭った。

「探しましたよ。今どちらにお住まいですか」

「銭がないさかい、友達公《だちこう》の家に間借りして、ひたすら仕事に精出しとります」

「すごい働きっぷりですね」

「姉さんが戻ってくるまでに一家を立て直す銭の目処《めど》だけでもつけとこ、と思て、がんばってますのや。はじめは本業の博打《ばくち》で稼ご、と思いましたのやが、皆で相談して、博打の銭は大きく増えることもあるけどすっからかんにもなる。家を建てる銭は、減らんやり方で貯《た》めていこやないか……ということになりましたのや」

「いい心がけですね。——ところで、鬼御前さんは今どこにいらっしゃるかご存知ですか?」

「いや、それが……あれ以来なんの知らせもおまへんのや。子方《こかた》一同心配しとりますのやが……」

「そうですか……。豆太さんなら居場所を知っておられると思っていたのですが……」

「姉さんになんぞご用事だすか」

「ええ。――鬼御前さんはなんのために駿府に行かれたのでしょう。お兄さんと会うため、と聞いていましたが、よほど急ぎの用件だったのでしょうか」

「姉さんの兄さんは怪我をしてはるうえ、だれかに追われてる、とか……」

そこまでしゃべったとき、豆太の顔からみるみる血の気が引いていった。

「どへーっ！」

「どうかしましたか」

「え、え、え、ええええらいこっちゃ。わて、姉さんから雀さんへの大事な預かりもんのこと、すっかり忘れてた！」

「預かりもん？」

「へえ……姉さんの兄さん、武田新之丞《たけだしんのじよう》さまから姉さんに宛てた書状だす。姉さんが駿府に旅立つまえに、雀さんに渡してくれ、て頼まれとりましたのやが、火事で家が丸焼けになったのと、そのあとはずっとこないして働いとりましたさかい……うわあ、すんまへん！」

「こらあ、そこ！」

沖仲仕の差配役が怒鳴った。背中一面に鯉《こい》の滝登りの刺青《がまん》を入れている。

「さっきから見てたらちんたら立ち話しとるだけで、ちいとも働いとらんやないか！　クビにするぞ！」

「すんまへん！」

豆太はヤクザとは思えぬほど縮み上がり、俵を抱えようとしたので、雀丸は言った。

「もしかしたらものすごく大事な手紙かもしれないんです。今すぐ読みたいんです。取ってきてもらえませんか」

「今は無理だすわ。わて、クビになってしまいます」

雀丸はため息をつき、差配役に向き直った。

「四半刻ほどこの場を離れるだけなので、このひとをクビにはしないでください。すぐに戻ってきますから……」

「なんやと？　それやったらそのあいだ、おのれが代わりに働かんかい」

「えーっ！」

しかたなく雀丸は俵を担《にな》った。肩に食い込んで、身体《からだ》がみしみし言う。腰が入っていない、だの、足がひょろついている、だのさんざん怒鳴られながらも働いていると、半刻ほどしてやっと豆太が戻ってきた。

「遅かったじゃないですか……！」

汗だくになった雀丸はその場にへたり込んだ。

「見つからんさかい、捨ててしもたか、とあちこち探してましたんや。ようやく見つけました。これでおます」

手渡された手紙を広げ、中身に目を走らせているうちに、雀丸は疲労を忘れてしまった。そこにはとんでもないことが書かれていたのだ。

「園さん、これはたいへんです」

「どういうことですか」

「私たちは間違っていました」

雀丸は呆然《ぼうぜん》とした顔で言った。手紙を持つ手が震えている。

「家に戻りましょう。すぐにこれからどうしたらいいか策を練らないと……」

豆太が、

「なにが書いとりましたのや？　姉さんのことだすか？」

「豆太さん……お金を稼いで一家を立て直すのもいいですけど、すぐに鬼御前さんのところに行かないと取り返しがつかないことになるかもしれませんよ」

「どどどういうことだす？」

差配役が近づいてきて、

「こらあ、そこ、またや！　ええ加減にせえよ。親方に言うてほんまにクビにしてまうぞ！」

「じゃかあしい！」

豆太が吠《ほ》えた。

「姉さんの一大事なんじゃ。こんな仕事、こっちから辞めたるわい！　――さ、雀さん、行きまひょ」

そう言うと、豆太は先に立って歩き出した。

◇

竹光屋に戻ってくると、蟇五郎が上がり框《がまち》に呆《ほう》けたような顔つきで座っていた。隣には大尊和尚と夢八もいる。

「あかん……あかんわ、雀さん」

蟇五郎は雀丸の顔を見るなりそう言った。

「美松屋さんには会えたのですか」

蟇五郎はかぶりを振り、

「だれもおらなんだ……」

「えっ」

「あれだけでかい店やのに、猫の子一匹おらん。近所のもんにきいてみたら、三日まえの夜中に主《あるじ》も番頭もどこかに行ってしもたらしい」

東町奉行たちがいなくなった日である。

「手代や丁稚《でっち》さんは……？」

「請け人が呼ばれて、皆それぞれ引き取られたそうや。つぎの奉公先はちゃんと用意してあったらしい」

かなりまえから周到に準備されていたのだろう。

「これでは美松屋から銭はもらえん。なにもかもパーや。――雀さん、あんたはどこ行っとったんや」

「豆太さんを探しに安治川へ。――鬼御前さんのお兄さんが書いた手紙を豆太さんが預かっていたのです」

後ろから豆太がへこへこ頭を下げて、

「すんまへん……わてのせいだすわ」

「火事があったんだからしかたありません。ですが……たいへんなことがわかりました」

雀丸は手紙を取り出した。

「私たちは、夢八さんが町奉行所の天井裏で聞いた『城の火薬庫に火を放ち、大爆発を起こす。その混乱に乗じて武器を持って突入し、豊臣《とよとみ》家の財宝を奪うのだ。そして、その城に立て籠もり、押し寄せる公儀の軍勢を食い止め、大塩殿が戻ってこられるのを待つのだ』……という言葉を勘違いしていたのです。やつらが言ってる『城』というのは大坂城ではありません」

夢八が不審げに、

「ほな、どこや」

「駿府城です」

一同は唖然《あぜん》とした。

「でも、勘違いしたのも無理はありません。大塩といえば大坂、と考えるのがあたりまえですし、いちばん近いところにあるお城といえば大坂城です。それに、『豊臣家の財宝』という言葉にも惑わされました。大坂城は徳川《とくがわ》のものではなく太閤秀吉《たいこうひでよし》の城だ、と私たちはなんとなくそう思っています。まことは豊臣家が作った大坂城はすでになく、今あるのは徳川家が作りなおしたものなのですが……」

夢八が、

「そうか……。今の大坂城に豊臣家の財宝なんぞあるわけない……」

「そういうことです」

大尊和尚が、

「そう言えば、大坂夏の陣のあと、金の大判千枚を家康《いえやす》公が召し上げた、という話を聞いたことがあるわい。その後どうなったかは知らぬ。江戸に持っていったのだとばかり思うておったが……」

雀丸が、

「当時、家康公は大御所として江戸城ではなく駿府城に隠居していたわけですから、豊臣家の財宝がそこにあっても不思議はありません」

駿府は、東海道の要ともいうべき場所である。そこで徳川家は駿府を天領として、駿府城代を置き、城の警固に当たらせた。また、城代を補佐する駿府定番、駿府勤番も置かれるなど、公儀は駿府の意義を強く認識していた。城内には大量の武器、火薬が収納され、駿府御武具奉行がそれらを管理した。また、駿府には神君《しんくん》徳川家康を祀《まつ》る久能山《くのうざん》があり、そのことも当地の重要性を高めていた。

「てっきりわたいは城ゆうたら大坂城のことやと……ああ、もうちょっとよう考えたらよかった」

夢八はうなだれた。大尊和尚が、

「大坂城で手ぐすね引いて待っていたとて、だれも来ぬはずじゃ。駿府に行ったのじゃからな」

「はい。石田長門守は以前、駿府町奉行だったことがあるので土地勘もあるはずです。——では、武田新之丞さんから鬼御前さんへの手紙を今から読み上げますから、よく聞いていてください」

手紙にはつぎのようなことが書かれていた。

武田新之丞は駿府城代の配下である。彼はあるとき、城内でひそかに陰謀が進行していることに気づいた。酔っ払った同僚がうっかりしゃべったのだ。武田は、皐月親兵衛と同様に、仲間になりたいという素振りを見せて聞き出したところによると、それは大塩平八郎《へいはちろう》の残党三百人が駿府城を乗っ取る、という信じがたい企てだった。夢八が天井裏で聞いた話のとおり、城の火薬庫に火を放って大混乱を引き起こし、その騒ぎに乗じて城内に雪崩《なだ》れ込む。城内には内通者が多数おり、共謀して城代たちを銃で脅して監禁し、城を制圧する。使用する大量の武器、弾薬類は瀬戸物に偽装して、大坂から千石船《せんごくぶね》五艘で運び入れる……。

「ああ……」

地雷屋蟇五郎が天を仰いだ。

「船手《ふなて》奉行の調べがあったときにごまかすため、うえのほうの俵には瀬戸物を詰めてあるみたいです。ぬかりがないですね」

そう言うと雀丸は先を続けた。

「城内の蔵にあるはずの豊臣家の財宝もわがものとします。全国から浪人を雇い、武器を買う資金にするためです。城代たちを人質にして籠城し、大塩平八郎の戻りを待ちます」

「大塩の偽者、ゆうことだすか」

夢八がきくと、

「いえ……この手紙には、大塩は生きている、と書かれています。大坂で爆死したのは身代わりの門人で、まことの大塩はある場所に逃れて生存していたのだと……」

大尊和尚が、

「大塩が死んでおらざれば、今、六十ぐらいだ。もう一度乱を起こすに十分な歳《とし》ということになる」

「その大塩が戻ってくる、というのです。大塩は駿府城に入って皆の頭目となり、日本中の大名に檄《げき》を飛ばします……」

異国船が頻繁に来航して開国を迫り、徳川家の屋台骨が揺らぎつつある今、とくに外様大名たちは、いつなにが起こってもおかしくはない、そのときにあわてることなく対応できるよう支度だけは怠りなく調えておこう、と考えている。具体的に言うと、西洋流の軍備の増強である。大砲や新型銃、軍船などを海外から調達するのだ。しかし、それには金がかかる。長年の参勤交代や役務などで大名たちの台所は火の車だ。しかたなく商人たちから多額の借金をする。いわゆる大名貸しだ。それが積もり積もって彼らは首が回らなくなっている。すべては徳川が悪いのだ。徳川家と大商人がいなくなれば、どれだけ楽だろうか……。大塩は、鴻池善右衛門をはじめとする大名貸しをしている商人たちを「始末する」ことを約束する。これに飛びついた大名たちの後押しを得て、江戸と対決するつもりなのだ。

「われと思わんものは、余とともに立ち、徳川の世を覆さんや……という檄文を書くようです」

「ほんまの大塩やったら、さぞ効き目ありまっしゃろな。いっぺん乱を起こしてるだけに真実味がおますわ」

豆太が言った。

「大塩側には、さらに徳川に大打撃を与える秘策があるようですが、それについては武田さんも探り出せなかったようです」

夢八が、

「なるほど……遠い大坂城に立て籠もるより、東海道の要である駿府城を押さえるほうが江戸城に脅しが効きますわなあ」

園も、

「そうですね。それに、東照《とうしょう》神君を祀っている久能山を壊してしまえば、家康公の神としての権威は地に堕《お》ちてしまいます。徳川家としては大きな痛手でしょう」

大尊が、

「大塩の乱のとき、大塩平八郎は天満《てんま》の川崎《かわさき》東照宮で挙兵した。あれも、そういう意味があったのかもしれんな」

雀丸が腕組みをして、

「駿府城内にも内通者が何人もいる、ということであれば、うかつに駿府城代に手紙も出せませんね。いや……城代当人が大塩一味かもしれない。駿府町奉行所も怪しい。なにしろ大坂東町奉行が一味だったわけですから、もうなにも信じられません」

「武田さんはどこにいてはるんやろ」

夢八が言うと、

「手紙には、余は駿府の山中に隠れおるつもりなれど、とあります」

蟇五郎が立ち上がり、

「こうしてはおれん。あの五艘の船が清水に着くまでに、船頭たちにこのことを知らせんと……」

豆太が、

「けど、もう紀州灘《きしゆうなだ》を越えとりまっしゃろ。陸《おか》を行こうと海を行こうと、なんぼ急いだかて追いつきまへんで」

園が、

「あ、そうだ。夢八さんの鳩《はと》を使えば……」

夢八は口惜しそうに、

「それがあきまへんのや。伝書鳩ゆうのは、どんな遠いところからでもおのれの巣に戻ってくる。せやから、遠方まで連れていってそこで放したら家にものを届けよるけど、逆はでけへんのや」

「そうでしたか……」

すると、蟇五郎が言った。

「いや……でけるかもしれん。じつは……わしも近頃伝書鳩を飼いはじめたのや。もちろん夢八どんが使うとるのを見て、これはいける、と思うたからやが、わしがほんまにやりたかったのは、出先の船に知らせたいことがあるときに鳩を飛ばせんか、ということやった。廻船《かいせん》問屋として、そういう場面が年に何度もあるのや」

伝書鳩は「巣」に帰る。ならば、船に巣を積み込み、数日後に鳩を飛ばせば、鳩はその船に向かって飛んでいくのではないか……というのが蟇五郎の考えだった。雀丸が、

「うーん……鳩にとっては一度も行ったことのない場所に行くわけでしょう？　無理だと思いますけど……。やってみたんですか？」

「町内とか、店と安治川に浮かべた船のあいだとかでやってみたときはうまいことといったのやで。けど、それより遠いへだたりではまだ試したことはない」

「紀州灘に出てしまってるような船に鳩がたどりつくでしょうか……」

雀丸が言うと夢八が、

「いや、案外うまいこといくかもわからん。とにかくやってみまひょ」

雀丸が、

「船頭さんたちになにを知らせるつもりですか。大坂に引き返せ、とか……」

「いや……わしが恐れとるのは、大塩一味が船を仕立てて海のうえで積荷をむりやり奪おうとするのやないか、ちゅうことや。清水港に着いたら、土地の役人の積荷調べがあるさかい、それを避けるためにさきに小船何艘かに積み替えてしまお……と思うとるかもしれん。そないなったらおしまいや」

「でも、地雷屋さんの船は大勢乗ってるんでしょう?」

「うちの船にはそれぞれ船頭、楫取《かじとり》、賄《まかない》、船親父ひとりずつに、水夫《かこ》八人が乗っとるが……船乗りなんぞ荒っぽいやつらばかりやと思うとるかもしれんけど、うちの連中はおとなしゅうて喧嘩《けんか》慣れしとらん。刀や鉄砲持って襲われたらひとたまりもないやろ。そうなるまえになんとかせんとあかん」

「それに、鳩の脚にくくれるぐらいの小さな紙には、あまりあれこれ指図はできませんよね」

「そういうこっちゃ……」

蟇五郎はしばらく考えていたが、

「よっしゃ、わかった」

そのあと蟇五郎が口にした言葉に、居合わせたものたちは驚愕《きょうがく》した。

◇

雀丸は、大坂城代守口貞尚の下屋敷の一室にいた。守口の屋敷は城内千貫櫓《せんがんやぐら》の北側だが、下屋敷は真田山《さなだやま》に近いここ清水谷《しみずだに》にあったのだ。守口はむっつりした顔つきで扇を開いたり閉じたりしていたが、

「なにゆえまた来たのだ。わしが忙しいのがわからぬのか」

再三面会を求めたがどうしても会いたくないと突っぱねる守口に、雀丸はまたまた最終手段として鴻池善右衛門に助けを求めた。善右衛門の添え書きがあっては、天下の大坂城代も断るわけにはいかぬ。多少であっても時間を割き、善右衛門の顔を立てざるをえないのだ。

「お忙しいのはわかっております。ですが……たいへんなことがわかったんです」

「おまえのたいへんは聞き飽きた。大坂城に大塩の残党が乗り込んできて火薬庫に火をつける、と申しておったのになにも起こらなかったことを忘れたか」

「それがその……あれはまちがいでした」

「そんなことはわかっておる」

「いえ、その……大坂城ではなく駿府城だったのです」

「はあ？」

大坂城代は目をひん剝《む》いた。

「わしをはじめ大勢をたばかった舌の根も乾かぬうちに、またぞろそのような嘘を申すか！」

「う、嘘じゃないんです」

「やかましい！　貴様のようなやつを西洋では狼《おおかみ》小僧と申すそうだ」

「狼……小僧？」

「狼が来たぞ、といつも嘘ばかり申して村人をからかっておった小僧がおっての、まことの狼が来たときには、また嘘だろうとだれも相手にせず、とうとう小僧は食い殺されてしもうたそうだ。貴様もそのようにたわけた嘘ばかりついておると、だれにも相手にされぬようになり、そのうちまことに狼が来たときにとんだ目に遭うぞ」

「だーかーらー、今がそのまことに狼が、じゃなくて、大塩が来たときなんですよ！」

大坂城代の顔つきが狼のように凶悪なものに変じ、

「まだ言うか、たわけめ！　出て失《う》せい！　貴様の顔など二度と見とうない！　大坂から去れ！　去れ去れ去れ、どこかへ行ってしまえ！　つぎに貴様を往来で見かけたら、どのようにでも理屈をつけて叩き斬ってくれるから覚悟しておけ！」

「え……？　では、駿府城代にこのことをお知らせいただけないのですか」

「あったりまえだわ。そんなことをしたらわしがまた大恥を掻くだけではないか。なめるな！」

「なめてなんかいません。ですが……もし、私が言ってることが間違いではなかったらどうなさいます？」

「そんなことはなかろうが、もしもそうだったとしてもそのときは駿府城代たちが困るだけだ。わしはなにも知らなかった、聞かなかった、見なかった……」

「うわあ、ご自分さえよければいいんですね」

「そうだあっ！　悪いか！」

守口は持っていた扇を雀丸に投げつけた。雀丸はひょいとよけると、

「だめだこりゃ」

「なに？」

「なんでもありません。失礼いたしました」

一礼すると雀丸は大坂城代の下屋敷をあとにした。歩きながら雀丸はさっきの地雷屋蟇五郎の発言を思い返していた。蟇五郎はこう言ったのだ。

「よっしゃ、わかった。船、沈めるわ」

「えーっ！」

一同は驚愕した。

「それしかないやろ」

大尊和尚が、

「積荷をひとつずつ検めて、武器だけを海中に投じればよいのではないか」

「そんな暇はないわ。もし、そんなことをしとるあいだに大塩一味が船に乗り込んできたらおしまいやないか」

「五艘とも沈めるんですか」

と雀丸がきくと、蟇五郎はこともなげに、

「そや。思い切って五艘ともいてこましたれ。ケチってなにもかもダメになってしもたら、悔やんでも悔やみきれんことになる。それに、鳩の脚につける紙にくだくだと経緯《いきさつ》を書くわけにはいかん。こういうときのために船頭とわしのあいだで決めごとがしてあるのや。美松屋の船来ても荷渡すな。五艘即刻『沈』……それだけでええ」

雀丸がおずおずと、

「そうしてくださるのはありがたいことですけど、そうなったら蟇五郎さんは身上《しんしょう》限りになってしまいます」

「そやな……たとえ財産が少しでも残ったとしても、わしの信用は地に堕ちる。おのれの船を五艘も沈めるような廻船問屋には今後だれも仕事を頼まんやろ。身上限りになるやろな」

大尊和尚が、

「えらい！」

大声を出した。

「わしもおまえさんとは長年の付き合いじゃが、はじめてえらいと思うた。人間は本来無一物。なにも持たずにこの世におぎゃーと生まれてきたのに、次第に財産や金が増えていき、それらに執着《しゅうじゃく》するようになる。無一物になった、というのはもともとのおのれに戻った、というだけのこと。わしも住み慣れた寺が燃えてしもうたが、惜しいとは思わぬ。なにも持っていないと、どこへでも行ける。囚《とら》われることがなくなる。良いことずくめじゃ」

蟇五郎はうなずき、

「わしはな、目先の商いのことに気が行ってしもて、あんたや鬼御前、皐月親兵衛はん、夢八どん……そういった仲間を省みられんかったのをほんまに恥ずかしいことやった、と気がついたのや。五艘の船はわしの罪滅ぼしや」

蟇五郎は遠くを見るような目をして、

「わしは一代限りでこの財を築いた。一代限りで潰してしまうのもまたよし、や。ええ夢見せてもろてたな」

そして、一歩ずつ踏みしめるようにして竹光屋を出ていった。雀丸は城代下屋敷からの帰途、そのことを思い出していた。

（鳩はちゃんと働くだろうか……）

もし、鳩が船に着かなかったら、せっかくの蟇五郎の覚悟も無駄になる。雀丸は祈るような気持ちだった。

「ただいま帰りました」

家の暖簾《のれん》をくぐると、加似江《かにえ》が座っていた。

「大坂城代は相手にしてくれなかったであろう」

「わかりますか」

「わしが城代でもそうする」

「大坂から出ていけ、とまた言われました」

「うむ。ならば出ていこう」

「え？」

雀丸が見ているまえで加似江は旅支度をはじめた。

「お祖母《ばあ》さま、なにをしてるんです」

「見ればわかるじゃろう。旅装を調えておる。おまえもぼーっと見ておらず、おのれの支度をせよ」

「どちらに行かれるのですか」

「寝ぼけたことを申すな。駿府に決まっておろう。大坂城代がなにもしてくれぬならば、われらの手でどうにかするほかなかろう。大尊と夢八も、おそらく駿府に向かうことになるだろうから荷物を取ってくる、と申して出ていったぞよ」

「大尊さんと夢八さんにはぜひ来てほしいのですが、お祖母さまはここでじーっとしていただいたほうが……」

「だまれ！　天下の一大事じゃ。わしが出張《でば》らねばことが収まるまいに」

雀丸はため息をついた。

（このひとが出ると、収まるはずのことも収まらなくなるんだよな……）

「なにか申したか」

「いえ？　まったく……」

「心のなかでなにか思うたであろう」

「心のなかまでは放っておいてください。──わかりました。では、お祖母さまも一緒に参りましょう。ですが、これは土佐に行ったときのような遊山の旅ではありませんよ。いろいろ不便や危ない目に遭うこともあると思います。それをご承知のうえならば……」

「雀丸……」

加似江は雀丸の言葉をさえぎった。

「わしは大坂を捨てるつもりぞよ」

「え……」

「此度《こたび》のことは尋常ではない。おまえも旅先にて果てるかもしれぬ。そう思うておる。なれど、可愛《かわい》い孫のおまえひとりを送り出すのは嫌じゃ。死ぬならもろともぞ、雀丸」

雀丸は頭《こうべ》を垂れた。祖母の気持ちがありがたかった。しかし、加似江を死なせるわけにはいかぬ。

「私は大坂に……ここに戻ってくるつもりです。死ぬつもりも毛頭ありません。ですから、お祖母さまも一緒に戻りましょう」

「うむ、その意気ぞ」

雀丸も支度をしていると、そこに大尊和尚と夢八、それに地雷屋蟇五郎が来た。三人とも旅装である。

「鳩はいかがでしたか」

蟇五郎が、

「わからん。けど……放した途端、ためらいなく東のほうにまっすぐ飛んでいきよったさかい、あれは船に積んだおのれの巣を目指したと思う。わしはそう信じとる」

「そうですか……」

「鳩を飛ばすとき、角兵衛《かくべえ》が泣いてとめよった。『旦さん、正気だすか。それ飛ばしたら、店も奉公人もみな、わやになりまんのやで』て言いよった。うちに来てから一度もわしに逆ろうたことのないやつやったけど、最後の最後に逆らいよったな。わしは、

『じゃかあしい。わしが作った店、わしが潰すのが悪いんか』言うて角兵衛を蹴り倒して鳩を飛ばしたのや。ちゃんと飛んでいってもらわな困るで」

「…………」

夢八が、

「烏瓜先生はまだ留守だしたわ。どこに行っとりますのやろなあ、この肝心なときに……」

雀丸には烏瓜諒太郎の行き先がなんとなくわかったような気がした。

「あと、園さんにもきいてみたんやけど、皐月さんのことが心配やさかい残るそうだす。豆太はんも一家立て直しのために沖仲仕を続けるとか……」

「となると五人、ということですね。ははは……つらいなあ……」

そこへぱたぱたという足音が聞こえ、

「うわーっ、お父ちゃんの言うてたとおりや！」

騒々しい声をあげて入ってきたのは鴻池善右衛門の娘さきだった。なんと旅支度をしている。

「お父ちゃんから、雀さんが大坂城代と話できるようだんどりしたけど、たぶん断られるやろから、雀さんたちは駿府に行くことになるやろな……て聞いてきたんや。うちも行く。ええやろ。ご隠居さんの話し相手になったげるわ」

「善右衛門さんの許しは受けてるんですか」

「そこに手抜かりはない。気ぃつけて行っといで、やて」

雀丸はため息をつくと、一同を見渡して、

「では旅立ちますが、今度の旅はかなり危ないことが待ち受けていそうです。縁起でもない言い方になりますが、皆さん、なにか心残りはありませんか。あるなら、それを果たしてから行きましょう」

「ある」

即答したのは、加似江だった。

「なんでしょう、お祖母さま」

「心残りといえば、あの屯次郎《とんじろう》のメリケン料理じゃ」

「ああ……そう言えば……」

「あの時は満席で食えなんだ。あれを食ろうてから駿府に出かけようではないか」

「なるほど……」

雀丸がメリケン料理のことを一同に説明すると、それがよかろう、ということになった。

「では、みんなでメリケン料理を食べて景気をつけてから、旅立ちましょう」

というわけで、一行はすぐ近所にある屯次郎の店「アンメリ軒《けん》」に繰り出した。まだ、あれから八日ほどしか経《た》っていないのに、店のまえの行列もなく、店のなかも閑散としていた。

「屯次郎さん、六人ですが入れますか？」

店主の屯次郎は悲しげに笑い、

「見てのとおりや。なんぼでも入れるで」

入れ込みに座った雀丸たちに、屯次郎は一枚の紙を渡した。「めにいう」と書かれている。

「目に言う、というのはなんですか」

「目に言う、やない。めにゅうや。品書きゆうことやな」

「どれが美味《おい》しいですか」

「どれ、て言われても……そやなあ、どれもこれも美味《うま》いでえ。わてが腕によりをかけるのやから。けど……まずはソウプを飲んで……」

「ソウプとはなにかや？」

加似江がたずねた。

「まあ、味噌汁《みそしる》みたいなもんやな」

「なんじゃ、味噌汁か」

「つぎはハムかソウセイジン、グルルドッチンあたりを食べてもろて……」

雀丸が、

「グルル……目が回りそうな名前ですね」

「メリケンの焼き物料理はたいがいグルルやねん。牛の焼いたのがグルルドベーフ、焼き魚がグルルドヒッス、ほんで鶏を焼いたんがグルルドッチンや」

「じゃあ私はそのドッチンにします」

「あとはパン……これもわからんやろな。うどん粉で作った柔《や》らかい煎餅みたいなもんや。これを飯替わりに食べてもらう……ゆうのはどやろ」

「なんだかわからないので、それでお願いします」

雀丸が言うと、

「あ、そや。最後にカステイランゆう南蛮菓子で締めてもらおか。それが、ベザートゆうてメリケン風なんや」

「カステラなら長崎で食したぞよ」

加似江が言った。屯次郎はびくっとして、

「おばん、カステイラン食べたことあるんか」

「だれがおばんじゃ。ご隠居さまと言わんかい」

「いやあ……それはちょっと……ヤバいなあ……」

「なんぞ言うたか」

「い、いや、なんでもない。ほな、作らせてもらうわ。そのあいだ、メリケン風の酒でもどや」

加似江が手を打って、

「もらお。メリケン風の酒とは楽しみじゃ。なんという名の酒かや」

「え、えーと……ワインや」

雀丸が、

「ワインなら私も長崎で飲みました。美味しいですね」

「あ、そう……」

なぜか屯次郎は困ったような顔つきになり、

「そう言えばワインは切らしてたわ。すまん、また今度にしてくれ。今日のところは酒なしで……」

加似江が入れ込みの板を平手で叩き、

「たわけ！　ワインがなくとも、なにかあるであろう。なんでもよいからメリケンの酒を持って参れ！」

「わ、わかったさかい、そないに怒りな。たぶんオイスキイがあったはずや……」

奥に引っ込んだあと屯次郎はすぐに戻ってきて、人数分のギヤマンの湯呑《ゆの》み茶碗《ぢやわん》に徳利から赤い液体を注いだ。

「湯呑み、高いさかい大事に扱《あつこ》うてや。割ったら償《まど》うてもらうで」

そして、逃げるように板場へと戻っていった。

「では、これを飲んで門出を祝おうではないか」

加似江の音頭で皆は湯呑みに口をつけた。ほかのものは一口啜《すす》っただけだが、加似江だけはがぶりと飲んだあと、

「まずっ！」

と叫んで吐き出した。

「なんじゃ、これは！　こんなものが飲めるか！」

雀丸も顔をしかめて舌をべーっと出し、

「たしかに不味《まず》いですね。苦いような甘いような……」

夢八も、

「酒のような酒でないような……」

さきは、

「うち、舌の先でちょっとなめただけやのに、ぞぞぞっ……てなったわ」

大尊和尚も、

「わしは酒なら焼酎、どぶろくなんでもござれじゃが、これだけはいただけぬ。日本の酒のほうがずっと美味いではないか」

加似江が板場に向かって大声で、

「おい、屯次郎！　なんと思うてわしらにかかる味《もみ》ないものを飲ませたのじゃ！」

屯次郎は包丁を持ったまま出てくると、

「いや、メリケンのオイスキイゆうのはそういうもんだすのや。あちゃらの連中はそれを美味い美味いゆうて飲みますねん。まあ、皆さんの口には合わんかもしれんけど……」

そう言うと屯次郎はまたしても板場へ戻っていった。

「ああ……後口が悪い。このようなものを美味がるとはメリケンのやつらの舌はおかしいぞよ」

加似江は水をがぶがぶ飲んでいる。雀丸は、加似江の舌が真っ赤になっているのに気づき、首をかしげた。おそらくおのれの舌もそうなっているのだろう。

「さあ、ソウプや」

屯次郎が運んできたのは塗り椀《わん》に入れた汁物である。飲んでみると、不味くはないが美味くもない。

「スカみたいなもんじゃのう。これがソウプかや」

「メリケンでは飯食うまえに飲むのや」

「白湯《さゆ》に塩を入れただけのようにも思えるが……」

「は、ははは……そんなわけないやろ、おばん」

「だれがおばんじゃ」

「ご隠居、ソウプゆうのは牛の骨で出汁《だし》を取って、そこにバタやらなにやらを入れて、味付けしたものや。ごっつう手間ひまのかかっとるもんなんや。それを白湯に塩入れただけやなんて……ははは……はは……」

空虚な笑い声を立てながら、屯次郎は板場に戻っていった。

「なんや、腹がだぶついてきますなあ」

夢八が言うと蟇五郎もむっつりとした顔で、

「ううむ……わしが間違《まちご》うとるのかもしれんが、味噌汁のほうがずっとええわ」

雀丸がうなずいたとき、

「お待ち遠さま。グルルドッチンや。焼き立ての熱々やでえ」

屯次郎が持ってきたものは、真っ黒焦げのなんだかわからない代物だった。

「屯次郎、焦げておるではないか！」

加似江がさっそく噛《か》みついたが、

「これはこういうものなんや。ホオクとナイフで切って食べとくなはれ」

皆は慣れぬ手つきでホオクとナイフを操った。夢八が、

「わたい、まえに寺で見た地獄絵図のなかの牛頭馬頭《ごずめず》がこんなん持ってたわ」

加似江が、

「屯次郎、なかは生焼けではないか！」

「これはこういうもんなんや」

「ううう……」

加似江は血が滴っている鶏肉《とりにく》を気味悪そうに眺めていたが、意を決して口に放り込んだ。途端、

「まずっ！」

と叫んで吐き出した。雀丸も食べてみたが、焦げた炭の味しかしなかったし、食感はぐちゃぐちゃでなんとも気味悪い。しかも生臭く、とても飲み込めた代物ではなかった。そのうえ変な臭いがする。

「なんじゃこれは！」

加似江に続いて夢八や蟇五郎も吠えた。大尊が、

「禅門では食べ物を粗末にするな、と厳しく躾《しつ》けられるゆえ、わしもたいがいの粗食には慣れたが、こればかりは喉を通らぬ」

屯次郎が揉《も》み手をして、

「メリケン風料理だすけど、なにか？」

「どあほっ！　おのれはわしらを馬鹿舌やと思てあなどっとるみたいやが、おまえがこれ、食うてみい！」

蟇五郎がホオクに突き刺した黒焦げで生焼けの鶏肉を屯次郎に差し出すと、

「わ、わてが食べるんだすか……」

「そや。おのれの口で味おうてみい！」

屯次郎はじっとその肉片を見つめていたが、やがて口を開けた。しかし、臭さに辟易《へきえき》したのか鼻をつまんだかと思うと、突然がばとその場にひれ伏し、

「すんまへん！　わてには食べられまへんわ」

加似江が平家蟹《へいけがに》のような顔でにらみつけ、

「おまえさん、以前の『屯々《とんとん》』とかいう居酒屋をやっておったときと板前としての腕は変わらぬのう。あのころもとても食えた代物ではなかったが、いまだにこれでは……情けないとは思わぬのか。長崎のカピタン付き料理人にでも習《なろ》うたのであろうが、付け焼刃はすぐ剝がれるぞよ」

「へえ……それがその……だれにも習うたわけではおまへんのや」

雀丸はさすがに呆《あき》れた。

「ということは自己流ですか？」

「自己流ゆうか適当にそれらしい雰囲気にしたらええんちゃうかな……と思て……」

一同の口から同時にため息が漏れた。夢八が、

「ほな、あのオイスキイも……」

「お酒に赤い顔料を混ぜましたんや」

夢八は、べえ……と舌を出した。それはまだ赤く染まっていた。さきが、

「ほな、ソウプも……」

「白湯に塩を入れただけだす」

道理で腹がだぶついたはずである。雀丸が、

「じゃあ、このグルドッチンも……」

「鶏とか牛とか豚はさばいたことおまへんし、仕入れもでけまへんさかい、大川沿いにおるカラスを捕まえて……けど、焼いたことないから焦がしてしもたんだす」

「カラスか……。臭いはずだ」

さきが目を吊《つ》り上げて、

「そんなメリケン料理あるかい！」

「せやさかいメリケン料理やのうてメリケン風料理と言うとりますのや。この芸の細かいところを見てもらわんと……」

加似江が、

「おまえさんがそんな心構えじゃによって、客も来んようになるのじゃ」

「へい……はじめは物珍しさで来てくれた客もあっという間におらんようになりました。やっぱりちゃんと修業せなあきまへんなあ……」

「あったりまえじゃ、この馬鹿ものがっ！」

加似江は屯次郎の頭をはたくと立ち上がり、

「おまえさんのおかげで大坂での心残りが消えたわい。ああ、せいせいした。これで心置きなく駿府へ旅立てるというものじゃ」

「ほな、わての料理がお役にたった、いうことだすか」

「どアホ！　おまえは黙っておれ！」

加似江はふたたび屯次郎の頭をはたいた。こうして六人は大坂をあとにしたのである。

◇

さっきまで凄《すさ》まじい勢いで降っていた驟雨《しゅうう》がやんだ。良い風も吹いてきた。ようやく船を進めることができる。船頭の紺八《こんぱち》は胸を撫《な》で下ろした。このあたりで船足を速め、距離を稼いでおかないと瀬戸物屋の開店に間に合わない。紺八は美松屋の主から、くれぐれも日程は守ってほしいと直《じか》に念を押されていたのだ。

「猪彦《ししひこ》、帆を揚げろ」

紺八は楫取の猪彦にそう命じ、自分はほかの船にそれを伝えるために舳先《へさき》に立った。

船頭というのは船の責任者であるが、五人の船頭のなかでももっとも年嵩《としかさ》の紺八は地雷屋蟇五郎から五艘の船の指揮者である船頭肝煎りを任されていた。

「む……？」

紺八は前方からこちらに近づいてくる船を見出した。水押《みお》し（船首）や帆、幟《のぼり》などに家紋も船印もついておらず、どこの廻船問屋のものか、もしくはどこの大名家のものかわからない。

「なんじゃ、あれは……」

紺八が小手をかざしてもっとよく見ようとしたとき、

「紺八どん、鳩が来よったで」

帆を半ばまで揚げかけていた猪彦が、帆柱の最下部に取り付けられた籠を指差した。

「おお……ほんまに来よったか」

紺八は感動の面持ちでその鳩を見た。

「どこぞの迷い鳩とちがうか。なんぼなんでも大坂から、動いてる船までたどりつけるとは……」

猪彦が言うのをさえぎり、

「いや、こいつは旦さんが飼《こ》うてはる『ぽっぽ丸』に間違いない。羽の模様とか目の周りの色合いとかに見覚えがあるわ」

「すごいもんだすなあ、伝書鳩いうのは」

「旦さんも、うまくいくかどうかはわからんけど試してみる価値はある、て言うてはったけど、こないにうまいこといくとはなあ……」

そう言いながら紺八は鳩の脚から筒を外し、なかから小さな紙を取り出した。それを一読した紺八の顔色が変わった。

「猪彦、帆を下ろせ」

「なんででおます」

「船を止めるのや。水夫《かこ》にも漕《こ》ぐのやめろ、て言え。わしはほかの四艘の船頭に知らせる」

「せっかく追い風やのに……」

「ええから早《は》よせえ。旦さんのお指図や」

「その紙になにが書いとりましたんや」

紺八は大きく息を吸うと、

「船を……沈める」

「えええええっ？　そ、そんなアホな……」

「マジや。すぐに沈めろ、と書いてある」

「五艘ともだすか」

「そや」

「なんぞの間違いやおまへんやろか」

「いや……旦さんとわしのあいだで、いざというときのやり方ゆうのを決めてある。この手紙は旦さんの字やし、指図の書きようもわしとの決めごとのとおりや。理由《わけ》はわからんけど、こういうときは迷うたらあかん。わしは旦さんを信じる」

「わかりました……」

　猪彦はごくりと唾を飲んだ。

「手紙には、もし美松屋のやつらが海のうえで荷を渡してくれ、と言うてきても従うな、そうなるまえに沈めてくれ、とある。わしの考えではあの船がそうとちがうか、と思うのや」

　紺八は次第に近づいてくる船を指差した。

「小舟を全部降ろして、皆、乗り移れ。わしは船底を抜いてから最後に乗る」

「へ、へえ……。けど……」

「けど、なんや？」

「こんな沖合で小舟に乗って、無事に陸《おか》までたどりつけますやろか。大きい波が来たらすぐにひっくり返ってしまいまっせ」

「そのときはそのときや。おまえらも船乗りなら覚悟せえ」

「へ……」

　紺八はほかの四艘の船に近づくように合図し、船頭たちに手紙を見せて、蟇五郎の指図を告げた。全員仰天したが、海上で船頭肝煎りの言葉は絶対である。

「わかった。あの旦さんのおっしゃることや。なんぞ意味があるのやろ」

「そやな。ここは紺八どんの言うとおりにするわ」

そのとき、

「おおい……あんたらは地雷屋はんの船かあ」

家紋を掲げていない船から声が聞こえた。

「わしらは駿府の瀬戸物屋から来たもんや。都合があって、その積荷、こっちへもらうわ。船、横付けさせてくれ」

「そんな話は聞いとらん」

紺八が大声で言い返した。

「わしは、清水の港に運び入れるよう指図受けとるのや。勝手に変えられん」

そういうやりとりのあいだにも、猪彦たちは見えないように小舟を海面に降ろし、つぎつぎと乗り込んでいる。

「だんどりが変わったのや。これは地雷屋はんからの指図やぞ」

「わしは旦さんから直に聞いたのや。どこのだれともわからんもんから、積荷を渡せ、て言われて、はいそうだすか、と渡すようで廻船問屋の船頭肝煎りが務まるかい！」

「ほな、地雷屋はんからの書き付け見せるさかい、そっちに移らせてくれ」

「あかんあかん。積荷は清水で渡す。そういう決まりや。書き付けがあろうとそんな指図には従えん」

ようやく向こうの船の様子が見えるまでに近づいた。さっきから話しているのは上半身裸で真っ赤に日焼けした大男だ。髭面《ひげづら》で、九紋竜《くもんりゆう》の刺青《いれずみ》をしており、とても瀬戸物屋とは思えない。どちらかというと海賊か野武士に近い。その船に乗っている連中はほかも全員、屈強な荒くれものばかりである。

「おい、船頭。わしらがおとなしゅうしとるうちに荷を渡したほうが身のためやで」

「なんやと？」

男は船縁《ふなべり》に隠してあった刀を抜いた。ほかのものも一斉に抜刀した。紺八は正面を向いたまま猪彦に、

「皆移ったか？」

「へ、へえ。あとはわてと紺八どんだけだす」

「よっしゃ。——行け」

「へ……」

紺八は、

「やっぱりおまえら海賊やったんか。家紋がないさかいおかしいと思とったら案の定や。積荷は渡せせん。去《い》ね」

「海賊やない。もともとこういうだんどりやったんじゃ。このまま清水に入ったら港役人の荷検めがある。それは困るのや」

「瀬戸物調べられてなにが困るねん」

「それはおまえは知らんでええ」

男たちは船を紺八の船にぶち当ててきた。水しぶきが高々と上がり、ずどん！ と船が大きく揺れた瞬間、紺八はその揺れを利用して船底へ飛び降りた。

「なんじゃい、隠れたかてあかんぞ」

九紋竜の刺青をした男がこちらに移ってきたのをたしかめ、紺八は船底の「臍《へそ》」と呼ばれるところを斧《おの》で叩き壊した。これは、蟇五郎が考え出した工夫で、なんらかの事情で船を即座に沈めなければならないとき、ここさえ壊せばあっという間に沈没する。このことは船頭だけにしか知らされていなかった。

「おい、なにをしとるのや」

男は、紺八の様子がおかしいことに気づいて声をかけたが、時すでに遅し、船底からは海水が噴水のように噴き出している。

「ここここらあ！ おんどれ、なんちゅうことを……」

「おまえらに渡すぐらいなら船ごと沈めてしもたほうがましじゃ」

男は壊れた臍に飛びついて、なんとか水の流入を防ごうとしたが、人間ひとりの力ではとても不可能である。

「くそっ……」

水はすでに男の腰まで来ている。このままでは溺れ死ぬと思ったのか、男は甲板に出ようとしたが、

「お、おい、まさかほかの四艘も……」

「へへへ……そういうこっちゃ」

男は大慌てで外に出ると、自分の船に向かって、

「こいつら船を沈めよるつもりやぞ！」

「なんやと」

ガラの悪そうな男たちは残りの四艘に乗り込んでいった。九紋竜の刺青男に続いて紺八も外に出ると、艫《とも》のほうから小舟に飛び降り、自分が船頭を務めていた千石船が沈んでいくのを見守った。隣の船は早くも船体が傾き、後ろ半分は水面下だ。ほかの二艘からも盛大に水が噴出している。しかし、残る一艘が浮かんだままである。紺八は小舟の漕ぎ手にその船に近づくように指示した。船の水夫たちはもう小舟に分乗している。

「なにをやっとんや！　ちゃんと沈めんかい！」

紺八に気づいたひとりの水夫が、

「肝煎り……与助《よすけ》どんが斬られたのや」

「な、なんやと！」

見ると、小舟のひとつにその船の船頭与助が血だらけで横たわっている。

「与助、大丈夫か！」

「ああ……なんとか……。膺懲そうとしたら、後ろから斬られた。すまん……」

「とにかく早《はよ》う港に入って、医者に診《み》せよ。気をしっかり持てよ」

「すまん……すまん……旦さんに合わす顔がない……」

「おまえのせいやない」

そうは言ったものの、一艘は美松屋に奪われてしまったことは事実だ。

（旦さん、すんまへん……）

紺八は心のなかでそう言った。

二

西町奉行本《ほん》俵《だわら》近江守《おうみのかみ》に手形を申請すると、

「なに？　大坂から出ていく？　それはよい。もう二度と帰ってくるでないぞ」

という言葉とともに往来手形が全員の分即座に下げ渡された。雀丸一行六人は、それを持って大坂から駿府へと向かった。普通なら十日ほどかかるところだが夜に日を継いで急ぎに急ぎ、四日で駿府に到着した。心配していた大井川《おおいがわ》の川留めもなく、順調な道中ではあったが、さきや加似江には駕籠を雇ったもののそれでもたいへんな強行軍であり、つらい旅だった。しかし、さきは一度も弱音を吐かず、笑顔で乗り切った。反対に弱音を吐きまくっていたのは加似江で、夜も昼も文句を言い倒していた。

「そんなに言うのなら、お祖母さまは途中の宿で休んでいてください」

雀丸は何度もそう勧めたのだが、

「いや、行く」

「ならば文句は言わないでください」

「文句は言う」

とは言ったものの、さきに励まされながら、加似江も長旅を最後まで完遂したのである。雀丸は内心、

（たいしたものだ……）

と思っていた。年齢から考えるとたいへんな健脚ではないか。だが、口に出すとつけあがるので黙っていた。

途中、ふたりの旅人が歩きながらしゃべっている、その会話が雀丸たちの耳に入った。

「なあ、ヤジさん。昨日、焼津《やいづ》の沖のあたりで千石船が四艘も沈んだそうだぜ」

「ああ、宿の女中が言ってたなあ。だれの持ち船か知らねえが、その野郎どえらい損を

抱えやがったろうな」

「俺なら首くくるね」

地雷屋蟇五郎がそのうちのひとりの胸ぐらを摑《つか》んだ。

「な、な、なにしやがるんだ、藪《やぶ》から棒に」

「その船はな……その船はわしの持ちもんや」

「え？　そいつは知らなかった。おまえさん、たいへんな災難に遭いなすったねえ」

だが、蟇五郎は笑い出した。

「そうかそうか……あははは、そうか……よかったわい。よかったわい。鳩が来た〜鳩が来た〜ぽっぽっぽっぽっ、鳩が来た〜」

歌いながら踊りはじめた蟇五郎を見て、ふたりの旅人は顔を見合わせ、

「財産失《な》くして頭が変になっちまったんだな。かわいそうに……」

「無理もねえや。千石船を四艘失くしちまったんだから……」

それを聞いた蟇五郎は踊りをやめて、またしても旅人の胸ぐらを摑み、

「おい、今、なんと言うた。千石船を四艘、と聞こえたが……」

「そう言ったんだよ」

「五艘やないのか！　沈んだのは四艘か！」

「し、知らねえよ。今朝宿を出るときに女中が言ってただけなんだからさ。くく苦し

い……手を放さねえか、この野郎」

「ほな一艘は無事いうことやないか！」

「四艘だったならそうじゃねえのかい。よかったじゃねえか、一艘は助かってさ」

蟇五郎は泣き出した。

「助かったらあかんのや……五艘とも沈めなあかんのに……」

蟇五郎は雀丸たちのところに戻ると、

「どないしょ。一艘沈まんかったみたいや。わしの決心はなんの意味もなかったんか……」

「そんなことはありませんよ。向こうの手に渡る武器が五分の一に減っただけでも蟇五郎さんがやったことに意味はあります」

「そやろか」

蟇五郎はよろよろと歩き出した。ふたりの旅人は首をひねりながら西のほうに去っていった。

◇

「大塩殿からの知らせはまだか」

「半月ばかりまえに琉球《りゅうきゅう》から大坂に届いた書状が最後だ。その後どこでどうなさっておられるかはわからぬ」

「いずれにしてもわれらは大坂からこうして駿府へ参っておる。そろそろ決行すべきではないか？」

「まことは大塩殿のご到着の日取りがわかったほうがよいのだが……そうも言うておれぬな」

「そのとおりだ。こうして分宿し、池のなかの河童《かっぱ》のように息を潜めておるのはもうたくさんだ。そう思っている若い者が多いぞ」

「おぬしもそのひとりか」

「ああ、そうだ。火薬庫を爆発させるまえに拙者が爆発しそうだ。いつまでこうして潜っておらねばならぬ」

「だんどりが狂うてしもうたのだ。いたしかたあるまい」

「まさか船を四艘も沈めるとはな……。五艘分の武器、弾薬が一艘分に減ってしまった。それだけで駿府城を攻め取れるだろうか……」

「やるのだ。やるしかない」

「そのことについてもできれば大塩殿のお考えをききたいものだ」

「悠長なことを申しておると、十六年まえのように裏切り者が出たりして企て自体が崩れてしまうぞ」

「うむ……それもそうだ」

「おい！　来たぞ！　大塩殿からの書状だ。薩摩《さつま》からの早飛脚だぞ！」

「早う開いてみよ！」

「おお……今、琉球にいるが十日ばかりしたら出航するらしい、と書いてある。日付は……十五日ほどまえだ」

「ということは……おい！　もしかすると数日のうちに大塩殿がご帰還になるぞ！」

「わはははは。いよいよだな！」

「こうしてはおれぬ。おぬしはこの書状をすぐに石田殿のところにお届けいたせ。拙者は皆につなぎを配る」

「うむ。——血が沸くな」

「肉が躍るわい」

「いざ……」

「いざ！」

◇

駿府に着いた雀丸たちは鬼御前とその兄を探し回った。武田新之丞の名を出すと敵に怪しまれる可能性があるので、「口縄《くちなわ》の鬼御前」という女侠客《おんなきょうかく》を探している、ということにしたが、鬼御前の足取りはまるでわからなかった。

「あんな派手な格好をしとるのや。いっぺん見たら忘れんはずやがなあ……」

地雷屋蟇五郎は、ふうふう言いながら山を登っている。武田からの手紙には「余は駿府の山中に隠れおるつもりなれど」とあったので、賤機山《しずはたやま》のなかをあちこち回っているのだ。木賃宿はもちろん、寺や神社、樵《きこり》小屋や炭焼き小屋、辻堂《つじどう》なども小まめに見てまわったが、どこにもいない。

「おかしいなあ……」

雀丸は路傍の石のうえに座り込んで、そうつぶやいた。さすがに疲れ果てた。

「ふたりとも、あいつらに捕まってしもたんとちゃうか」

夢八が言った。ありうることだ。そうなると最悪の想像も頭に浮かんでくるが、雀丸はそれをあえて口にはしなかった。

「あそこに草庵《そうあん》があるぞ」

大尊和尚が林のなかにある掘っ立て小屋のようなものを指差した。草庵どころか「小屋」と呼ぶのもはばかられるほどぼろぼろに朽ち果てている。藁《わら》屋根には大穴が開き、ぺんぺん草も伸び放題である。入り口には戸もなく、しかも小屋全体が菱形《ひしがた》にへしゃげている。

「あんなところにひとは住めんやろ。狸《たぬき》か狐《きつね》の住処になっとるにちがいないわ」

夢八が言うと大尊和尚が、

「いや……鬼御前は案外、若いころは旅から旅の暮らしで野宿なぞにも慣れておる。あの草庵、隠れるにはもってこいではないかな」

そう言ったかと思うとすたすたと小屋に近づいていき、入り口で声をかけた。

「だれかおいでか？　それとも無人か？」

なかは静まり返っている。

「おらぬならば入るぞ」

すると、がさがさと音がして、ひとりの僧が現れた。粗末な僧衣を着ているが、よく見ると尼である。つるつるに剃《そ》りあげた頭を頭巾で隠すこともなく、数珠をすり合わせながらしずしずと進み出て、

「どなたかな。ここはこの尼の修行の場にして、仏法の支配する清浄の地ゆえ、なんびとも入ることまかりならぬぞ」

そう言ったあと急に目を吊り上げ、数珠を叩きつけると、

「このガキ、ここで会《お》うたが百年目や。おのれのせいでうちの一家は燃えてしもたのや！　どないしてくれる！　今から一番、命のやりとりや、勝負せえ！」

尼僧の顔を見て、大尊は噴き出した。

「ぷはははは！　鬼御前、なにをしておる！」

そう、その女僧は鬼御前であった。頭を剃り、いつもの隈取《くまど》りのような化粧もしておらず、刀も持っていないが、長い付き合いの大尊和尚は見紛《みまが》うこともない。

「あはははは。なかなかよう化けたのう。それなら見咎《みとが》められることもあるまいて。じゃが、おまえには坊主は無理じゃ。——あのな、鬼御前よ。わしの寺に火をつけたのは、良苔と申す坊主でのう、大塩の一味じゃ。おのれの意趣返しに火をつけて、その罪をわしになすりつけよった。そのせいでわしは天満の牢に入れられ、皐月親兵衛殿は斬られて大怪我をし、尾上権八郎という侍は死んだ」

「そ、そやったんか。疑《うたご》うて悪かった」

「おまえがおる、ということは、武田殿もおられるのか？」

雀丸が進み出て、

「武田さんからの書状、たしかに受け取りましたよ」

鬼御前は雀丸のほうを見やって、そこに加似江、地雷屋蟇五郎、夢八、さきらが勢揃《せいぞろ》いしていることに仰天した様子だった。

「これはいったいどういうことや」

「おいおい話します。まずは武田さんがご無事かどうかを……」

そのとき、皆の背後から、

「武田さんは無事だよ」

一同が振り返ると、そこに桶《おけ》を抱えて立っていたのは烏瓜諒太郎だった。水汲《く》みに行っての帰りらしい。衣服も樵のような分厚い木綿の袴《はかま》に、獣の皮で作った袖なしの上着を着ている。

「諒太郎、来ていたのか」

「ああ」

鬼御前は周囲を気にしながら、

「さあ……入ってんか」

一同はぞろぞろと崩れかけの草庵に入っていった。衝立《ついたて》の陰から、

「客人か」

そこに寝ていたのは武田新之丞だった。髭が伸びてぼうぼうになっている。

「おお……雀丸殿か、よう来てくれた」

武田は半身を起こそうとしたが、

「そのままそのまま……そのままでお願いします」

「そうか……すまぬな。まだ、歩くことはかなわぬのだ」

雀丸は、これまでのことの次第をふたりに詳しく語った。

「そうか……大坂城のことと勘違いしたのか。大坂で『城』と言われれば大坂城のことと思うのが当たり前ゆえ無理もないが……わしの手紙をすぐに読んでくれていればわか

ったものを……」

「すいません。鬼御前さんから手紙を預かった豆太さんがすっかり忘れていたらしくて……」

鬼御前は歯噛みして、

「豆太……あいつ、肝心なときに役立たんガキや。兄さんが命がけで書いたものを……」

「まあ、そう言うてやるな。奪われたり捨てられたりすることなく手紙は雀丸殿に届いたし、こうして皆で駿府まで来てくれたのだ。わしは小政殿や豆太殿にも感謝しておる。ひとりで戦っていたときはなんとも心細く、このまま企てについてだれにも知らせることのできぬまま殺されてしまうのではないか……と案じていたが、これで百人力だ」

鬼御前が烏瓜諒太郎が汲んできた水で絞った手ぬぐいを武田の額に当て、

「兄さんはあいつらに斬られたあと、なんとか追っ手を撒いて、山のなかのひとのおらん神社に隠れていたのやけど、あてがようよう探し当てたときにはかなり傷が悪うなっててなあ、熱も高かったけど医者にも診せられへんし、どないしよ……と途方に暮れてたら、烏瓜先生が来てくれはったのや。もし、先生が来んかったら死んでたと思う」

雀丸は、ひゅーひゅーと冷やかそうかと思ったが、烏瓜諒太郎がそのまえにぐっとにらんできたので思いとどまった。そうそう、それどころではないのだった。

「その神社のあたりにまで敵の探索の手が伸びてきたので、思い切ってこの草庵に潜むことにしたのだ。鬼御前には申し訳ないが頭を剃って僧体になってもらい、庵主《あんじゅ》ということにした。だれかが来ても鬼御前が出ていって応対しているあいだに、裏の林のなかに逃げ込めるからな」

皆の目がつるつるの頭に注がれているのを感じたのか、鬼御前は照れたように赤くなった。夢八が一同の思いを代表するように、

「いや……その頭、なかなかよう似おうてるで。化粧してない顔も色っぽいわ」

「なに言うてるの！」

鬼御前は夢八の頬をぶった。軽く、のつもりだったかもしれないが、夢八の頬は腫れ上がった。妹の行動を見ぬふりをして武田は雀丸に、

「地雷屋殿の船に積んだ武器を一艘分でも奪ったのだから、おそらくやつらは駿府城の火薬庫に火をつけて爆破させ、財宝と武器を奪う企てを実行に移すだろう。そうなったらやつらは大きな力を得ることになる。なんとかご城代にこのことをお知らせ申したいのだが……」

「大坂城代にそうしてもらおうと思ったのですが、私はまるっきり信用をなくしておりまして……」

「と言うて、わしが城へ参り、ご城代への面会を申し入れるわけにもいかぬ。それこそやつらの思う壺《つぼ》だ。待ち構えている一味の連中に捕らえられて今度こそ命を奪われるだ

ろう」

「駿府城のなかにも一味がいるのですか」

「いる。わしの追っ手となったやつらのなかにも二人。ほかに何人いるのかはわからぬ」

「駿府城代はまさか大塩一味ではないでしょうね」

「ちがう。だが、凡庸な人物だ。たしかな証拠を突きつけなければ動こうとはせぬし、目のまえで謀反《むほん》が起ころうとしていてもそれがわからぬような御仁だ」

「これは証拠になりませんか」

雀丸は荷物のなかから巻物を取り出し、武田に見せた。尾上権八郎がおのれの命と引き換えにした一味徒党の連判状だった。起き上がって正座し、それに目を通しているうちに武田の身体が震えはじめた。

「兄さん、どないしたんや。寒気がするんか？」

「そうではない。武者震いだ。これはたいへんな代物だ」

「どういうことやねん」

「――駿府城に勤めているものの名が五人ばかり挙がっておる。これなら火薬庫に火を放つことぐらいたやすかろう……。それだけではない。町奉行所の役人が二名、駿府城下の神社の神主、有力な商人などが名を連ねておる。それらは皆、名のところに『府』という印があるが、おそらく駿府在住を表しておるのだろう。そして、そのほかにも

『府』と記されたものがざっと四十人おるが、わしにはどこのだれかはわからぬ……」

　夢八が、

「うわあ……えらいこっちゃ」

「そこに大坂から来ているはずの元大坂東町奉行や与力など二百五十人ばかりが加われば……泰平に油断しきっておる駿府城を落とすのは赤子の手をひねるようなものではないか」

　寂《せき》として声もなかった。すでに敗北したような空気が一同のうえにのしかかっていた。

夢八が、

「大坂なら大塩贔屓が多いのはわかるけど、なんで駿府にそないに大塩に与《くみ》するやつらが多いのやろ」

　武田が、

「ここはかつて由井正雪《ゆいしょうせつ》が決起しようとし、その夢破れて自決した地。今でも正雪を神として信奉する反徳川の気風が底に流れているのだ」

「そういうことか……」

　蟇五郎が、

「二百五十人もの他国ものが駿府に流れ込んでおれば目につくし、宿もいるはずや。やつらは今どこにおるのやろ」

「何箇所かに分宿しておるのであろうが……今から探し出すのはむずかしい。山狩りをしたり、一軒ずつ虱《しらみ》潰しに当たるにはこちらの人数が足りぬし、そんなことをしたらすぐにあちら側にバレてしまうだろう」

ふたたび重い雰囲気が垂れ込めた。

「ええい、皆、ここ一番、気合いを入れぬか！」

加似江が大声《たいせい》を発した。

「まだ、負けたわけではないぞえ。いや、戦は始まってもおらぬのじゃ。なにか良い思案があるはず……それを搾り出せ。なんのために駿府まで来たと思うておる！」

「ご隠居殿の言うとおりだ」

武田新之丞が言った。

「ここで諦めては、亡くなられた尾上というお方に顔向けができぬ。——夢八殿……」

「なんだす？」

「そなたは身が軽く、忍びのようなこともできるとか」

「まあ……真似《まね》ごとだすけどな」

「城内の大手口に駿府町奉行所がある。そこに入り込むことはできぬか」

「どないしまんのや」

「町奉行唐沢早右衛門《からさわそうえもん》殿にお目にかかるのだ」

大尊和尚が、

「町奉行は信用できるのか」

「唐沢殿は公平無私で知恵者だ。わしも常々敬意を抱いておる。あのお方を動かすことができればなんとかなるかもしれぬ」

「やってはみますけど……わたいが行ったかて、ただの見知らぬ素町人《すちようにん》だっせ。信用してもらえまへんやろ」

「そうだな……わしが赴ければよいのだが、町なかに出た途端、追っ手に見つかってしまうだろう。とても町奉行所までたどりつけまい」

加似江が、

「奉行は立派な人物だとしても、用人はどうじゃな」

「唐沢殿のご用人は二名おられるが、奥用人は菱川俊兵衛《ひしかわしゆんべえ》殿と申され、気さくな人柄の御仁だ」

加似江はなにかを考えていたが、

「よし、その役、わしが引き受けた」

皆は加似江を見た。

「ご隠居さまが盗人《ぬすつと》みたいに天井に忍び込むのん？」

さきの言葉にかぶりを振り、

「そんなことはできぬ。正々堂々と正面から乗り込むのじゃ」

「そんなことしたら、門のところで捕まってしまうで」

「大丈夫。わしに考えがあるぞよ。――で、首尾よう町奉行に会えたとして、そのあとはどうしたらよいかのう」

「ことの次第を順序だてて申し上げるのだ。誠心誠意話せば、あのお方ならわかってくださるのではないかと思う」

　雀丸はため息をつき、

「それでは弱いですね。我々の言っていることが正しいという証拠を見せないと、また狼小僧になってしまう……」

「狼小僧？　なんのことだ」

「いえ、こちらの話です。――この連判状に挙げられているものたちがまことに大塩一味であると証明できれば、証拠となるのですが……」

　すると、さきが手を叩いて、

「そや！　うち、ええこと思いついた……けど、もしかしたらしょうもない思いつきかもしれへんわ。やっぱり言わんとこか……」

　雀丸が、

「さきさん、今はどんな知恵でも工夫でも欲しいところです。遠慮しないでどんどん言ってください」

「そ、そう？　ほな、言うけど笑わんといてや」

さきは緊張の面持ちでしゃべり出した。さきの思いつきを聞き終えたあと、

「それだ！」

雀丸は目を輝かせ、

「さきさんは天才です。すばらしい考えですね」

蟇五郎も、

「それでいこ。隅に置けんとはこのことやな」

鬼御前も、

「よっしゃ。いてこましたる！」

武田新之丞が話を締めくくるように、

「三人寄れば文殊《もんじゅ》の知恵と申すがまことのことだな。これだけ集まれば良い思案も出るというものだ。少しだが希望が見えてきたぞ」

雀丸が、

「向こうは明日にでもことを起こそうとするかもしれない。急ぎましょう」

皆は立ち上がった。

◇

駿府町奉行所の門前に老婆と尼僧の二人連れが現れた。老婆は門番のひとりに、

「これこれ、門番」

「なんだ、なにか用か」

「町奉行唐沢早右衛門さまに取り次いでくれ」

「はははは……おばば、頭がおかしいのではないか。お奉行にお目にかかるには手順がいる。まずは町名主の書いた書状を出し、許可が下りたら町役とともに参るがよい。与力、同心衆の裁きで十分だと思われればそれまでだが、もしかするとお奉行に会えぬともかぎらぬ。急に来て会いたいと申してもそれは無理と言うものだ」

「手順を踏んでおる暇がないのじゃ。わしらは町人と尼僧に身をやつしてはおるがまことは西国のさる大名家に仕える武家の妻とその孫娘。わが夫、ある日同輩と些細《ささい》なことでいさかいを起こし、その同輩はわが夫を斬り殺して卑怯《ひきょう》にも逐電した。息子は早世し、娘は病弱ゆえ、ここなる孫娘を討手とし、祖母であるわしが介添え役として、以来諸国を経巡《へめぐ》り、野に伏し山に伏して仇《かたき》の行方を追っていたが、本日はからずもこの駿府の地でその居所がわかった。ただちに町奉行にお目にかかり、仇討《あだう》ちの許しを得ねばならぬのじゃ。さ、今すぐなかに入れろ入れろ」

「いかん。仇討ちだろうとなんだろうと法は曲げられぬ。帰った帰った」

「おまえたち下っ端では話にならぬ。もっとうえのものを呼んで参れ！」

「なんだと！」

門番のひとりが棒で老婆の肩を打った。老婆は尻餅をつき、尼僧が駆け寄って、

「ご隠居さま……」

「大事《だいじ》ない」

「こいつら、あてがぶった斬って……」

「いや……なんのためにわしらはここに来ておるのじゃ。我慢せよ……」

老婆は立ち上がると、

「夫の仇、祖父の仇を討つというわれらを咎めだてする、とは……駿府のお方には人情がないとみえる。長い年月、ひたすら仇を追い求め、ようようここで巡り合うた……その気持ちがわからぬようじゃな」

老婆を打った門番は、

「ちょ、ちょ、ちょっと待て。まことに仇討ちなのだな……」

「早うせぬと仇に逃げられるぞ。そうなったら貴様が邪魔をしたも同然じゃ。門番、貴様を仇の代わりとして素っ首斬り落とし、わが夫の霊前に供えるがそれでもよいか！」

老婆は道中差《どうちゅうざし》の柄《つか》に手をかけた。

「わかった。とにかくご用人さまに申し上げてくるから少し待っておれ」

門番はあわてでなかに入っていったが、すぐに戻ってくると、

「ご用人さまが会うてくださる」

老婆と尼僧はその門番の案内で町奉行所のなかに入り、しばらく控えの間で待たされたあと、今度は町奉行直属の家臣らしい保田《やすだ》という若侍の先導で別室に移された。若侍も一緒に入室し、

「そこに控えておれ」

居丈高にそう言った。すぐに四十代半ばほどの武士が入ってきた。頭の鉢が大きく、真桑瓜《まくわうり》のうえにちょんと髷《まげ》を乗せたように見える。

「当家奥用人を務める菱川俊兵衛である。そのほうたちか、仇討ちを願い出ておると申すは」

老婆が顔を上げ、

「さようでございます。われら両名はついさきほどご城下に着いたばかりでございまするが、旅装を解く間もなく目指す仇を見つけ、やれうれしや、ここで遭うたが百年目と斬りかかろうとしたるところ、この孫が、町奉行の許しを受けねばただのひと殺しになる、ここは堪忍してあとをつけ、仇の居所をたしかめたあとすぐに町奉行所に参ろう、と申しまするゆえ、かく参上した次第。ご用人さまにはなにとぞすみやかにお奉行さま

にお取り次ぎくだされ。こうしている間にも仇が他国に逃げ出すのでは、と気が気ではございませぬ。老いの身には長旅は堪《こた》えまする」

「うむ。あいわかった。――なれど、仇討ちをする身なれば、主君の認可による仇討ち免状の写しを所持しておるはず。それを見せてみよ」

「ごもっともなる仰せ」

老婆はふところから一巻の巻物を取り出すと両手で開き、文面のほうを用人に向かって示した。用人の顔色が変わった。

「な、なんだ、これは……」

「恐れながら仇討ち免状にござりまする」

用人はじっとそれを読んでいたが、次第に顔が曇っていった。

「これがまことなら一大事ではあるが……とてものこと信じられぬのう……」

「まことでござりまする。もし嘘偽りであればこのおばばと尼の首を差し上げまする。なにとぞわれらの仇討ちの願い、叶《かな》えてくださりませ」

「ふーむ……」

老婆と尼僧は真剣な面持ちで菱川を見つめている。やがて、用人は若侍に顔を向け、

「保田……」

「ははっ」

「近藤《こんどう》と桑島《くわしま》を呼んで参れ」

「なにごとでございまするか」

「よいから言われたとおりにいたせ」

「ははっ」

保田は部屋を出た。用人は老婆に、

「武田新之丞が失踪した、とは聞いておったが、かかる事情があったとは……。だが、存命でなによりだ」

「では、われらの申すことお信じくださいまするか」

「いや……まだ半信半疑ではあるが、その判定はわしではなくお奉行にゆだねよう」

「ありがとうございます。なにとぞお奉行さまにお取り次ぎを……」

「そのまえにやるべきことがある」

ほどなく保田はふたりの同心を連れて戻ってきた。

「ご用人さま、なにごとでございましょう」

「後ろをぴしゃりと閉めよ」

同心たちは言われたとおりにした。

「近藤、桑島……保田を取り押さえよ」

「えっ？」

「言われたとおりにいたせ」

若侍は狼狽《ろうばい》して立ち上がろうとしたが、ふたりの同心に左右から押さえつけられた。

「放せ！　放さぬか！」

ふたりの同心も、どうしたらよいかわからず用人を見た。菱川俊兵衛は、

「駿府城代配下の武田新之丞が行き方知れずになったことはおまえたちも聞いておろう。この老婆がわしに見せた巻物の冒頭に、その武田からお奉行宛ての書き込みがある。武田は大塩平八郎の残党が駿府城を乗っ取る企てがあることをつきとめたが、その一味に追われて大怪我を負い、姿をくらましていたのだ。そして、これが一味徒党の連判状だ。——保田、おまえの名前も載っておるぞ」

「…………」

若侍は大きく目を剝いた。

「どうだ、保田。おまえは大塩の一味なのか」

若侍は顔をそむけた。用人は立ち上がって刀を抜き、切っ先を若侍の喉に突きつけた。

「言わねば斬る」

しかし、若侍は菱川をにらみつけたままなにも言わぬ。

「仲間なら仲間だ、仲間でないなら仲間でない、と申せ」

「…………」

菱川はため息をつき、

「それでは白状したも同様ではないか」

「…………」

「やむをえぬな。近藤、桑島……こやつを牢に連れていけ。わしがお奉行の許しを受けるゆえ、すぐに責めにかけよ。ことごとく白状させるのだ」

「はっ」

若侍はふたりの同心に引きずられるように部屋を出ていった。用人は老婆と尼僧に言った。

「では、お奉行に会うてもらおう。こちらへ参られよ」

◇

駿府町奉行唐沢早右衛門は、武田新之丞が話していたとおり思慮深く分別のある人物のようだった。加似江たちの話に真剣に耳を傾け、要所要所に的確な質問を挟む。幾度も合点《がてん》しながら聞いていたが、その合点が次第に大きく、深くなっていった。そして、

「そのほうどもの話、ようわかった。たしかににわかには信じがたいが、思い当たることがないでもない。まず、駿府城代より配下の武田新之丞が失踪した、という届けが奉行所に来ておるが、いまだにその消息がわからずにいる。しかも、調べたところ、失踪

の直前、武田はわしを訪ねようとしていたらしいのだ」

「武田殿はさる場所で追っ手から受けた傷の療養をしております」

「また、沖合で千石船が四艘沈んだらしいという報も受けており、公儀の船手頭《がしら》とともに詳細を調べておる最中だが、沈まなかった一艘がどうなったのかもわからぬのだ。それらは今のおまえたちの話と符合しておる。つまり、五艘分の武器、弾薬が一艘分に減って一味の手に渡った、ということだな」

「さようでございます」

「地雷屋とやらの英断だな。――そして、もうひとつ。近頃、城下に不逞《ふてい》の輩《やから》が増えておる。浪人や無頼の徒だが、身もとが不確かゆえ他国から流入したものと思われる。これは昨夜のことだが、居酒屋で飲酒していた町人が大酔してほかの客に狼藉《ろうぜき》を働いたゆえ、たまたま居合わせた町奉行所配下の手先が召し捕った。そのものは、自分は美松屋の客分である、ただちに解き放たねばたいへんな目に遭わせるぞ、と高言していたそうだ」

「ほほう……」

「これらのことを勘案してみると、そのほうどもの話、取るに足らぬと捨てておくのは奉行であるわしの怠慢と思う。だが、駿府城代を動かすにはまだ証拠が足りぬのう」

そこへ近藤という同心が戻ってきた。彼は奉行と用人に、

「保田を責めてみたのですが、なかなか口を割りませぬ」

「ことがことだ。急がねばならぬ。ためらわず思い切ってきつう責めよ」

おのれの配下への拷問だが、唐沢は淡々とそう言いきった。

「いえ……ご用人さまがきつく責めてもかまわぬ、とおっしゃいましたので、すでに吊り責めと算盤《そろばん》責めを行いましたが、同志の居場所、決起の日時などなにひとつ……」

「頑として吐かぬ、か。並のものなら口を割っているような牢問いだがのう……。居所がわからなくては捕縛することができぬ。せめて大将格のものだけでも捕らえたいところだが、奉行所が下手に動くとそれと悟られて大魚を逃がすことにもなりかねぬ」

加似江がにたりとして、

「そこで……このようなことを考えておりまする」

加似江に耳打ちされ、唐沢はぴんと来たらしい。

「なるほど……あいわかった。それがうまくいけば、ご城代も納得なさるだろう」

「はい。一味の居所はわかりませぬが、向こうが勝手に広めてくれましょう」

「よし、雀丸とやらに伝えよ。われらはまだ動かぬゆえ存分にやってくれ、とな」

加似江と鬼御前は頭を下げた。

◇
「決起は今夜丑《うし》の刻と決まった」

「うむ。ついにこのときが来たか。腕が鳴る」

「大塩殿もまもなくご到着になるだろう。われらの悲願が達成されるぞ」

「徳川を倒して、新しい世のなかを作るのだ。そんなたわけたことができるはずがない、
と馬鹿にした連中をようやく見返してやれる」

「手持ちの武器は少ないが、駿府城の武器庫にはかなりの鉄砲、刀、槍《やり》、弓矢が揃って
おるはずだ」

「駿府を落としたら、つぎはいよいよ……だな」

「日本中の大名たちの度肝を抜いてやる」

「なによりも徳川家が驚くだろう」

「老中どもはあわてふためくはずだ。見ものだな」

「長いあいだの泰平にあぐらをかいていた連中を一掃して、今太閤である大塩殿を首長
とした国を打ち立てるのだ。陽明学《ようめいがく》によって公明正大な政《まつりごと》を行う国をな」

「金持ちや権力の座にあるものを追い落とし、貧しいものやしいたげられたものには施
しをし、かたよりのない平らかなる国だ」

「拙者は、ここでの窮屈極まりない暮らしとおさらばできるのがうれしゅうてかなわぬ」

「身どももだ。じめじめと暑くて不快だった。だが、だれも安倍川《あべかわ》の川越人足の宿所にこれだけの人数が潜んでいるとは思うまい」

「ここは町奉行所の手先も入り込めぬ無法の地だからな。人足頭の左近《さこん》殿が同志だったので助かったが、蚊とナメクジが多くて往生したわい。われらはまだよいが、二丁町《にちょうまち》の女郎屋の布団部屋におる連中は、夜通し酔客が騒ぐもんで一睡もできんそうだ」

「いや、洞窟にいるやつらはコウモリの糞《ふん》が臭くてたいへんだと申しておったぞ」

「新しい世のためだ。愚痴は言うまい」

「と申してもこぼれてしまうのが愚痴というやつだ」

「石田殿や花井戸《はないど》殿、良苔殿らは、青壁屋《あおかべや》と申す商人の別宅で悠々自適に過ごしておるようだ。美味いものを食い、美味い酒を飲んでおる」

「大塩殿を除けば、あの方々が大将だ。しかたあるまい」

「天下をとればわれらも酒池肉林だ」

「それだけが楽しみさ。さ、そろそろ行くか。もう戻ることはなかろう」

「ま、待て」

「どうした」

「今、新たなつなぎが来た。――こいつだ。見ろ」

「むむ……そうか」

「これは残念だな」

「やむをえぬ。石田殿と花井戸殿の連名によるお指図だ」

「なにかあったのだろうか」

「さあ、それは……」

「悪い卦《け》でも出たのかもしれぬな」

「よそにいる同志たちにもただちに広めよ、と書かれておる。女郎屋や洞窟、廃寺にいるやつらにも知らせてやれ」

「わかった」

◇

強い西風が吹いていた。三の丸の堀の水はぎざぎざした三角形の波を立てていた。元大坂東町奉行石田長門守と元諸御用調役花井戸蛍四郎《けいしろう》は駿府城外堀外縁に立っていた。すぐまえに草深門《くさぶかもん》が月に照らされて白く輝いていた。石田と花井戸のほかに侍、町人取り交ぜて二十人ばかりが従っている。なかには美松屋の主や良苔和尚、助《すけ》さん格《かく》さんらの顔もあった。

「遅い……！」

石田はつぶやいた。

「丑の刻に決起、という指図をしたのだから、もう全員が集まっていなくてはならぬはず。それがたったこれだけとは……ちゃんとつなぎを配ったのだろうな」

花井戸も心配そうに月を見上げ、

「もちろんです。すべての分宿先に配布しております」

「ここに来ているのは、わしらとともに青壁屋に宿泊しておったものたちだけではないか。——まさかなにかあったのではないか」

「企みが事前に漏れた、とか……」

「だとしたら、あちこちで大捕り物が行われたはずだ」

商人体《てい》の男が進み出て、

「ご城下はいたって平穏で、町奉行所の役人たちになにか動きがあったとも聞いておりませぬ。捕り物などがあればすぐにわかるはずでございます」

「青壁屋……その町奉行所におる保田と星野《ほしの》も来ておらぬではないか！」

石田は苛立《いらだ》ちを隠そうともしなかった。

「そのようですが……私にはわかりかねます」

「まもなく城内で火の手が上がる手はずだ。そのときになって、突入するわれらの人数が足りぬようでは企ては頓挫《とんざ》する」

花井戸が、

「いかがいたしましょう。分宿先にもう一度、早く来るようにうながす使いを出し……」

そこまで言ったとき、目のまえの草深門が突然、きききき……と軋んだ。驚愕して後ずさりした石田たちのまえで門はゆっくりと開いた。

「し、しまった、罠《わな》だ。引き返せ！」

石田が叫んだ瞬間、

「うおおっ！　うおおっ！　うおおっ！」

後方から鬨《とき》の声が上がった。あわてて振り向くと、どこに隠れていたのか、抜刀した数十人の侍たちが押し寄せてきた。石田たちは門のなかに入るしかなかった。入った途端、門が閉じた。

「いつまで待っていても火の手は上がらぬぞ」

そこで待っていたのは駿府町奉行唐沢早右衛門だった。

「謀られたか……」

「貴様の一味のものには、本日の決起は延期になったゆえ隠れ家で待て、というつなぎを貴様の名で撒いたのだ。連判状にあった町奉行配下のものの家になに食わぬ顔で届け、よその隠れ家のものにも知らせるように、と書き添えておいたので、こちらでは居場所がわからずとも、あとは勝手に伝えてもろうたようで、手間が省けた」

「つなぎの紙は、われらの仲間だけが使うものだ。それ以外に書かれたつなぎは信じるな、と厳しく言い渡してあるに……」

奉行の後ろから進み出た町人が、猿の絵が刷られた紙をひらひらさせた。

「む……それは……」

「尾上権八郎さんの押し入れからたくさん見つかりました。これを使わせてもらったんです」

「貴様……なにものだ」

「横町奉行、竹光屋雀丸」

石田はきりきりと歯嚙みをし、

「そうか。貴様が雀丸か。してやられたわい」

さきの発案による作戦であった。

「この紙を使っての指図にあなたの手下たちが従って決起を延期しました。今来られているのはおそらくあなたとともに青壁屋に宿泊していた方たちでしょう。連判状に載っていた人数は三百人ほどでしたから、その十分の一がここにいるわけですね」

「さっきから連判、連判と申しておるが、貴様……なにゆえ連判を持っておる」

「尾上権八郎さんが写しを作っていたのです。それを手に入れました」

「尾上め……あの役立たず。あいつのせいでこのざまだ。もっと早うに始末しておくべきだった」

「尾上さんのことを悪く言うことは私が許しません。皐月親兵衛さんや駕籠屋さん、武田新之丞さんを斬り、鴻池善右衛門さんを二度も襲い、下寺町《したでらまち》に火をつけた……あなた方のしていることは天下のためでもなんでもない。ただの無法です。大坂のひとたちも駿府のひとたちも、いえ、この国中のひとたちはそんな世の中を求めてはいません。みんなが望んでいるのはただの平和、平凡な平和、長続きする平和です。大塩平八郎という方には会ったことはありませんが、こんな無法を主導してみんなを苦しめるなんて、とてもひとのうえに立つ方のなさりようではないと思います」

「大塩殿のことを悪く言うことはわしが許さん」

雀丸は鼻で笑って、

「ならば、おあいこということですね。——ご城代、これで私の言っていることがまことであると信じていただけましたか」

後方にいた侍に雀丸は声をかけた。頭から羽織をかぶって震えていたその侍はびくっとして羽織から亀のように顔を出し、

「そ、そ、そのようだな。——ここここココココのものどもを召し捕れ」

前方の勤番組頭屋敷の塀の陰から大勢の侍たちが現れ、石田たちを取り囲んだ。石田は刀を抜いて雀丸に斬りかかったが、雀丸は微動だにしなかった。石田の剣の切っ先が

雀丸の額に届いた、と思われたとき、雀丸の後ろから番兵のひとりによって繰り出された槍が石田の腹を貫いた。花井戸がほかのものたちに、

「くそっ……袋のネズミか。こうなったら斬って斬って斬りまくり、ひとりでも多く道連れにするのだ！」

「おう！」

皆が抜刀してまえに出た。花井戸はひとり、後ずさりし、一瞬の隙をついて水路に飛び込んだ。

「しまった！」

番兵たちは覗《のぞ》き込んだが、黒々とした水に飲み込まれてなにも見えなかった。大将格ふたりを失った一味の残りはたちまち全員が捕縛された。駿府町奉行唐沢早右衛門は、

「ただちに責めにかけよ。どのような手を使ってもよい。とにかく白状させるのだ」

と厳命した。地面に倒れた石田長門守は雀丸に向かってにやりと笑いかけ、

「間もなく大塩殿が帰ってこられる。そのとき……そのときこそ……わ……れら……の……」

そこで血を吐いて絶命した。途端、轟《とどろ》くような西風が吹いて、三日月が今にも吹き飛ばされそうにゆらめいた。

厳しい牢問いが行われた。召し捕られたものたちのうち数名が命を落とした。翌々日、良苔が耐え切れずついに口を割った。大坂を発《た》った一味のものは、安倍川の川越人足宿所、二丁町の女郎屋の布団部屋、山中の洞窟、廃寺となった寺院の奥座敷、海辺の漁師小屋、河原の物乞い小屋……などに分かれて潜んでいた。その情報をもとに駿府町奉行所と駿府城代の配下たちが急行したが、ときすでに遅く、どこもかしこももぬけの殻だった。おそらくただひとり脱出した花井戸がつなぎを回し、急いで引き揚げさせたのだろう。武器、弾薬も見つからなかったので、携行して逃避行を行っていると考えられた。駿府城代は触れを出して街道筋を固めさせ、箱根《はこね》関所にも連絡をした。しかし、彼らの行方は杳《よう》として知れなかった。

◇

「裏街道や抜け道を熟知しておるものがいるようだな」

駿府町奉行所奥の書院で、唐沢早右衛門は雀丸にそう言った。広い書院の中央にたったふたり、額を寄せるようにして話し合っているのだ。

「一味がつぎになにをしようとしているのかが気になります。駿府城の武器を奪われなかったのは幸いでしたが、千石船一艘分とはいえまだかなりの武器を持っています。人数も二百五十人ばかりいるはず。上手《うま》くやれば大事を引き起こすには十分ですから」

「街道筋に面した場所に住まうものたちを詮議したところ、夜中に多くの大八車が東に向かって走る大きな音を聞いたというものがいた。また、漁村にもやってあった小舟が何艘もなくなっているという報《しら》せもあった」

「陸路と海路に分かれたのかもしれませんね。どこへ向かうつもりなのでしょうか」

「徳川の天下を覆す、というなら、江戸ではないかと思うが、二百五十人ほどの人数で江戸に攻め入っても、なにもできまい」

「そうですね。江戸にはお大名たちが多数住んでいますし、そのご家来衆もいます。旗本八万騎も控えています。江戸城の備えは大坂城や駿府城とは比べものにならないでしょうから、ちょっとやそっとの攻撃では破れないと思います」

「わしもそう思うが、ご老中には油断召されぬよう、ことの顚末《てんまつ》を書いた書状を送っておいた。おそらくはなにが起ころうと大丈夫なように万全の策を講じてくださるにちがいない」

「だといいのですが……」

「なにか心配なのか」

「ええ……大塩平八郎はどこにいるのでしょうか」

「なんだと？」

「戻ってくるという話は何度も聞きました。ですが、十六年まえのあの乱のあと、公儀は残党狩りのために琉球を含めて日本中をくまなく探したはずです。大坂の商人に匿われていたのが発覚して、爆死した、と聞いていましたが、もしそれが替え玉で、生き残っていたとしても、十六年ものあいだどこにいたのでしょう。どこかの大名家に匿われていたのでしょうか。ありえないことだと思います。陰ながら援助をした大名家はあるかもしれませんが、長いあいだ匿っていてもなんの益もありませんし、もし露見したら徳川家から取り潰されるかもしれないのですから危ういことかぎりありません。大塩が志を捨てていなかったとしたら、十六年も待っていたのはなんのためでしょうか……」

「うーむ……」

唐沢はうつむいてしばらく考えていたが、

「今、思い出したことがある。十六年まえの大塩の乱のあと、大塩は存命である、という噂が広がった。その死に様が爆死であり、顔の判別がつきにくかったことと、死体が塩漬けにして保存され、一年後にようやく磔刑《たっけい》にされたことが理由であった。しかし、町のものたちは大塩生存説を無責任に広め、大坂町奉行までがそれを信じる始末であったが……雀丸、そなたはモリソン号のことを知っておるか」

「はい……メリケンから来た黒船ですね」

西洋の船は船体を黒く塗ってあったので「黒船」と呼ばれていた。

「そうだ。大塩の乱の四月《よつき》のち、浦賀《うらが》港に現れた。日本人漂流民七名を送り届けてくれたのだが、公儀は異国船打払令を盾にして大砲を撃ちかけた。それを聞いたものどもは、『大塩は異国に逃れて生きており、いずれ黒船に乗って戻ってくる』……という噂を面白おかしく流布したのだ」

「では……まさか……」

「あの当時は、口さがなきものどもが好き放題の流言飛語を流し、また、それに惑わされるものもいる、なげかわしいことよ……と思うておったのだが……」

唐沢はそう言ったあと茶を一口啜り、

「で、そのほうたちはこれからどうする。大坂に引き返すのか」

「いえ……あいつらが東へ向かったなら、それを追いかけるつもりです」

「ふむ……行き着く先は江戸か。ご老中への書状には、そのほうらのことも書き添えておいた。わしの名を出せば、なにかと便宜を図ってくださるだろう」

「ありがとうございます」

町奉行所から戻った雀丸は、早速駿府を離れることにした。旅支度に手間取り、出立できたのは夕暮れ時だった。一行は、雀丸、加似江、地雷屋蟇五郎、鬼御前、大尊和尚、夢八、烏瓜諒太郎、さきの八人である。武田新之丞はまだ傷が癒えておらず、駿府に残ることになった。加似江とさきには馬を雇った。夜道は提灯《ちょうちん》が必要なので、どうしても遅くなるがやむをえない。

「駿府でひと息つけたと思うたら、またつらい旅じゃな」

加似江がぼやいた。

「ですから、駿府に残ってくださいと申したでしょう」

雀丸が言うと、

「旅はよいのじゃ。こうして馬にも乗せてもろうておる。なれど、せっかく見知らぬ土地に参るのなら、地酒も飲みたいし名物も食うてみたい。それを横目に通り過ぎねばならぬのがつらいと申しておる」

「それはしかたありません。大塩一味に追いつかねばならぬのですから、今はひたすら急ぐしかありません。今夜は夜通し歩いて、蒲原《かんばら》あたりまで道を稼ぐつもりですのでよろしくお願いします」

「ひえーっ、また野宿ではなかろうな」

「申し訳ありませんが、たぶん……」

「ううう……どこかそのあたりの酒屋で地酒を一升購《あがの》うてくれ！」

「はいはい」

馬のうしろを鬼御前と烏丸諒太郎が肩を並べて道をとっている。そのまたすぐうしろを大尊和尚と蟇五郎が歩いている。日は沈みかけているが、西の空は赤く、七つの長い影法師が街道に伸びている。

「蔓五郎、わしらも長い付き合いじゃが、こうして三すくみが揃うて旅をする、というのははじめてじゃな」

「そやなあ。こんなことは最初で最後かもわからんな」

「これというのも、雀丸のおかげじゃ。あやつには言葉にできぬ不可思議な魅力がある。わしらはそれに引きずられて、こんなことになっておるのじゃ」

「それは言える。あいつを横町奉行にしたのは正しかったな。松本屋甲右衛門《まつもとやこうえもん》さんは慧眼《けいがん》やった、ゆうことや」

「雀丸と関わったことで、わしは寺を失くし、おまえさんも店を失くし、鬼御前は一家を失くした。じゃが、雀丸に従《したご》うて、夜道を歩いておる。思えば妙な縁《えにし》じゃわい」

「そやなあ。わしら三すくみはもともとえらい仲が悪かった。それを楽しんでるようなところもあったけど、あいつが横町奉行になってからは、なんや友だちみたいになってしもた」

「久しぶりに喧嘩でもするか」

「無理矢理せんかてええわ」

草薙《くさなぎ》にかかったあたりでとうとう真っ暗になった。馬を返し、提灯の蠟燭《ろうそく》に火を灯《とも》し、そのか細い明かりを頼りに進む。やがて、久能山に至る道との追分《おいわけ》に差し掛かったあたりで夢八が言った。

「ちょっと待ちなはれ。なんやきな臭い臭いが……」

そう言いかけたとき、藪のなかから、ダン！　という大きな音と、

「うぎゃあっ！」

という叫び声が聞こえた。皆がそちらに向かって身構えると、少し小高くなった笹藪《ささやぶ》から鉄砲を持った男がずるずると滑り落ちていた。男は肩口を斬られたらしく、提灯の明かりに鮮血が浮かびあがった。そして、男のすぐあとからつぎつぎと三人の男が現れた。いずれも抜いた長脇差《ながわきざし》を手にしている。そのうちのひとりに向かって鬼御前が、

「小政どんやないか！」

相手はじっと鬼御前を見つめたあと、

「ああ、口縄のお貸元。髪がねえからだれかと思いやした。間に合ってよかった」

小政は、鬼御前に一礼すると、斬られた男の鉄砲を取り上げ、後ろ手にくくりあげた。男は抵抗する気力もないらしく、おとなしくされるがままにしている。

「雀丸さんにいろいろおききしやして、清水に戻ってからうちの親分にその話をすると、街道筋の様子をそれとなく見張ってろ、と言われたんで、みんなで手分けして妙なやつらがいねえかうかがってましたんで。そうしたら昨日の晩、ある賭場で興津《おきつ》の斜兵衛《はすべえ》一家の若い野郎が、尼さん、坊主、ババア、町人……なんぞの交じった旅の一行を始末したら大金をやるという儲け話をもちかけられたがヤバそうなんで断った……とか抜かし

てるのを聞き込みやして……夜道で襲うとしたらここだろうと目っこをつけて張ってたら、へへ、案の定だ」

雀丸が、

「ありがとうございます、小政さん」

「まえにあっしが口縄の親分や雀丸さんから受けた恩に比べりゃあ、屁《へ》みてえなもんです。それより、今からちょいと清水に来てもらいてえ。うちの親分がそう申しておりやす」

「ですが、我々は先を急がないと……」

「ぜひ、皆さん方に会わせたい方々がいらっしゃるんでさあ」

雀丸たちは顔を見合わせた。

◇

鉄砲を撃ちかけてきた男は沢蟹の又兵衛《またべえ》というケチな博打打ちで、賭場ですってんてんになっていたとき、見知らぬ侍に雀丸たちを傷付けるよう頼まれたという。

「借金で首が回らなくなってましで、それでつい……」

鉄砲と金を渡され、

「殺さなくても、脅すだけでもいいのだ。相手も雀丸でなくても、その仲間ならだれでもいい。とにかくぶっ放して逃げろ」

　そう言われたらしい。どうやら本当に裏はないようなので、小政は鉄砲を取り上げると又兵衛を解き放った。

「え？　お上に突き出したりしなさらないんで？」

「しねえよ。どこへでも行きやがれ」

「さすがは清水のお貸元の子分衆は人間ができてなさる」

「おだてたって一文もやらねえぜ。さあ、早く行っちまえよ」

　次郎長一家はかなり大きな構えだった。今、子分がどんどん増えている最中なのだろう。奥の座敷では、親分の次郎長が雀丸たちと対面していた。

「口縄の親分、お久しぶりでござんす」

　次郎長は鬼御前に向かってかしこまって頭を下げた。雀丸はしばらく見ぬうちに次郎長がかなり貫禄《かんろく》をつけたことに驚いた。

「こちらこそお久しぶりだす。こんな頭になってしもて、お恥ずかしゅうおます」

「ははは……口縄の親分は頭の形がいいから、坊主もよく似合います」

「うわあ、いややわ」

　夢八が、

「子分子方衆がぎょうさんいてますなあ。だいぶん増えたのとちがいますか」

「そうですね。ざっと二百五十人ばかりおりますか」

「ひえーっ、これはほんまに海道一や」

次郎長は雀丸に向き直ると、

「急ぎの旅を足止めして悪かったが、どうしてもおめえさん方に会わせたい連中がいるんでね」

「連中……？」

次郎長はつぎの間に向かって、

「おおい、みんな出てこいよう」

襖《ふすま》が開き、どやどやと入ってきた男たちを見て、真っ先に地雷屋蟇五郎が大声を上げた。

「おお……紺八！　猪彦！　留蔵《とめぞう》！　鈴松《すずまつ》もおる。おおおお……みな無事やったか！」

「旦さん……」

船頭たちは泣いている。蟇五郎も泣き出した。雀丸も気がついたら両目から涙がつーとこぼれていた。蟇五郎はひとりひとりを抱きしめると、

「ようやってくれた。おまえたちのおかげで駿府のお城は救われたのや」

紺八が、

「一艘だけ沈められんですんまへん。与助どんが美松屋のやつらに斬られてしもて……」

「なにい？」

蟇五郎は座敷が震撼《しんかん》するほどの大声を出した。

「けど、こちらの親分さんのところで医者の手当てを受けて、命は助かりました。今は隣の部屋で寝とります」

「そ、そうか……あの連中、なにが世直しや」

蟇五郎の声は怒りに震えていた。

「ほかのもんはどや。だれも欠けてないか？」

「へえ。小舟に分かれて、なんとか清水港までたどりつきました。べた凪《なぎ》やったさかいに助かりましたけど、途中でクジラに遭うたときは生きた心地しまへんでした」

「そうか……そうか」

「旦さん、あの積荷にはなにが入ってましたのや？　瀬戸物やおまへんのか」

「あれは……駿府城を乗っ取るための武器、弾薬や」

「ええーっ！」

船頭たちはひっくり返りそうになった。

「大塩平八郎が生きとってな、その一味が駿府城を襲う手はずになってたのや。美松屋はその手先や」

「わてらが運んでたのは、そんなおとろしいもんでしたんか。うわあ……よう手が曲がらんかったことや」

次郎長が横合いから、

「おい、早くあのことを言わねえかい」

「あのこと……?」

蟇五郎が首をかしげると紺八が、

「そ、そや、忘れとった。――旦さん、雀丸さん……わてら、駿府の沖から小舟で清水港に向かう最中にとんでもないもんと出会うたんでおます」

「とんでもないもの?」

「――黒船だす」

紺八はそう言った。

三

四隻の黒く巨大な船が波濤《はとう》をつんざいている。琉球を出てからすでに六日が経過していた。四隻のうち二隻は帆のほかに左右に大きな外輪がついており、それを猛烈な勢いで回しながら前進している。煙突からは黒煙が上がり、空を黒々と染めていく。二隻の蒸気船は帆船を一隻ずつ曳航《えいこう》しているのでさほど速度は上がっていないが、海原を左右に引き裂きながら進んでいるようなその迫力はまさに四頭の黒鯨だった。

「なにもかも順調だ。明日には日本の港に入ることができるだろう」

潮風を浴びながら、マシュー・ペリー司令長官兼遣日本大使は満足げに言った。

ペリーは亜米利加《アメリカ》国海軍の提督である。年齢は五十九歳。熊が吠えるような大声だったため「熊おやじ」と水兵たちからひそかにあだ名されていた。しかも、百九十センチを超える長身で、胸板も厚く、肉付きもよかったため、外見も熊に似ている。まさにぴったりのあだ名と言えた。

英吉利《イギリス》、仏蘭西《フランス》、露西亜《ロシア》をはじめとする西欧列強がこぞってアジア地域を通商の対象にしようと動くなか、やや出遅れていた亜米利加もなんとかそれに加わろうとしていた。また、亜米利加は鯨油を採るために世界中で捕鯨を行っていたが、捕鯨船は一年から二年に及ぶ大航海の途中で水や薪《たきぎ》を補給しなければならない。そこで各国は日本に目をつけたのである。太平洋に面した日本と通商条約を結べば、なにかと好都合である。それには日本を開国させねばならぬ。各国はこぞって日本を訪れ、開国を要求したが、徳川家は異国船打払令を盾に頑としてそれを拒否した。しかし、その後、公儀は阿片《アヘン》戦争の結果などから次第に態度を軟化させ、打払令を撤回し、天保薪水《しんすい》給与令を出した。亜米利加国内に、日本を開国させるべしとの機運が高まった。

そんななかで、日本を開国させるのは自分しかいない、と意欲に燃えていたペリーは、海軍長官に対して「日本遠征計画」という独自の案を提出して自分をアピールした。蒸気船を含む軍艦四隻で艦隊を組み、その威容を日本人に見せつければ、彼らは恐怖を感じ、開国に踏み切るだろう、という内容であった。交渉は浦賀で行うべきで、日本人は異国との窓口である長崎での交渉を望むだろうが、長崎では阿蘭陀《オランダ》の横槍が入る恐れがあり、また、江戸からの指示を受けるのに時間がかかる、という理由で返事を引き延ばされかねない……とまで書かれていたのである。

だが、残念ながらペリーの希望どおりにはいかず、亜米利加大統領は東インド艦隊のオーリック司令官を日本に派遣することに決めた。ところがオーリックはある理由から突然解任、更迭され、海軍長官はペリーをその後任に指名したのである。ペリーは亜米利加・墨西哥《メキシコ》戦争においては上陸作戦を指揮し、功績を挙げた優秀な軍人であり、海軍にもっとも積極的に蒸気船の導入を推進したとして「汽走海軍の父」と呼ばれていた。こうしてペリーに日本開国任務が託されたのである。

四隻の軍艦の内訳は、旗艦である「サスケハナ」号（外輪式フリゲート船。乗員三百名）、「ミシシッピ」号（外輪式フリゲート船）、「プリマス」号（帆船）、「サラトガ」号（帆船）である。大砲は十インチ砲、八インチ砲、三十二ポンド砲など合計七十三門もあり、乗組員の数は約千人だった。そして、それらの情報は、ペリーの名や船名、兵力、出航時期なども含め、阿蘭陀商館からの「別段風説書」によってすでに老中の知るとこ

ろではあったが、老中首座の阿部正弘《あべまさひろ》はその文書を主要な大名や海防掛《がかり》に見せただけでとくに動こうとはしなかった。

「亜米利加の艦隊が通商を求めてきても、これまで同様、お上のご威光ではねつけることができる」

彼はそう考えていた。また、長崎奉行が「阿蘭陀は信用できない」と風説書の内容を否定するような回答をしたため、

「阿蘭陀は、亜米利加が来る来るといって脅しをかけ、自国に都合がいいほうに持っていこうとしているのだ」

とも考えた。阿部は、今回の亜米利加の「本気度」を見誤っていたのだ。このことが後々まで大きな傷として日本の外交史に残ることになった。

とはいえ、じつは老中は動きようがなかった、とも言えた。将軍は病床にあり、朝廷は異国船は打ち払うべきと攘夷論《じょういろん》を唱え、有力大名の多くも異国との通商は阿蘭陀と清《しん》のみにとどめ、それ以外の国とは行うべきでないと強固に主張していた。そんななかで、もし亜米利加がやってきたとしてどう対応すべきか、と言っても意見がひとつにまとまるはずはなかったのだ。皆、おのれの領地のことで汲々《きゅうきゅう》としていて、異国への対応どころではない。強烈な危機感を持っていたのは島津斉彬《しまづなりあきら》はじめ数人の外様大名だけであった。

　ペリーは一八五二年十一月に、大統領から日本国王への親書を携えて亜米利加を出発した。翌年一月には喜望峰《きぼうほう》を回り、印度《インド》洋へと出た。三月にはマラッカ海峡からアジアに達し、五月のはじめには上海《シャンハイ》に到着した。ほかの三隻と合流したペリー艦隊は、ようやく最終目的地である日本へと向かった。まずは琉球沖に停泊して首里《しゅり》城を訪問、その後一部の艦だけで小笠原《おがさわら》諸島の探検、測量などを行ったあと、ふたたび琉球に戻り、四艦揃って浦賀に向けて出航したのである。

　蒸し暑さに悩まされながらも四隻は順調な航海を続けた。三日目には亜米利加の独立記念日を祝うために十七発の祝砲が発射され、乗組員たちに酒がふるまわれた。

　そして、琉球を発って六日目、海上を濃い靄《もや》が覆うその日の夕刻、艦隊はついに伊豆《いず》半島南端の石廊崎《いろうざき》が遠望できる場所にまで達した。日本の領地である伊豆諸島や利島《としま》、式根島《しきねじま》を通過し、遠くには伊豆の山々の連なりが靄のなかに浮かんでいた。

「私が調べたところでは、日本という国はたいそう長い歴史があるらしいね。シーボルトの本によると、建国から四千年も経っているそうだ。世界でいちばん古い国じゃないのか」

　デッキに立ったペリーは、長かった旅の感慨にひたりながら、隣にいる男に話しかけた。細い目をした初老の人物である。髷は結っていないが、顔立ちは日本人のようだ。

「チュウサイ、あなたもうれしいだろう。十六年ぶりだそうじゃないか」

「そうだな。うれしいことはうれしいが、わしはある使命をもって帰国するのだ。それが果たせるかどうかが今気にかかっている」

男は流暢《りゅうちょう》なエゲレス語で応えた。

「ほほう、その話ははじめて聞いた。どのような使命か教えてくれたまえ」

チュウサイと呼ばれた男……大塩平八郎はかぶりを振り、

「わしがいかなる使命を抱いてこの国に戻ってきたか、そして、その達成のためになにをしようとしているかを申さば、提督は仰天して腰を抜かすだろう」

「ほほう……そうと聞くとよけいに知りたくなるな。私もこの国を開国させるべく日本の王に大統領閣下からの親書を渡すという大きな使命を果たすためにやってきたのだ。あなたの気持ちも理解できると思うがね」

「はははは……時期が来たら自然にわかること。それまでお待ちくだされ」

「そうか、ならばその『時期』とやらを楽しみにしておこう。——それにしても十六年とは長い亜米利加暮らしだったな」

「さよう……」

大塩はしみじみした声音《こわね》で、

「長いようで短い年月だった。先日帰国を果たしたらしい万次郎《まんじろう》という漁師でも十年ぶりだそうだから、わしのほうが六年も長いのだが……」

「おかげで言葉も流暢に話せるようになったな」

「言葉も覚えたが、亜米利加という国はわしの考えを大きく変えた。だが、変わらなかった部分もある。いや……その部分をまえよりいっそう強く、深く思うようになった、と言うべきかもしれぬな」

「なんだかむずかしいな。日本人は皆、そんな考え方なのかね。これから行う日本人との交渉に自信がなくなってきたな」

「心配いらぬ。以前にも申したが、日本はもともと帝《みかど》の国だ。豊臣秀吉という偉人が、帝を補佐する関白という役目に就いて日本を統べたが、徳川家という悪辣な連中が豊臣家から国を奪い、以来二百五十年ものあいだ日本の王と称して帝をないがしろにしている。提督が交渉する相手は帝ではなく、たかだか徳川家の重臣にすぎぬ。亜米利加の持つ戦力を見せつけてやれば、一も二もなく恐れ入るはずだ」

「チュウサイが言うなら本当だろう。——しかし、あなたは日本に帰るのが怖くはないのかね。私が調べたところでは、日本は今、異国に渡ったものが帰国することを禁じており、その禁を破ったものは重い刑罰に処されて、親兄弟にまで累が及ぶと聞いた。センタロウもそのことをとても恐れているようだ」

　仙太郎というのは、サスケハナ号に乗っているもうひとりの日本人である。二年半ほどまえに遭難した栄力丸《えいりきまる》という船の乗員のひとりで、舵《かじ》がきかなくなった栄力丸は太平洋を漂流ののち、亜米利加の商船オークランド号に助けられ、乗員十七人はサンフランシスコに送られた。仙太郎はそこから香港《ホンコン》に行き、ペリー艦隊に同行して日本へ帰国することになったのである。ただし、亜米利加滞在期間が短いのでエゲレス語もうまくは操れないし、なにより「帰国したら殺される」という恐怖に常時さいなまれているようだった。

「そのような決めごとはもはや時代遅れであり、世界の趨勢《すうせい》からはかけはなれておる。諸外国と交易し、文化を取り入れ、国力を増強していかぬと、いずれどこかの植民地にされてしまう。これも亜米利加で学んだことだ。万次郎という漁師もどうなったかは知らぬが、もし捕らえられて処罰されているとすれば益なきことだ。亜米利加で十年も暮らした人材は大いに活用せねばならぬ」

「万次郎は無学で、亜米利加に来たときは文字も書けなかったそうだ。あなたは立派に学問を修めたうえで亜米利加に来た。スタートがちがう。日本国はあなたをこそ登用すべきだと思う」

「残念ながら今の徳川家には、わしの才を使いこなせるような人材はおらぬ。それゆえ、わしは徳川家に仕えるつもりはないのだ」

「まあ、あなたの場合は乱を指揮して逃亡したわけだから、二重に罪を犯していることになる。それを許して、雇おうとするほどの度量が日本国にあるかどうかだが……」

「あるわけがない。わしの帰国を知ったら木っ端役人どもが十手を振りかざして召し捕りにくるだろう。やれるものならやってみよ、とは思うが、おそらく提督と一緒であれば手出しはできまい」

「ははは……ならば私とともに帰国できたのはラッキーということだな」

「さよう」

大塩はにやりと笑ってうなずいたが、その笑みの本当の理由はペリーにはわからなかった。

「あなたは亜米利加に渡って今日《こんにち》に至るについてはかなりのご苦労をされたと聞き及んでいるが……」

「そうだな。十六年まえ、わしは大坂町奉行や悪徳商人を倒すために立ち上がったのだが、密告者のせいで事前に情報が漏れ、乱は鎮圧されてしまった。わしは一旦京に逃げたが、大坂にひそかに舞い戻り、ある商人の別荘に匿われていたところを見つかって、不浄役人どもに取り囲まれ、養子とともに爆死した……ということになっておるが、大坂で死んだものたちはわが門弟で、身代わりを買って出てくれたのだ……」

大塩平八郎はそのまま京に隠れ住み、ほとぼりがさめたころ、紀州へでも逃れようと船頭を雇い、大坂から小舟で海に出た。しかし、嵐に遭って舟は難破、全員が海に投げ出されて死亡したが、大塩ひとりが舟の残骸にすがりついた状態で二十日ほど漂流し、やがて沖の小島に流れ着いた。食べ物も水もなく、あわや死にかけたところをたまたま通りかかった外国船に救助された。これは英吉利の客船ユニコーン号で、亜米利加に向かうところだったため、大塩も亜米利加に渡ることになった。そこからは苦難の連続で、万次郎とちがって中年を過ぎていたため、異国の生活習慣になかなか慣れず、当初は食べ物も飲み物も口に合わず、体重は半分近くまで落ちた。しかも、万次郎の場合は、救助した捕鯨船の船長が親切な人物で、万次郎の素質を見抜いて自分の家に住まわせ、働き口も見つけてやり、教育も受けさせてくれたが、大塩は四十半ばの、言葉も話せぬ男である。まず、住む場所も仕事もない。頼れるひとがだれもいないのだ。しばらくはユニコーン号で知り合った亜米利加人のところで給料のない下男のようなことをして過ごしていた。

役所に行って、なんでもいいから仕事が欲しいと言おうとしてもエゲレス語がわからない。ようやく教会の下働きの仕事が見つかったが、長年、大坂町奉行所の与力として切支丹《キリシタン》を取り締まってきた側である大塩には、キリスト教というものがどうにも許せず、異文化を馬鹿にし異教徒をののしる神父にも反感がつのり、ある日とうとう衝突して追い出されてしまった。

その後は港で荷を運ぶ肉体労働をしながら、労働者仲間からエゲレス語を学び、少しずつ異国での生活になじんでいった。寝るのは木賃宿での雑魚寝《ざこね》である。会話がある程度できるようになったので、大塩は亜米利加の文化を研究することにした。政治、経済、思想などは言うにおよばず、美術、音楽、哲学、文学……食べ物や酒、菓子、下世話な娯楽に至るまで貪欲に調べまくった。とくに軍事関係については知りうるかぎりの知識を得ようとつとめた。軍隊、軍艦、大砲、鉄砲、火薬、戦術など……大塩の蓄積はしだいに増していった。驚いたのは亜米利加人がそういった知識を隠そうとせず、異国人である大塩に開陳してくれることであった。

（日本ならばごく一部の老中、大名たちが握って放さず、ほかのものには教えようとしないだろう……）

大塩は亜米利加人のオープンな精神に感動する一方、

（亜米利加という国はすごい。蒸気船や蒸気機関車、電信、電灯……こんな国がもし日本に攻撃をしかけてきたら……間違いなく日本は負ける。あの腐りきった徳川家が旧態依然として日本の政を牛耳っているなら、あっという間に乗っ取られ、植民地にされてしまうだろう。亜米利加だけでなく、ほかの西欧列強が相手でも同じことだ……）

そうならぬためにはいちはやく開国して、どこか特定の国の支配下に入らぬようにすることだが、その際、日本を代表して諸外国と対峙《たいじ》するのは、

（徳川家でないほうがよい。いや、徳川家では無理だ……）

大塩は強くそう思った。

（亜米利加は、多くの州《ステイト》のうえに大統領《プレジデント》を置く合衆国だ。しかも、その大統領は国王ではなく、四年ごとに選挙で選ばれる。日本はどうだ。無能な将軍が代々世襲で王となり、それが二百五十年も続いておる。無能な王の下には無能な官吏がぶら下がる。徳川家が腐っておることは、あの乱のときに実感した。日本を開国するならば、一度帝に大政をお返しして、そのうえで諸外国を相手に交渉を行うべきなのだ。わしが徳川の世を覆そうとしておるのは、私利私欲のためにあらず。帝を補佐する『関白』として政を行うためだ。そう……わしは太閤殿下の遺志を引き継ぎたいのだ）

大塩の構想は、今の大名家の領地を統廃合し、アメリカにおける「州」のようにしてそれぞれ自治権を認めたうえで、帝から関白号をいただいた大統領が全体を取り仕切るというものであった。自分は豊臣平八郎と名乗って初代大統領の座に就き、次期大統領は選挙で決定する。立候補者を募り、諸大名の投票で公明正大に決めるのだ。これなら世襲の弊害もなくなる。現在の徳川家による中央集権的体制から大きく舵を切ることになるから、いくら亜米利加をはじめ異国船の来訪が相次いでも、そんな提案が認められるはずもなかった。だから、

（乱を起こすのだ。だが、十六年まえのようなしくじりは犯さぬ。今度はかならず成功させてみせる……）

異国での必死の学問の甲斐《かい》あって、大塩は東洋文化研究、なかんずく日本学の専門家

として認められるに至った。大塩は学士、博士としての資格こそなかったが、大勢の学者や権威たちが大塩に話をききにくるようになった。収入も増え、肉体労働の必要もなくなった。

亜米利加での生活が落ち着いてきたので、大塩は日本にいるかつての同志に連絡をつけようと考えた。これはなかなか難しい問題だった。日本は阿蘭陀と清国以外の異国には門を閉ざしているのだ。そこで大塩は、長崎に向かう阿蘭陀船を利用することにした。亜米利加から、新嘉坡《シンガポール》にある英吉利の植民地施設に長文の手紙を送ったのである。これは一か八かの賭けのようなもので、大金を投じても目論見《もくろみ》どおり日本の知人に書状が渡る可能性は低かった。

しかし、運は大塩平八郎に味方した。新嘉坡で書状は、日本の長崎に向かう阿蘭陀船に積み替えられ、無事に出島《でじま》に着いた。そこから出島に出入りする商人の手によって持ち出され、飛脚に託されて、駿府町奉行だったころの石田長門守の手に渡ったのである。石田は、大塩が生きていること、しかも、亜米利加にいることに驚愕したが、もっと驚いたのは書状の内容だった。そこには、ふたたび乱を起こし、徳川の天下を覆す企ての詳細が記されていた。しかもそれは、実現可能なのではないか、と思われた。手紙の行間からあふれ出てくる大塩の熱い思いに、かつて堺《さかい》奉行だったころ天下国家のあり方や役人はどうあるべきか、ご政道は誤っていないか、などについて夜通し議論しあったころの気持ちを思い出した。

石田は、大塩の手紙をもとに、志を同じくする花井戸とともに計画を練った。大塩の門弟たちや乱に加わったものたち、徳川家に反感を抱いている大名家……などにひそかに連絡を取った。皆は大塩が生きていることに驚き、再度の結束を誓い合った。

石田はそれらのことを手紙にしたため、大塩が使ったのとは逆の経路をたどって送付を試みた。すなわち、まずは長崎の出島に出入りする商人に送り、そこから阿蘭陀船で新嘉坡に運ぶ。英吉利の郵便船に乗せ替えて、亜米利加に向かわせる……。

手紙が大塩の手もとに届いたのは半年後だった。彼は日本からの返事があったことに驚き、また喜んだ。これで往復の連絡経路が確立できたし、石田たちの意思も確かめられた。俄然《がぜん》、企ては現実味を帯びてきた。大塩は、それ以来、あらゆる手立てを使って日本への連絡を行った。亜米利加東インド艦隊のビッドル司令長官が日本の開国をうながすために浦賀に向かう、と聞くと船員に金を渡して手紙を託したりもした。

こうして年に数回のやりとりが行われ、石田たちは大塩の指示のもとに着々と準備を重ね、その進捗を報告した。そして、昨年、亜米利加政府は大塩に対して帰国命令を出した。日本との通商交渉を行うための艦隊を派遣するから、それに同乗せよ、というのだ。大塩は早速そのことを石田に知らせた。石田たちは狂喜した。阿蘭陀商館が七月には「ペリー提督率いる亜米利加艦隊が日本に向かう」という情報を老中にもたらしたこともそれを裏付けた。

こうして大塩平八郎はペリーの乗る旗艦サスケハナ号上のひととなった。学者としての見識と強い意志の持ち主である彼は、一種の貴賓扱いで、すぐにペリーとも親しくなった。そのおかげで、寄港地である新嘉坡や香港、広東《カントン》、澳門《マカオ》、上海……などから書状を日本に送ることができた。そのすべてが石田の手に入ったわけではないが、亜米利加にいるころよりは頻繁に連絡を取り合うことができた。そして、石田が大坂町奉行に就任することがわかり、すべての駒が揃ったのである。石田から最後に来た手紙を大塩は上海で受け取った。そこには、

「お指図どおりこと運びて万事滞りなき次第にて候《そうろう》」

とあった。大塩はほくそえんだ。

(さすが石田だ。もしも、すべてがうまく運んでおれば、今頃、石田たちは多数の武器、弾薬を携えて駿府城を乗っ取り、豊臣家の財宝を手中にして籠城しておるはずだ……)

大塩は、ペリー艦隊が琉球の那覇《なは》に寄航したときに一度、そして、およそひと月後もう一度手紙を出した。そこに大塩は、

「十日ほどのちに琉球を発ち、浦賀へ向かう」

と書いた。果たしてそれが石田に届いたかどうかはわからぬが、

(もし、届いておれば、そろそろ出迎えがあるはずだ……)

大塩はそう思っていた。

「チュウサイ、なにを考えているのだ」

ペリーからそう声をかけられて、大塩はハッと我に返った。

「ははは……亜米利加に渡ってからのあれこれを少し思い出していたのだ。なにもかも懐かしい……」

「そうか。それならばよい。難しい顔をして長いあいだ黙ったままだったので心配だったよ」

「さすがに十六年ぶりに故郷の土を踏む、となるとそれなりに感慨のあるものだな」

「当然だろう。私も亜米利加海軍の軍人として、長期間船に乗ることも多いが、二年ほどの航海ですらホームシックになる。ましてや十六年となればうれしさもとまどいも大きいにちがいない。あなたの帰国にひと役買うことができて、私もうれしいよ」

大塩は、このお人好《ひとよ》しの軍人を騙《だま》していることに良心の呵責《かしゃく》を感じた。しかし……これはやらねばならないことなのだ。

「提督、船が近づいてきております」

船員のひとりがそう報告した。

「まだ日本側は我々の来航に気づいてはおるまい。おそらくこの半島の漁師が乗った漁船の類だ。わが艦隊の威容を一見すれば驚いて逃げていくだろう。無視して差し支えない」

「いえ……漁船ではありません。かなり大きな帆船が四隻です。日本政府の公用船かもしれませんが、海賊船の可能性もあります」

「ほう……」

ペリーは望遠鏡を目に当てた。たしかに四隻の大型船が接近してくる。帆には同じマークが描かれている。ペリーはなぜか、その船団になにか忌まわしいものを感じた。大塩はペリーに、

「提督、わしならばあのマークの意味が読み取れるかもしれぬ。その望遠鏡を貸してくだされ」

「いいとも」

大塩が受け取った望遠鏡で帆を見ると、それは徳川家の葵《あおい》の紋だった。

（打ち合わせどおりだ……）

大塩はほくそえみ、

「提督、あれはまぎれもなく徳川家の船だ。おそらく琉球かどこかから知らせが届いたのだろう」

「そうか……。だが、私は浦賀港に入港したうえで、徳川家のしかるべき重役と公式な交渉をすることを望んでいる。海上での折衝は望ましくないし、われらの浦賀への入港

を阻止するつもりならば断固排除する」

「ところがそうしてもろうては困るのだ」

「なんだと?」

大塩はふところから拳銃を取り出し、ペリーの脇腹に突きつけた。

「チュウサイ、なんの真似だ」

「わしの言うとおりにせぬと、提督はここで死ぬことになる。ホールド・アップ!」

ペリーは信じられぬという顔つきで両手を挙げた。大塩はペリーの身体を左腕で抱えると、まわりの水兵たちに、

「おまえたちの指揮官を殺されたくなかったら全員武器を捨てて両手を頭のうえに挙げろ」

皆はためらい、顔を見合わせた。大塩が銃口を腹に強く押し当てたのでペリーは、

「おまえたち、チュウサイの言うとおりにしろ。早く!」

水兵たちはだれも武器を所持していなかった。彼らは両手を挙げた。しかし、甲板に出ていなかったひとりの水兵が異変に気づき、大塩の背後から拳銃を持ってこっそり忍び寄ろうとした。その水兵が銃を構え、今まさに引き金を引こうとした瞬間、銃声が轟いた。それは近づいてきていた帆船からのものだった。水兵は背中を撃ち抜かれてその場に倒れた。

「提督、船を停止させろ。四隻とも、すぐにだ」

ペリーが命令を下し、二隻の蒸気船は外輪の回転を止めた。蒸気船に曳航されていた二隻は帆を下ろし、錨《いかり》を海に投げ入れた。

同時に日本船が横付けされ、大勢の男たちが怒声とともに乗り込んできた。男たちの半数以上は頭に髷を乗せた侍で、手には刀や銃などの武器を持っていた。

「このものたちは……？」

ペリーの問いに大塩は得意げに、

「わしの配下だ。命を惜しむものはひとりもいない。逆らったら殺されるだけだからやめたほうがよいぞ」

予想もしなかった事態にサスケハナ号の乗組員たちはなんの抵抗もできずあっという間に制圧された。あとの三隻の帆船はミシシッピ、プリマス、サラトガを襲撃している。これらも、ペリーを人質に取っている旨を聞かされたらしく、全員が投降した。乗員たちは、乗り込んできた日本人たちによってたちまち縛り上げられ、甲板に転がされた。

そのあと、ひとりの侍が大塩のまえに進み出た。

「大塩殿……お懐かしゅうございます」

花井戸与力だった。彼は涙を流しながら大塩の手を取った。

「おお、花井戸。よう来てくれたな。船は八艘は揃えておくよう申したはずだが……」

「それがその……いろいろと手違いがございました。駿府城の乗っ取りも、邪魔が入ったため上手くいかず……」

「なに？　石田はどうした」

「駿府城で殺害されました。武器の入手も、思うていた数の五分の一ほどにとどまっております」

「なんということだ。それではわれらの企てのこと、公儀には知られておるのか」

「それはまだでございましょうが、まもなく老中の耳に届くは必定《ひつじょう》かと思われます。急がねばなりませぬ」

「うむ……わかった」

大塩はペリーに向き直り、

「提督、この艦隊は我々の支配下にある。皆殺しにされたくなかったら、このまま予定通り浦賀に入港したあと、江戸湾に入り、将軍との面会を要求してもらいたい。そして、隅田川《すみだがわ》をさかのぼり、七十三門の大砲すべてを使って江戸城を砲撃するのだ。城にいる将軍や老中、若年寄らを殺し、江戸を火の海にすれば、日本中がわしにひざまずくだろう」

「チュウサイ……あなたはなにを言っているのだ」

「それがわしのはじめからの計画だ。提督の艦隊とともに帰国できる、と聞いたときにひらめいた。十六年まえの乱のときは武力が足りず失敗したのだ。亜米利加海軍の圧倒的な軍事力を利用すれば、徳川家の貧弱な軍隊など赤子の手をひねるがごとく潰してしまえるだろう。諸大名はわしのまえにひれ伏し、わしは彼らを従えて、日本を帝の手にお返しするのだ。そうなれば亜米利加や英吉利、露西亜の高圧的な要求をはねつけ、対等の立場で開国交渉を行うことができる」

「そんなことを考えていたのか。亜米利加は決して高圧的な要求をするつもりはない」

「嘘だ。英吉利と清国の条約は著しく清国に不利なものだった。また、英吉利や仏蘭西、亜米利加は東洋の国々をあなどり、武力と財力の両面から植民地化を推し進めている。わしが知らぬとでも思うたか」

「十六年も亜米利加にいたあなただからこそ、わかってくれていると思っていたが……」

「亜米利加はわしや仙太郎を、外交のカードとして利用する腹であったろう。わしも亜米利加をわが宿願果たすために利用した。それだけのことだ。悪く思うな」

「私は日本との平和的な交渉のために来た。江戸城を砲撃し、将軍たちを殺すなど思いもよらぬことだ」

「ならば、提督をこの場で撃ち殺して、ほかのものにわしの言うことを聞かせるまでだ。命を惜しむものは、すすんでわしに協力するはずだ」

「無謀な計画だ。それがあなたの言う『使命』か」

「そのとおり。この企てに十六年かけたのだ。いまさらやめるわけにはいかぬ。――提督、命令を下してもらおうか」

「わしは合衆国大統領から親書を託され、日本開国の使命を帯びてここまで来た。日本を破壊する手伝いはできぬ」

「提督……あなたに選択権はないのだ。わしの命令に従うか……それとも死ぬかだ」

ペリーは蒼白《そうはく》になり、

「死ぬつもりはないが……」

「ならば、わしの言うとおりにせよ。操船と大砲に必要な最小限の人員だけ縄を解いてやる。もちろんひとりひとりに銃を突きつけておくゆえ、不審な動きをしたらただちに撃ち殺す。わしは操舵術も砲術も学んだゆえ、妙な企みをしようとしてもすぐにわかるぞ」

ペリーはため息をつき、

「しかたがない。言われたとおりにするから、乗員の生命だけは助けてやってくれ」

「我々に協力するならそうしよう。われらの革命が成功するまでのあいだ、しばらく不自由な思いをさせるかもしれないが……」

大塩がそこまで言ったとき、

「大塩殿、なにかが近づいてきますぞ」

花井戸がそう言った。

「船か……？」

「いえ……真っ黒な馬鹿でかいもので……おそらくクジラかと……。ああ、やはりクジラです。背中から潮を吹いています」

大塩がそちらを見ると、巨大なクジラらしきものが波を蹴立ててこちらに向かってくるではないか。しかも、群れである。四頭のクジラがわき目も振らず、一直線にサスケハナ号を目指してやってくる。

「あの勢いでぶつけられたら、こちらも危のうございますぞ」

「面倒だな。大砲で追い払え」

大塩は、大砲係の水兵の縄を解くと、サスケハナ号の十インチ砲三門のうち一門を先頭のクジラに向けさせた。そして、自ら号令をかけた。

「発射！」

落雷のような凄まじい音とともに砲弾が発射されたが、わずかに逸《そ》れ、クジラには当たらなかった。

「発射！」

二発目が射出され、今度は左に大きく外れた。

「貴様、わざと外しているのではあるまいな！」

大塩は砲手を怒鳴りつけると、

「どけい！　わしがやる」

その砲手に手伝わせながら、砲の向きの調整を行った。その間にもクジラの群れはどんどん接近してくる。

（砲撃されても近づいてくるとは……蒸気船を仲間だと思っているのではあるまいな……）

大塩が一瞬ためらったとき、望遠鏡を覗き込んでいた花井戸が叫んだ。

「ちがう！　あれはクジラではありませぬ。クジラに見せかけた船ですぞ！」

「なにっ？」

先頭のクジラをよく見ると、それは千石船のうえに竹を組み合わせた足場を作り、大きなクジラの張りぼてで覆ったものだった。その証拠に背中から帆柱が突き出し、そこに黒く染めた帆が張られている。帆は追い風をはらんで膨れ、四艘のクジラ船はみるみるうちにサスケハナ号との距離を縮めてきた。

「発射！」

大塩が放った三発目の砲弾は先頭のクジラの鼻先に当たり、張りぼてが壊れて海中に落下した。張りぼては紙を貼り合わせて墨を塗っただけの簡易なもののようだった。

「こども騙しのふざけた真似をするとは、この大塩を愚弄しておるのか！」

大塩はかすれ声で叫ぶと、四発目を放とうとした。そのとき、一瞬の隙を突いて砲手が大塩の腹に頭突きを食らわした。

「ぐえっ」

大塩はよろめいてその場に倒れた。砲手の後ろにいた侍が砲手の胸を背中側から貫いた。

「アーノルド！」

ペリーは悲痛な叫びを上げた。その砲手は大塩に折り重なるようにして倒れた。一同の目がそちらに向けられた。

「大塩殿！」

駆け寄ろうとした花井戸に、大塩は必死で起き上がりながら、

「わしのことはよい！　船を……船を沈めるのだ！」

しかし、すでに遅かった。クジラに偽装していた四艘の千石船は、速度を緩めることなくサスケハナ号の船首に激突した。大型の蒸気船とはいえ、さしものサスケハナ号も大きく揺らぎ、立っていたものたちは皆甲板に転がった。その機を逃さず、先頭の千石船から先端に鉤《かぎ》のついたたくさんの縄梯子《なわばしご》が掛けられ、何十人もの男女が一斉に乗り移ってきた。先頭にいるのは四人の男女だ。そのうしろには笠を深くかぶった大勢の男たちが控えている。船を操っているのは紺八たちである。ようやく立ち上がった花井戸が、

「ききき貴様らはあの……」

大塩が、

「見知りのものか」

「駿府城の乗っ取りの邪魔をしたやつらでございます！」

大塩は虎のように厳しい顔つきで、

「町人ばかりに思えるが……公儀の手のものか」

いちばんまえに立っているひょろりとした優男が、

「ちがいます。勝手にやってるだけの物好きです」

「なにものだ」

「横町奉行、竹光屋雀丸」

太った商人が進み出て、

「三すくみのうち、地雷屋蟇五郎」

頭を剃った女が進み出て、

「同じく口縄の鬼御前」

顎鬚の長い僧侶が進み出て、

「同じく要久寺《ようきゅうじ》住職大尊」

大塩は舌打ちをして、

「わしは長い亜米利加住まいで世界のことを詳しく知ることができた。日本は今のままでは諸外国の思うがままに翻弄され、潰されてしまう。日本にはわしが必要なのだ。わしが徳川家を滅ぼし、関白としてこの国の政を根底から変える……その夢がいま少しで叶うところだ。日本をわがものとしたあとは、太閤殿下の遺志を受け継ぎ、朝鮮や清国に戦をしかけ、この国の領土をもっと大きく広げるのだ。——おまえたちもわしの同志にならぬか。天下を取ったあかつきには大名、いや老中にしてやるぞ」

雀丸は苦笑いして、

「景気のいいことを言ってますが、関白になるとか大名にするとか老中にするとか……なにも変わっていないじゃないですか。あなたはただ、権力が欲しいだけ、この国を乗っ取りたいだけです。ただの『今太閤』ってやつです。頭を冷やしたほうがいいですよ」

「狭い島国に閉じこもっているおまえたちにはなにもわからぬのだ。亜米利加の文化というのは……」

「そんなものわからないでけっこうです。でも、私は亜米利加料理が不味い、ということだけは知っています」

「な、なんだと……？」

「あなたは十六年まえ、義憤に駆られて大坂の町に火をつけ、灰にしました。いまだに立ち直れていないひともいるのですよ。そして十六年後、今度は日本を灰にするつもりですか。十六年間、なんの進歩もしていない。亜米利加文化が聞いて呆れます。日本はあなたを必要となんてしてません。少なくとも庶民を犠牲にして省みないような人にこの国を託したくありません」

「亜米利加でも仏蘭西でも英吉利でも、革命は多くの尊い犠牲のうえに成り立っているのだ。変革には痛みが伴うものだ。死んでいくものたちもそのことはよくわかっているはずだ」

「あなたは……馬鹿ですね」

「なに……？」

「あなたの企てを、阻みます」

雀丸は振り返りざま合図をした。大勢の男たちがこぞって笠を脱いだ。

「次郎長一家勢揃いだ。てめえら覚悟しやあがれ！」

次郎長が長脇差を抜くと、その左右から子分がひとりずつ飛び出していき、

「親分は動かんでちょう。俺ぁ桶屋の鬼吉《おにきち》だ。歯向かう野郎はみんな叩っ斬って桶の箍《たが》にしてやらあ」

「一番槍の手柄は俺のもんだ。小さい喧嘩は小政にかぎる……俺の居合いでてめえら素っ首吹っ飛ばしてやる」

ふたりの後ろから森《もり》の石松《いしまつ》、大瀬半五郎《おおせはんごろう》、増川仙右衛門《ますかわせいえもん》、法印大五郎《ほういんだいごろう》……といった主

だった子分たちが遅れてはならじと駆け出せば、その最奥からは大政《おおまさ》が長槍をりゅうりゅうとしごきながら突進する。

「こら、ええわ！　あてもやるで！」

鬼御前も裾をからげて一同に合流した。甲板はたちまち刀と刀のぶつかり合う音や怒号、罵声で満ち、潮風や波の音をも掻き消されるほどの騒々しさだった。そんななか、夢八と諒太郎はペリーをはじめ亜米利加の水兵たちの縄を切っていった。

「たかのしれたヤクザもの。撃て！　鉄砲で撃ち取れ！」

花井戸が怒鳴ったが、喧嘩慣れしている博徒たちと銃をはじめて手にしたような侍たちでは勝負にならなかった。

「石松の強《つえ》えの知らねえか！」

森の石松がへっぴり腰で銃を構えている侍たち三人を一瞬で斬り倒し、頭を踏みつけ、背中を蹴り飛ばした。元武士の雀丸から見るとまったくでたらめな度胸剣法だが、それでも石松は鬼神のような強さを誇り、かかってくる侍たちを右に左に薙《な》ぎ倒していった。

それを見ていた桶屋の鬼吉が、

「石松、ずるいでよ。俺にもええとこを四、五匹残しといてちょう」

そう言うと、

「わあああおっ！」

とわめきながら手近にいた侍に真っ向から斬りつけ、そのままの勢いで刀をぶんぶん振り回す。そのあたりにいた侍たちの胸やら足首やら首筋やら……とにかくどこでもいいから刃が当たったら思い切り力を込めればいい、という無茶苦茶な戦法だ。しかし、侍たちはその無茶苦茶さに対し手も足も出ないのだ。

「次郎長一家ばかりに美味しい思いをさせられん！」

鬼御前も長脇差を縦横にひらめかせて暴れ込み、次郎長たちに負けじと敵を倒していく。

大塩平八郎が、

「女だてらに俠客の真似ごととはなげかわしい。女は家で針仕事でもしておれ！」

と言うと、鬼御前は大塩の顔に唾を吐きかけ、

「あんた、メリケンに十六年もいたくせに遅れてるわ！　メリケンには女のガンマンかておるんやで！」

そして、大塩の真横にいた侍の右肩に深々と刀をねじこませた。返り血を浴びた凄惨な姿で鬼御前はにやりと笑った。

（これはたしかに……侍の世の中は終わるかもしれないなあ……）

雀丸はそんな感慨を抱いた。武術、剣術が表看板の武士たちが、度胸任せ、運任せの命知らずなヤクザ剣法にたじたじとなっているようでは、表看板は下ろさねばならぬ。

縄を解かれた亜米利加の水兵たちが雀丸たちに加勢し、大塩一味に立ち向かってきたので、形勢は大塩たちに不利になっていった。もともと人数が減っているうえ、武器の数が少ないことも災いしたようだ。そのうえ、血の気の多い次郎長一家は喧嘩の場に臨むとどこまでも昂揚《こうよう》して止まらなくなる命知らずばかりなので、駿府での長い隠れ家暮らしなどで体力も気力も衰えていた大塩の手下たちはその勢いに押され、なかには海に落ちたり、ロープにつまずいて倒れたり、船底に転落するものも現れた。ほかの三隻でも同じようなことが起こっていた。

花井戸が汗を拭うと、

「大塩殿……このままでは負け戦です。ここはわれらが命のかぎり防ぎますゆえ、一旦、小舟に乗ってご退却を……」

「すまぬ……。わしはまだ死ぬわけにはいかぬのだ」

大塩が花井戸に渡された拳銃を持ち、きびすを返して船縁に近づこうとしたとき、

「待ってください」

そのまえに立ちはだかったのは雀丸だった。

「また逃げるのですか。十六年まえも今も……仲間を見捨てて何度逃げるつもりですか」

「逃げるのではない。戦況不利と見たならば退却し、陣容を整えてふたたび機を待ち、押して出る。それが兵法というものだ。だれに恥じることがあろうか」

そう言うと大塩は銃を構え、雀丸の胸に狙いをつけた。

「あなたが逃げるたびに身代わりになって殺されるひとたちのことはどうなんです」

「申し訳ない……とは思っている」

「そろそろ目を覚ましてください。亜米利加の力を借りて日本を奪ったら、そのあとどんなにたいへんなことになるかわかりませんか。亜米利加の言いなりになるしかありませんよ」

「………」

「あなたは十六年まえに死んだのです。いまさらその亡霊が帰ってきたといっても、一部の信奉者のほかにだれが支持するでしょうか。ましてやあなたは今、亜米利加海軍、いや、亜米利加合衆国と敵対することになったのです。世界中どこへ逃げても、もはや勝ち目はありません」

大塩は唇を噛み、しばらくうつむいていたが、突然銃をおのれの頭に向け、引き金を引いた。

「大塩殿、なにを……」

駆け寄ろうとした花井戸のまえで、「たあん……」という短い音がして、大塩平八郎は甲板に崩れ落ちた。

「大塩殿……大塩殿！」

花井戸が泣き叫びながら取りすがったが、大塩はひとことも答えることはなかった。

◇

大塩一味は雀丸たちと亜米利加海軍の手によって全員捕縛された。深手のものもいたが致命傷を負ったものは少なく、烏瓜諒太郎や亜米利加の軍医による手早い治療もあって、ほとんどのものが命を取りとめた。次郎長一家や雀丸たちは無傷だった。

クジラの張りぼては、大尊和尚の指揮のもと、雀丸が竹で骨組みを作り、次郎長一家総出で外観を張り上げたのだ。潮を吹くからくりも、もちろん大尊和尚が考えたものだった。

サスケハナ号の甲板でペリー提督は雀丸と固く握手を交わした。ふたりは仙太郎のたどたどしい通訳でなんとか会話をした。

「スズメルマ……あなたのおかげで我々艦隊は救われた。あわや大惨事になるところだった」

「上手く運んでよかったです。スズメルマじゃなくてスズメマルなんですけどね」

「スズメルマには感謝してもしきれない。――だが、ひとつ頼みがある」

「なんでしょう」

「チュウサイたちのことだ。あのものたちの所業はなかったことにしてほしい」

「なかったこと……？　罪を許すということでしょうか」

「そうではない。部下のアーノルドを殺した罪を許すわけにはいかぬが……このものたちが我々を襲撃し、利用しようとしたことが徳川家にわかれば、それを事前に防げなかった徳川家の負い目になるし、このものたちの陰謀を日本人であるスズメルマ氏たちが阻止してくれた……となれば、一時的に船の指揮権を奪われたわれら亜米利加政府は日本に負い目を背負うことになる。いずれにしても、我々と日本は、互いに負い目のない対等の立場で歴史的な交渉を行いたいのだ」

「わかります。スズメルマじゃなくてスズメマルなんですけど……では、私はどうすればいいのでしょう」

「このものたちの処分はきみに任せる。我々はこの海戦のことは忘れて、なに食わぬ顔で明日浦賀の港に入ろう。そして、まったく対等の立場で日本側と対峙しよう。もちろん武力を使って脅しをかけ、交渉を有利に運ぶ、などするつもりは一切ない。日本は古い歴史のある国で亜米利加はできたばかりのまだ若い国だ。そして、日本は小さな国で亜米利加は大きな国だ。しかし、そういうことは関係なく、国と国との話し合いをしたい。――それでどうだろうか」

「わかりました。私はこの連中を清水の役人に引き渡します。事情を話して、しばらく牢に留め置いてもらいます。吟味をしたうえで、老中に処分の伺いを立てる、ということになるでしょうけど、とにかくペリーさんと老中が話し合っているあいだは騒がないようにしておきます」

「ありがたい。――では、これで失礼する。私が日本に滞在しているあいだにもう一度きみとは会いたいものだ」

「はい。交渉がうまくいくことを祈っています」

「サンキュー、スズメルマ」

「スズメマルです」

こうして雀丸たちの船は大塩一味を乗せてペリー艦隊を離れ、清水へと向かった。

◇

サスケハナ号以下四隻の黒船が浦賀に出現したのは翌日の七つ半頃であった。これまでにも異国船が浦賀へ入港したことはあった。しかし、蒸気船は初めてだった。煙突から濛々《もうもう》と黒煙を上げる二隻の外輪船に、浦賀の住民は肝を潰した。しかも、見たことがないほど巨大なのだ。帆船も含めて四隻の黒船が同時にやってきたことなどない。今まではちがうなにかを感じ、皆は震え上がった。煙を噴き、大輪を回し、無数の大砲を備えたその船は、まさしく怪物のように見えた。しかも、水兵たちは皆、大砲に取り付き、または銃を構えて臨戦態勢に入っているではないか。いつ砲撃がはじめられるかわからない状況である。

「えらいことになった！」

頭を抱えた浦賀奉行は、まずは与力を「副奉行」と偽称させてサスケハナ号に差し向けた。与力は通詞森山栄之助《もりやまえいのすけ》の必死の通訳によって、ペリーたちの目的が、

「大統領の親書を将軍に渡すこと」

であることをなんとか確認したが、ペリーは少なくとも将軍の代理的な地位にある人物にしか親書は渡せない、として与力が親書を受け取ることを拒絶した。翌日、べつの与力を浦賀奉行に仕立てて乗船させたが、ペリーの返事は同じで、より上位の役人との交渉を要求した。

老中阿部正弘は一報を聞いて仰天した。

「だから言うたではないか。やはり阿蘭陀商館が申していたことは正しかったのだ。浦賀奉行所の話では、一年まえの風説書の記述とは提督の名前から船の名前まで同じだったそうだ。対策を立てておけばよかった……」

江戸城内はひっくり返るような騒ぎになった。しかし、きちんとした対応を指示できるものはひとりもいなかった。

「亜米利加艦隊が来ることはわかっていたのに、なにゆえもっと早く支度をしておかぬ」

「来る来ると申して結局来ない……というういつものやつかと思うておった」

「親書など断固として拒否すべき」

「いや、受け取らねばなにをされるかわからぬ」

「将軍が病の床についておる、と申して帰ってもらったらどうか」

「はるばるやってきたのだ。そのぐらいのことで帰るとは思えぬ」

「帝に言上して、意見を伺ったほうがよいのではないか」

「そんな暇はない。われらで決めるしかない」

「打ち払え」

「いや、それはまずい。砲撃されたらなんとする」

「江戸湾の防備を増強せよ」

「間に合わぬ」

「清国の例を見よ」

「われらは武士《もののふ》だ。その矜持《きようじ》を見せよ」

「抗《あらが》って殺されたらおしまいだ」

文字通り侃々諤々《かんかんがくがく》の議論がなされたが、結論は出ない。二日目以降は大勢の見物客があちこちから集まって、浦賀はたいへんな人だかりとなった。遊山気分で勝手に小舟を出し、亜米利加船の近くまで接近するものも多かった。なかには佐久間象山《さくましようざん》や吉田松陰《よしだしよういん》のように、異国の最先端の武力を観察しようという目的でやってきた憂国の士も交じっていた。

「うえのものと合議を重ねたいので四日間待ってくれ」

浦賀奉行がそう言うとペリーは、

「三日なら待とう。それでも結論が出ないときは、江戸湾に船を乗り入れて城に向かい、将軍に私みずからが親書を渡すことにする」

そう言い放った。

「なんでもいいからとにかく一刻も早く帰ってもらえ」

というのが老中たちの一致した意見だった。それで結局、渋々ながら親書を受け取ることになったのである。すぐにでも回答を……という要求があるものと身構えていた老中たちだったが、

「将軍は今、重い病気で、返答することができない。一年後にまた来てほしい」

とおそるおそる伝えると、意外にもペリーは了承し、

「では、一年後に再度来航しよう」

と言ったのである。老中たちはとりあえずホッとしたが、ペリーたちはそれから数日後、ようやく浦賀を離れ、帰途に就いたのである。

「よろしいのですか、提督」

ペリーの部下のひとりが言った。

「なにがだ」

「将軍からの返事を待たずに、こんなに早く日本を離れることです。もう少し脅せば、あいつら震え上がって回答を寄越《よこ》すんじゃないでしょうか」

「これでよいのだ。——今度の航海については、われらのほうにもしくじりが多々ある。あのときスズメルマ氏一行に助けてもらっていなければ、今こうしてここできみと話せていなかっただろう。日本側にも花を持たせてやらねば不公平ではないか」

「そうですね……」

ペリーは、富士山の見目好い姿を眺めながら浦賀をあとにした。

老中に駿府城代からの書状が届いたのは黒船が浦賀に出現したころであり、清水港の役人から大塩平八郎一味を捕らえているという報が届いたのはその数日後だが、老中たちはペリー艦隊の対応に追われていて、それどころではなかったという。その後、大塩一味の処分がどのようになされたかは、世のなかが幕末の動乱期に突入していったため、公式の記録には残されていない。

◇

しかし、じつはサスケハナ号には知られざる客が乗船していた。雀丸、加似江、蟇五郎、鬼御前、大尊、夢八、諒太郎、さき……の八人である。彼らはペリーがひそかに招待した貴賓たちであった。

「なんと言いましたか、ミスター・スズメルマ」

「スズメルマじゃなくて、スズメマルなんです」

「そのことではありません。たしか今、亜米利加料理が不味い、と……？」

清水沖での海戦のあと、雀丸との別れ際にペリーは大声を出した。

「はい……先日、大坂で食べたときは、この世のものとも思えない不味さでした」

「オーマイガーッ。そのような暴言、聞き捨てなりません」

「不味かったんだからしかたありません。口に合わない、というより、あれははっきり『不味かった』です」

「それは私の祖国に対する侮辱です。私にはその誤解を解く義務があります」

「誤解じゃなくて、まことに……」

「いーえ、誤解です。私の船には最高の料理人が乗っています。彼に最高の材料を使わせ、最高の亜米利加料理を作らせますので、かならず食べにきてもらいたい」

「いや、けっこうです。もう二度とあんな目に遭いたくありませんから」

「私は亜米利加海軍軍人としてのすべての誇りをかけて、あなたたちに美味しい亜米利加料理を食べていただきます。日本の老中との交渉が終わったら、皆さんをサスケハナ号にご招待いたしますから、ぜひ来てください。約束ですよ！」

半ば強引に約束させられた。雀丸たちはその約束を果たしにきたのである。船長室だという部屋に案内され、長い立派なテーブルの左右に座らされた。数人の給仕の少年と、通詞として仙太郎が立っている。金属製の道具がひとり分ずつ目の前に置かれている。

「これが本場のホオクとナイフか。アンメリ軒とはずいぶんちがうのう」

加似江が言った。ギヤマン製のグラスに赤い酒が注がれた。一同は顔をしかめた。

「最高級のワインです。ビールやシャンパンもあります。甘いリキュールやラムを割ったグロッグ酒もある。どうぞ存分に飲んでください」

「うーん……」

雀丸は赤い酒をにらみつけ、

「これって、オイスキイに赤い顔料を入れたものではないでしょうね」

「はははは……悪い冗談です。一口飲んでください。そうでないことがわかるでしょう」

加似江が先陣を切って、がぶり、と飲んだ。途端、加似江は顔をしかめた。さきが、

「ご隠居さん……不味かったら吐き出して……」

「うううううう」

雀丸もさすがに心配して、

「お祖母さま、苦しいのですか」

「うううううう……美味い！」

そう言うと加似江はワインを飲み干し、みずからおかわりをグラスに注《つ》いだ。そして、

「ビールとかいうのはどこじゃ。サンパンとかリクルとかいうのもまとめて持って参れ！」

マジか、と雀丸は思った。そして、自分のまえにあるグラスの酒をひと口飲んだのだが、

（おお……）

陶然とした。長崎で飲んだワインよりはるかに芳醇《ほうじゅん》で、しかもきりりと切れ味もある。

「いかがかな、これは仏蘭西のワインです」

「たいへんけっこうです」

「では、今度はこれをどうぞ」

ペリーが大ぶりのギヤマンの瓶を取り出し、給仕の少年に手渡した。少年はうなずいて、白い布で瓶の蓋の部分を覆った。

「シュッポ……ン！」

大きな破裂音がして、さきが給仕を指差し、

「ヤバい！　鉄砲や！　こいつ、鉄砲を隠してたで！」

しかし、少年は動じることなく、瓶の液体を皆のグラスに注いで回った。透明な酒の

なかに細かい泡が踊っている。

「これがシャンパンです。飲むと驚きますよ」

「驚く」という意味がわからず、一同が手を出しかねているなか、加似江が思い切って口をつけた。

「おおおおお……！　おおおおおお……！」

さきが、

「ご隠居さん、不味かったら吐き出して……」

「おおおおお……驚いた！　口のなかで泡がはじけておるぞよ！　こんな飲み物ははじめてじゃ」

その言葉をきっかけに全員がシャンパンを味わった。鬼御前が、

「うわあ、爽《さわ》やかや。泡がしゅわしゅわいうとるわ。これはご隠居さんやのうても驚くわ」

「亜米利加にはいろんな酒があるんやなあ……」

夢八が感心したように言った。諒太郎が、

「世界中から酒が集まるのだから当たり前だ」

「うはあ……酒のためだけでも開国せなあかんわ」

ペリーは、

「これを食べながら飲めば、もっと美味く感じます」

そう言って、皿に盛った白いものを勧めた。

「これはなんだすか」

蟇五郎がきくと、

「山羊《やぎ》の乳で作ったチーズです。癖が強いのではじめは食べにくいかもしれませんが、なかなかの珍味で、栄養もあります」

「食うてみよう」

今回も真っ先に手を出したのは加似江だった。ひとつ頬張ると、

「うーむ、ちょっと臭いのう。これが珍味かのう」

首を傾《かし》げながらシャンパンを口に含んだ瞬間、

「おおっ、味がまるで変わったぞよ！　これは酒が進む。なるほど、ペリー殿が珍味と言うたわけがわかった。コノワタやカラスミ、雲丹《うに》なんぞと同じじゃ。酒とともに食うと、酒の美味さを幾倍にも引き立てる」

「さすが、よくわかっておられる。では、この酒はいかがかな」

ペリーの指図で給仕が黒っぽいギヤマンの瓶から黄色っぽい液体をグラスに注いでまわった。

「またしても泡が噴いておるが、今度の泡は消えずにうえに溜《た》まっていくのう」

大尊和尚がしげしげとその泡を見つめ、

「しかも、雲のごとくふわふわした白い泡じゃ。ちょっと濁酒《どぶろく》に似ておるが、ああいう臭いはない……」

加似江がグラスを手に取り、

「大尊、ごちゃごちゃ申さず、こういうものは飲めばよいのじゃ」

そう言ってがぶりと飲んだ途端顔をしかめ、

「苦い！　なんじゃこれは。酒なのか？　まるで薬のように苦いだけじゃぞよ」

ペリーは笑って、

「これがビールです。たしかに苦いが、飲みだすと癖になる。こってりした肉料理が出たときなどに飲むと、この苦さが口中の脂を洗い流してくれる。それに、ビールはちびちび飲んでいても美味くない。ぐーっ、とひと息に飲み、その喉越しを味わうのです」

「喉越しか、なるほどのう」

加似江は言われたとおりすぐにビールをごくごくと飲み干し、

「おお……ペリー殿の申したとおりじゃ。舌ではなく、喉が喜んでおるぞよ」

「ははは……あなたは食の冒険者ですな」

その後もシェリー酒、ウイスキー、ジンなどがつぎつぎと提供され、一同はそれらの酒を片っ端から飲んだ。

料理のほうは、チキンのスープ、生ハム、子山羊のカレー煮、豆のシチュー、豚肉のカトレット、パン……といった料理をどれも美味い美味いと言って平らげ、亜米利加の酒を味わった。すっかりできあがった夢八が立ち上がり、小太鼓を叩き、鉦《かね》を鳴らし、腰周りに吊った金属片をじゃらじゃらいわせながら、手振りよろしく歌いだした。

日本と亜米利加、ちがいはあるが
おんなじところもぎょうさんあるで
それはなんじゃときかれたら
美味い肴《さかな》に美味い酒

加似江も踊り出した。雀丸も踊る。諒太郎と鬼御前は向かい合って踊っている。大尊も蟇五郎もさきも、酔っ払ってわけのわからない踊りを踊っている。ペリーは座ったまま大笑いしながら手拍子を叩いていたが、給仕のひとりになにやら合図をした。給仕の少年はにっこりうなずき、部屋を出ていった。

日本と亜米利加、ちがいはあるが
おんなじところもぎょうさんあるで

それはなんじゃときかれたら
ひとの情《なさけ》と恋の花

そのとき突然、扉が開いて、見たことのない楽器を持った連中がどやどやと入ってきた。彼らは大きな音の出る金属製の法螺貝《ほらがい》のようなものや、長い竹筒を立てた笛のようなものなどで、夢八の歌に合わせて演奏をはじめた（あとできくと、それらはコルネット、バスーン、オーボエ……といった西洋の楽器だったそうだ）。夢八は大喜びでますます声を張り上げ、手を叩き、飛び上がり、転げ回った。演奏はどんどん激しくなり、雀丸が聴いたことのない「ズンチャカ、ズンチャカ、ズンチャカ……」という拍子になった。身体が勝手に動く。気がついたら、ペリーや給仕を含む全員が手をつなぎあい、足を蹴り上げるような仕草で踊っていた。

「わはははははは……愉快愉快！」

加似江は上機嫌である。ペリーも、

「私も愉快です。今日、私は日本が大好きになりました。――スズメルマ！　あなたのお祖母さんは勇気があり、ユーモアもあって最高だ！」

雀丸は、

（江戸が火の海にならなくてよかった。この平和ができるだけ長く続きますように……）

心からそう思った。そして、意を決して、

「では、私が歌います！」

「おお、スズメルマ、歌え！　歌うのだ！」

雀丸は園から習ったエゲレス語の歌を歌いはじめた。

ふへー、だぶりょえなしー、あいきゃのったー！
のーみーくーわー、えしちんゆー
へしあいぜんけー、えるえるめー
えーびーしーりーいーえーじー

ペリーは大爆笑している。楽士たちはすかさず雀丸の歌に伴奏をつけた。思いがけなくウケたので、雀丸は何度も繰り返して歌った。

えーびーしーりーいーえーじー
へしあいぜんけー、えるえるめー
のーみーくーわー、えしちんゆー
ふへー、だぶりょえなしー、あいきゃのったー！

いつのまにかみんなの大合唱になっていた。

調子に乗った雀丸は、これもまえに覚えた歌を歌いだした。

「ペリーハダリルラ、リルラ、リルラ」

それは「メリーさんの羊」を「ぺりーさんの羊」にした即興の替え歌だったが、ペリーをはじめ居並ぶ亜米利加の軍人、船員たちも爆笑し、

Perry had a little lamb
Little lamb, little lamb
Perry had a little lamb
It's fleece was white as snow

と大声で歌ってペリーをからかった。日本の武士が上司をこんな風にからかうことはありえない。雀丸は亜米利加の風通しのよい気風を感じた。

ペリーは汗を拭って雀丸と握手をかわし、

「スズメルマ……きみはすばらしい。クジラ船のアイデアもきみの思いつきだったそうだね。今度は私の思いつきを聞いてくれたまえ」

「なんでしょうか」

「きみをこの船で亜米利加に連れていきたい。そして、世界の最先端のいろいろな文化を吸収してほしい。おそらく来年あたり、日本は開国するだろう。そうなれば自由に戻ってこられる」

雀丸の頰が赤らんだ。興味ある話ではないか。雀丸はちらと加似江を見た。加似江はうなずき、

「わしはかまわぬぞよ。二度とない機会じゃ。おまえがよう考えて決めればよい」

雀丸はしばらくうつむいて考え込んでいたが、やがて顔を上げ、

「やめておきます」

ペリーは勢い込んで、

「なぜだ。こんなチャンスはもうないかもしれないぞ」

「はい。ですが……日本が開国すると、これからは侍も町人も百姓も……呑気《のんき》に過ごすわけにはいかないでしょう。たぶん、動乱の世の中がやってきます。うえに立つひとたちは、おのれの考えのもとに議論したり戦ったりしながら生きればいい。でも……大坂の町のものたちにはそんなことは関わりありません。毎日の暮らしを守っていくほうが大事です。今こそ町のひとたちのための『横町奉行』が必要なのです。大塩の乱のようなことが起こらないためにも、私は日本に……大坂にとどまりたいと思います」

「そうか……それは私にとっては残念だが、大坂にとっては最高の決断だな。わかった。きみの気持ちを尊重しよう。だが、スズメルマ……いつか亜米利加にも来てくれたまえ」

「はい……ありがとうございます。でも……スズメルマじゃなくてスズメマルなんです」

「失敬、失敬。じゃあ、スルメマル」

とうとう干した烏賊《いか》にされてしまった。ペリーは続いて加似江の手を握りしめ、

「私は来年、あなたに会うためにまた参ります。約束しますよ」

「おお、来い来い！　いつでも大歓迎じゃ！」

日米の有志による宴会はその後も果てしなく続いたのである。

終幕　浮世の義理

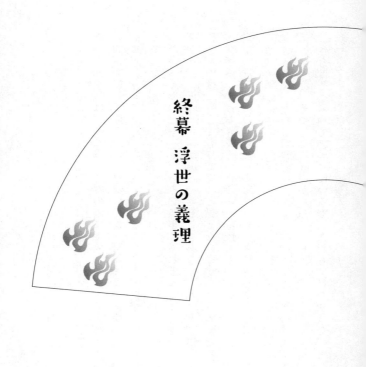

雀丸《すずめまる》一行を乗せたサスケハナ号は大坂の近くで彼らを降ろし、香港《ホンコン》へと去っていった。雀丸たちは夜陰に乗じて堺《さかい》の港に上陸し、徒歩《かち》で大坂へと帰ってきた。それほど長い間留守にしていたわけではないのに、町並みが妙に懐かしく感じられた。まずはさきを鴻池《こうのいけ》の本宅に送り届けた。玄関先までみずから迎えに出た善右衛門《ぜんえもん》の目には涙が滲《にじ》んでいた。

「たいへんやったやろ？　さきを無事に連れ帰ってくださってほんまにおおけに。此度《こたび》ばかりは、正直、さきが戻らんでもしゃあない、という覚悟で送り出したのや。世間の皆さんの役に少しでも立てば、と思うたのやが、よう考えたら、さきのこっちゃ、かえって迷惑をかけるんやないか……と心配しとったのや」

「なに言うとんの、お父ちゃん。うち、大活躍したんやで。それにな、黒船にも……」

雀丸が、

「さきさん、それは言ってはダメです。ペリーさんとの約束ですから」

「そやった、そやった。うっかりしてたわ」

さきはそう言ってまわりにいる奉公人たちに目をやった。善右衛門は、

「なんや気になるなあ」

「お父ちゃんにはあとでこっそり教えたるわ」

善右衛門はしきりに、上がってゆっくりしていってくれ、と勧めたが、疲れ果てているのと家が気になるので、雀丸はそのまま失礼することにした。夢八《ゆめはち》と烏瓜諒太郎《からすうりりようたろう》は皆と別れ、それぞれの家に帰っていった。店を畳んだ蟇五郎《ひきごろう》と、一家が焼けてしまった鬼御前《おにごぜん》と寺を失った大尊和尚《だいそんおしよう》は行く場所がないので雀丸とともに竹光屋《たけみつや》に行くことになった。

「おお、懐かしのわが家じゃ」

加似江《かにえ》がほっとしたような声を上げた。やはり老体にはきつい旅だったようだ。

「また戻ってこられるとは思わなんだ。戻るところがあるというのはええもんじゃ」

雀丸も、同じ思いだった。

「狭い家ですが、蟇五郎さん、鬼御前さん、大尊和尚さんは当分お泊まりください」

そう言って、入り口の戸を開けようとしたとき、手も触れていないのに戸が勝手にからからと開いた。雀丸はぎょっとしたが、

「お帰りなさい！　ようもご無事で……」

なかから飛び出してきたのは園《その》だった。園は泣きながら雀丸に抱きついた。

「ようよう、ご両人」

蟇五郎が手を打った。雀丸は園をゆっくりと押し返して、

「ただいま帰りました。みんな無事です。――でも、どうして園さんがここに?」

そのとき、園の後ろから現れたのは皐月親兵衛《さつきしんべえ》だった。

「毎日、この家を掃き清め、雀丸殿の戻りを一日千秋の思いで待っていたのだ」

「皐月さん!　お身体《からだ》のほうはもういいんですか」

「このとおり元気になった。――わしらだけではないぞ。ほかのものたちもずっとおまえたちがいつ帰ってきてもよいように待ち構えていたのだ」

「ほかのものたち、と言いますと……?」

雀丸の言葉が終わらぬうちに、

「姉さん!　お待ち申し上げておりました!」

豆太《まめた》とそのほかの子方《こかた》たちが鬼御前を取り囲んだ。

「豆太……みんなも……なんでここにおるんや」

「一家が焼けてしもたさかい、姉さんが帰ってきはるならここやろ、と山を張って、子方一同毎日待たせてもろとりました。――姉さん、喜んどくなはれ。わてらが地道に働いて貯《た》めた金を頭金にして、口縄坂《くちなわざか》にある古いボロ家が買えそうでおます」

「な、なんやて……」

「なんとかもとの口縄坂に一家が構えられそうだっせ」

「たいしたやっちゃなあ！」

鬼御前は涙声になっていた。

「なんぼボロ家でも、家一軒買おうと思たらたいへんや。それを……口縄坂に……ようやったわ」

「へえ、みんな必死でがんばりました」

「おまえら……あてのために……」

「ちがいまっせ、姉さん。わてら、おのれのためにやったんだす。わてらの居場所は鬼御前一家しかおまへんのや」

鬼御前は袖で涙をごしごしこすりながら、

「あてもこんな頭になってしもたけど、また髪の毛、一から生やすわ。皆も一緒にがんばろ」

「へっ！」

鬼御前の子方たちは頭を下げた。蟇五郎が、

「よかったよかった。ええ子方を持って、鬼御前は幸せやなあ……」

そう言ったとき、

「旦さん、お帰りやす！」

そう叫びながら家のなかからぞろぞろ現れたのは、一番番頭の角兵衛《かくべえ》をはじめ番頭、

手代、丁稚《でっち》など地雷屋《じらいや》の奉公人たちだった。

「お、おまえたち……暇を出したはずやないか……」

「旦さん、お上《かみ》から今度のこと、悪いのは大塩《おおしお》と美松屋《みまつや》でうちには落ち度はない、それどころかよくぞ駿府《すんぷ》城を守った、これからも商いを続けるように、ゆうて内々にお達しがおましたんや。わてらには一切お咎《とが》めはなし、だす」

「そうか……そやったんか」

蟇五郎は角兵衛の手を握った。

「船は四艘《そうな》失くしましたけど、まだ何艘か残っとります。それを使《つこ》うて細々と一からやり直しまひょ」

「それについてやがな、わしはえらいものを見てしもたんや」

蟇五郎は目を輝かせてそう言った。いつのまにか利にさとい商人《あきんど》の面構《つらがま》えに戻っている。

「えらいもの……？」

「蒸気船や。これからは廻船《かいせん》問屋も蒸気船の時代になる。速さも運べる量も段違いや。儲《もう》かるでえ！」

大尊和尚が、

「わしも蒸気を使ったからくりをこしらえたいもんじゃのう。蒸気を使えば、動く大仏ぐらいは作れそうじゃ」

長い顎鬚《あごひげ》をしごきながら言うと、

「和尚《おっ》さま、お帰りなさいませ」

竹光屋から出てきたのは万念《まんねん》と仁王若《におうわか》だった。

「おお、おまえたちも来ておったか」

万念はぺこりと頭を下げ、

「はい。和尚《おっ》さまにお知らせせねばならないことがありまして、ずっとこちらで待っておりました」

「わしに知らせたいこと？　まさか、ふたりで金を稼いで、寺を建て直す頭金でも拵《こしら》えたとでも言うのか。まあ、ふたりでは無理じゃろうなあ」

「それがその……もう寺はあるんです」

「寺がある……？　どういうことじゃ」

「下寺町《したでらまち》にある雷覚寺《らいかくじ》派の寺が無住になっているのを、良苔《りょうたい》和尚が和尚《おっ》さまに迷惑をかけた、ということで雷覚寺からのお使者が来られまして、和尚さまさえよければ譲りたい、と申し入れてきたのです」

「な、なんじゃと……！」

「あの良苔というひとは、雷覚寺派総本山の住職ではありましたが、ろくでもないひと柄でみんなに嫌われていたらしいです。寺社奉行からも目をつけられていて、このままではお上からお咎めがある、と心配した雷覚寺のひとたちや檀家《だんか》が集まって、近いうちに首を挿《す》げ替えようと相談していたみたいですよ。いかがですか、和尚《おっ》さま」

「ありがたい話じゃが……向こうはわしのことをよう知っとるのか？　つまりその……大酒は飲む、借金はある、お勤めもせぬ……ろくでもないといえばわしの方がずっとろくでもない坊主かもしれぬ」

「あっはっはっはっ……雷覚寺さんは和尚《おっ》さまのそういうことはよくご存知みたいでしたよ。『葷酒《くんしゅ》山門に入《い》るを許す。なんぼでも許す』という石柱を建てているとは面白い、大酒を飲んでも乱れなければ飲まぬと同じだ、とおっしゃってました」

「ふむ、よいことを申すのう。で、おまえはなんと返事した？」

「乱れないどころか、しょっちゅう庫裏《くり》の床で寝ています、と」

「いらぬことを言うでない」

「嘘《うそ》をつくと死んだとき地獄で閻魔《えんま》に舌を抜かれますから」

「お使者はなんと申しておった？」

「良苔のように弱いものをいじめたり、下のものを見下したり、ひとに迷惑をかけて省みなかったり、権威を笠《かさ》に無法を押し通したりするより、酒を飲んで寝ているほうがずっとよい、と……」

良苔はよほど皆から疎ましく思われていたようである。加似江が締めくくるように、

「これで皆、落ち着き先ができたわけじゃ。よかったのう、雀丸」

「そうですね。でも、それにしても……」

雀丸は、竹光屋のまえにずらりと並んだ面々を見て、

「よくこれだけの人数がこの小さな家に入っていましたね。窮屈じゃなかったですか?」

一同は顔を見合わせていたが、やがて豆太が皆を代表するようにして言った。

「ごっつ窮屈だした」

◇

それからしばらく、雀丸はひたすら竹光作りに精を出した。長いあいだ留守にしていたので、仕事は溜《た》まっていたが、新たな注文は皆無だった。

「どういうことでしょう、お祖母《ばあ》さま」

「わからぬか、スズメルマ」

「雀丸です」

「うーむ、どちらが正しいのかわからぬようになってきたわい」

「身内がそれでは困ります。私はスズメル……いや、スズメマ……」

「いっそスルメ丸にせよ」

「いやです。——そんなことはどうでもいい。どうして竹光の注文が途絶えたのでしょう」

「黒船じゃ。ペリーが長らく閉ざされていたこの国の扉をこじあけにやってきた。来年、また来ることもわかっておる。上さまは亡くなってしもうた。新しい将軍はまだ決まっておらぬ。開国すべきか、断固亜米利加《アメリカ》を拒むべきか、大名のなかでも考えが分かれておるが、老中たちには決めるだけの頭も度胸もない。徳川《とくがわ》家の屋台骨はがたがたじゃ。そこで、朝廷にお伺いを立てることになる。公家《くげ》どもがのさばりだす。そうなるとどうなる」

「さあ……わかりません」

「戦《いくさ》じゃ。また、この国に戦が起きる。何百年も続いた泰平が終わり、ふたたび戦国の世が訪れる」

「まさか……」

「大塩がやろうとしていたことを考えよ。彼奴《きゃつ》の後ろにはいくつかの大名家がいたはずじゃ。来年ペリーがふたたび来航すれば、この国のなかはもっと騒然とする。徳川家も各大名もその家臣たちも公家どももそれぞれの考えに基づいて勝手に動き出す。もう将軍の力でうえから押さえつけることはできぬぞよ。おそらく武士の世は近いうちに終わるはずじゃ」

「そんなことがあるでしょうか」

「ある。というより、もうすでに武士の世は終わっておる。皆、それに気づかぬふりをしておるだけじゃ」

「では、なにが武士にとってかわるのでしょう」

「それはわからぬ。なにがとってかわっても所詮は同じこと……ではあるが、そうなる直前にはかならず一度、大きな戦が起こるにちがいない」

「旧《ふる》い勢力と新しい勢力の争いですね」

「そういうことじゃ。となると、刀がいる」

そうか……と雀丸は合点した。泰平が続いていたからこそ竹光が売れていたのだ。竹光では間に合わない時代が来ようとしている……。

「困りましたね」

「そうじゃのう」

「どうしたらよいでしょうか」

雀丸の竹光は、出島《でじま》を通して少しは海外に売れていたが、そんなものはいつまで続くかわからない。武士がいなくなるということは刀も、そして、竹光もいらなくなる、ということだ。

「なにか新しい商売を考えるしかあるまいて」

「うーん……」

雀丸は腕組みしてしばらく考えていたが、

「なにも思いつきません」

そのとき、表からだれかが入ってくるなり、

「そのとおりや。侍の世のなかはもうじき終わる。竹光では食うていけまい」

それは鴻池善右衛門だった。羽織袴《はかま》をつけ、いつになく改まった身なりである。その後ろにはさきが立っていた。

「わしは此度のことで、ようわかった。大名貸しをしていた相手を殺そうとするやなんて、とうとう侍というのはそこまで落ちぶれたか、と覚《さと》ったのや。ご隠居さんのおっしゃるとおり、大名も役人もみんな、もう今のこの国には不要のもんや。遠からず消える運命《さだめ》に間違いはない」

「………」

「大名がおらんようになったら大名貸しの金は踏み倒される。うちも困る。せやさかい、これから来るであろう乱れた世を乗り切るために、あんたの力が欲しいのや」

「え……？」

「あんたには知恵がある。人徳もある。商人にいるものはすべて持っとる。駿府でのことも黒船のこともさきから聞いた。――どやろ。話を蒸し返すようやけど、さきの婿に

なって、うちを守り立ててもらえんやろか。新しい商売を考えるより、うちの商いを継いだほうがええんとちがうか。もちろん横町《よこまち》奉行はだれかに譲って、商売に専念してもらわなあかんけどな」

　善右衛門がそう言ったとき、

「わしも武士の世は終わると思う」

　外からそう声がかかった。入ってきたのは皐月親兵衛と園だった。皐月もいつもの着流しではなく、羽織袴姿である。

「わしも今度のことで町奉行所や大坂城代には愛想が尽きた。園を武士の嫁にはしたくないのだ。――雀丸殿、なにとぞ園をもろうてやってくれ」

　皐月は深々と頭を下げた。

「あ、いや、その……」

「じつはわしの家内の実家が池田《いけだ》で造り酒屋を営んでおってな、わしに同心を辞めてそこを継いでくれ、と幾たびも言うて参ったが、わしは捕り物が好きで今日《こんにち》まで首を縦に振らなかった。――雀丸殿にはそこの主《あるじ》になってもらいたい。それならば三人口も養える」

「はあ……」

　善右衛門がぶすっとした顔で、

「皐月さま、せっかくやけどうちのほうが先口だっせ」

「ふん！　かかることに先口も後口もあるものか」

「雀丸さんは鴻池がいただきまっせ」

「なにを言う。皐月家がちょうだいいたす」

善右衛門は雀丸の右腕を、皐月は左腕をぐいぐい引っ張った。

「痛い、痛い、腕がちぎれます」

「痛かろうがどうしようが……」

「うん、と申すまでこの手は放さぬ……」

「痛い痛い痛い……！」

「お父ちゃん、やめて！」

「父上、やめてください！」

さきと園が同時に叫んだので、ふたりは手を放した。腕をさする雀丸に善右衛門は、

「今すぐこの場でどちらを取るか決めてくれ」

皐月も、

「そうだ。ただちに決してくれ」

雀丸はふたりの顔を交互に見ながら、

「おふたりのお話はどちらも身に余ることで、ありがたいのですが、こういうことは取

るとか取らないとかそういう……」

　そのとき、

「雀《じゃく》さん、助けとくなはれ！」

　外から転がり込んできたのは、アンメリ軒《けん》の主、屯次郎《とんじろう》だった。頭にコブができ、顔が紫色に腫れ上がっている。

「屯次郎さん、どうしたんですか」

「黒船が来たやろ。それに怒った侍連中が店に押しかけてきてな、亜米利加の提灯《ちょうちん》持ちをするとはけしからん、ゆうて、皿を割ったり、衝立《ついたて》を投げたり、柱を刀で斬ったり……もうめちゃくちゃや。今も勝手に入り込んで酒やらなにやら飲み散らし、食い散らしてるから、やめてくれ、て言うたらぼこぼこに殴られたんや」

「町奉行所には届けたのですか」

　屯次郎は皐月同心のほうをちらと見て、

「言うたんやけど、亜米利加に対しては、今、お上は微妙な立場やさかい、しばらく様子を見てもらう、て言いよるねん。しばらく待ってるあいだに、うちの店潰されてしまう。なんとかしてくれ」

「――わかりました」

　雀丸は立ち上がると、善右衛門と皐月親兵衛に、

「ということなんです。これから先、大坂に動乱が起きることになれば、迷惑するのは町のひとたちです。お上は当てになりません。だとしたら……横町奉行が皆さんの役に立つのは今からだと思うのです。ですから……どちらのお話も受け入れることはできません」

善右衛門が、

「おのれの人生や。町のもんのために犠牲になることはないやないか」

「そういう性分なのです」

加似江が、

「よう言うた。おまえははじめ、いやいや横町奉行になったが、今こそまことの横町奉行になったのじゃ」

なおもなにか言いたげな顔の善右衛門と皐月に、さきと園が言った。

「お父ちゃん、雀さんのやりたいようにさしたげような」

「私はこういう雀丸さんが好きなんです」

善右衛門はため息をつき、

「そやな……雀さんがやりたいようにやるのが一番や。わしらにはそれを妨げる権限はない」

皐月親兵衛も、

「わかった。そこまで言うならわしも尻押ししよう」

雀丸はふたりに頭を下げ、

「ありがとうございます。――では好きなようにやらせていただきます」

屯次郎が雀丸を拝むようにして、

「なあ、そういう話は後回しにして、そろそろ来てえな。こうしてるあいだにも、うちの店、潰されてるかもしれんのや。頼むわ」

雀丸はにっこり笑って、

「はい」

と言った。

本作に登場する「横町奉行」は、大坂町奉行に代わって民間の公事を即座に裁く有志の町人という設定ですが、これはもともと有明夏夫氏の「エレキ恐るべし」（『蔵屋敷の怪事件』収録）という短編に一瞬だけ登場する「裏町奉行」という存在が元になっています。この「裏町奉行」についていろいろ文献を調べ、大坂史の専門家の方にもおたずねしたのですが、どうしてもわかりません。有明氏の創作という可能性もあるのですが、ご本人が二〇〇二年に亡くなっておられるため現状ではこれ以上調べがつきません。そのため本作では「横町奉行」という名称にしておりますが、これは作者（田中）が勝手に名付けたものであることをお断りしておきます。

なお、左記の資料を参考にさせていただきました。著者・編者・出版元に御礼申し上げます。

『大坂町奉行所異聞』渡邊忠司（東方出版）
『武士の町 大坂 「天下の台所」の侍たち』藪田貫（中央公論新社）
『町人の都 大坂物語　商都の風俗と歴史』渡邊忠司（中央公論社）
『歴史読本 昭和五十一年七月号　特集　江戸大坂捕り物百科』（新人物往来社）
『大阪の橋』松村博（松籟社）
『大阪の町名―大阪三郷から東西南北四区へ―』大阪町名研究会編（清文堂出版）
『図解 日本の装束』池上良太（新紀元社）

『清文堂史料叢書第119刊　大坂西町奉行　新見正路日記』藪田貫編著（清文堂出版）
『清文堂史料叢書第133刊　大坂西町奉行　久須美祐明日記〈天保改革期の大坂町奉行〉』藪田貫編著（清文堂出版）
『近世風俗志（守貞謾稿）（一）』喜田川守貞著　宇佐美英機校訂（岩波書店）
『歴史群像シリーズ73　幕末大全　上巻　黒船来航と尊攘の嵐』（学研）
『ペリー提督日本遠征記　上』M・C・ペリー　F・L・ホークス編纂　宮崎壽子監訳（KADOKAWA）
『黒船異変』加藤祐三（岩波書店）
『ペリー来航』西川武臣（中央公論新社）
『全集　日本の歴史　第12巻　開国への道』平川新（小学館）
『江戸時代　舟と航路の歴史』横倉辰次（雄山閣）
『日本史の内幕』磯田道史（中央公論新社）
『完全　東海道五十三次ガイド』東海道ネットワークの会（講談社）

本作執筆にあたって成瀬國晴、片山早紀の両氏に貴重なご助言を賜りました。謹んでお礼申し上げます。

解説

旭堂南湖

田中啓文さんの小説は、落語的と評されることがありますな。

「笑酔亭梅寿謎解噺《しょうすいていばいじゅなぞときばなし》」シリーズは落語家が主人公。物語も落語のように進んでいく。だから、この「浮世奉行と三悪人」シリーズも落語的だと読者の皆様は感じるかもわからんが、実はこれ、落語的というよりも講談的なのだ。

「講談って何だ?」と疑問に思う読者も多くいるに違いない。そこで講談師の私《わたくし》が講談とはなんぞや、「浮世奉行と三悪人」シリーズが如何《いか》に講談的かを、懇切丁寧、分かりやすく解説しようと思う。(パンパン)

講談は講釈とも言った。明治時代には、庶民から天皇陛下まで、この講釈を楽しんだという。とりわけ楽しんだのが身分の高い公爵や侯爵だそうだ。ダジャレだ。

で、講談師とは講談を口演する芸人のことで、講釈師ともいった。口演とは口で演じる。簡単にいえば、喋《しゃべ》るということだ。

「講釈師　見てきたような　嘘《うそ》をつき」なんて川柳もあるな。

講談師には男前が多い。そういう者は好男子の講談師という。これもダジャレだ。

つまり講談とは、軍談や武勇伝、政談、敵討《かたきう》ちなどの物語を、講談師が自分の前に置いた机（講釈の台だから、釈台ともいう）を張り扇《おうぎ》という道具で叩《たた》きながら、リズムよく、見てきたように口演する伝統芸能なのだ。お分かりかな。

さっきから（パンパン）とあるが、これは決して手を叩いたりしている訳ではないぞ。ましてやパンを食べたいからパンパンと言っている訳でもない。釈台を張り扇で叩いている音だ。これが（パンパン）。いい音だろう。

張り扇とは何か。一向に本題にたどり着かんがこれも説明しておこう。

形はお公家《くげ》さんが手に持っている笏《しゃく》によく似ている。お公家さんはこの笏を大事にして他人には決して触らせなかった。触られると腹が立ったそうだ。笏に触るといってな。ダジャレだ。

張り扇は、扇子の親骨、つまりその扇子の外側の一番太い骨のことだが、これにまず新聞紙をグルグルと巻いて、その上から和紙をグルグルと巻いていく。

この新聞紙もどこの新聞でも良さそうなものだが、昔から日本経済新聞が良いといわれている。理由は知らん。おそらく昔は何らかの理由があったはずだが、現在では不明。何のオチもない。そう伝わっているのだ。

和紙は茨城県の西《にし》ノ内《うち》和紙が良いといわれている。これは他の和紙に比べると、分厚いそうだ。となると、日本経済新聞も分厚いのか。それは知らん。

新聞紙と和紙を巻いては、糊《のり》を使ってベタベタに貼り付けて、三日程陰干しにする。それで机を叩いてみて、音が気に入れば完成。自分の声より少し高い音が観客には聞きやすい。音が気に入らない場合はさらに和紙を巻いて音を調整する。このように手間暇をかけて張り扇が完成する。

それでもって、罪のない釈台をパンパンと叩くのだ。すると、釈台の上に嘘が溜《た》まってくる。この溜まった嘘を鉋《かんな》で削って、川に持って行き、削りカスを流してやる。これがやがてカワウソになる。またしてもダジャレだ。

さて、講談のことが大体分かったな。分かってなくても次に進むぞ。いよいよここからが本題だ。「浮世奉行と三悪人」シリーズがなぜ講談的なのか。

それはこの本が講談社から出ているからだ。……エッ、集英社。マジっすか。（パンパンパパンパンパン）

えー、昔から「講釈師　詰まったときに　三つ打ち」なんて言いましてな、登場人物の名前を忘れたとか、年号が出てこない時、次の展開に困った時などは、張り扇を三つ程打って思い出したそうだ。（パンパンパパンパンパン）

張り扇を何度も叩くのは、寝ている観客を起こす時と、動揺している時だ。

読者諸君の中に、講談と落語の違いを明確に言える者は少ないだろう。それではここで講談と落語の違いを確認してみよう。

一人の人間が、着物姿で座布団の上に座り、口演する。これは講談と落語、双方同じだ。だが、舞台道具で違うのは、講談の場合は先程申し上げた釈台や張り扇。そして、言わなかったが扇子と手拭いも舞台に持っていく。なぜ言わなかったかというと、釈台の陰に隠れていて見えなかったからだ。

一方、落語はというと、ここにも江戸落語と上方《かみがた》落語の違いがあり、落語とひと括《くく》りはできないのだが、田中さんが関西に住んでいるので、落語＝上方落語ということで話を進めよう。ちなみに、関西と、上方というのも微妙に違っていたりする。ついでにその話もしておこうか。上方とは、京都、大阪のことであり、関西とは、近畿地方プラス、その周辺ということになっているそうだ。

その上方落語では舞台装置として、見台、膝隠しを使う。見台は木製の机であり、それだけでは観客から膝が見えるので、膝を隠す衝立《ついたて》を置く。膝を隠すから、膝隠しという名が付いたって。ダジャレだ……いや、これはそのままか。

以上がスタイルの違い。

次に内容的にはどのような違いがあるかというと、落語はフィクション、講談はノンフィクション。つまり、落語は作り話。講談は史実を元にしている。ただ、ほんの少しだけというか、かなりというか、ほとんど嘘だったりもする。

落語はある時、ある所で、ある人物が、まあ大抵、喜六《きろく》と清八《せいはち》という架空の人物が出てくるのだが、こんな面白いことをした。こんなアホなことをした。最後のオチで、嘘でしたとなる。

講談はいつ、どこで、誰が、何をしたかという前提は史実に基づいている。史実を元にはしているのだが、そのままでは面白くないから、誇張や嘘を混ぜて、血湧き肉躍る話に仕上げる。

別の観点から見ると、落語は会話で話を進めていき、講談は地の文と会話で話を進める。

たとえば「三すくみ崩壊の巻」には雀丸《すずめまる》と加似江《かにえ》の、

「雀丸、昼飯はまだかや」

「お祖母《ばあ》さま、大事な仕事のときは話しかけないでください」

「なに？　おまえが大事な仕事をしておるかつまらぬ仕事をしておるか、わしにわかるわけがないではないか。そのようなことを申すなら、大事な仕事をしておるときは、『大事』と書いた高札《こうさつ》を立てておけ」

「お祖母さま、またそのような無茶を……」

という落語的なやりとりもあるが、舞台は大坂、大塩平八郎《おおしおへいはちろう》の乱とくれば、史実を元にした講談的な作品であるといった方が正しいだろう。

講談では、大塩平八郎は知恵があり、民衆の味方、正義のヒーローとして描かれている。大塩に家を焼かれても、大坂の人々は恨まなかった。大塩は偉い人だと現在まで伝わっている。

大塩がまだ青年で、天満与力《てんまよりき》をしていた頃、印形《いんぎょう》を落とした男がいた。

「印形を首からぶら下げていましたから、首が落ちなければ落とすことはないと思っていましたが、どこで落としたのか。無くなりました」

これを聞いた大塩が、

「首に掛けるから落とすのだ。首に掛けず、心に掛けておきなさい」

と言ったという。

また、こんな逸話もある。ある日、奉行所に一枚の張り紙がしてあった。

「とうぞくは　おおさかより　きしゅうにあり」

これを見た天満与力の筆頭が、

「成程。盗賊は大坂より紀州にありか。大盗賊は大坂と紀州の間に住んでいるに違いない。探せっ」

と言った。これを見ていた大塩が、

「それは違います。盗賊は大坂与力衆にあり。つまり、犯人はお前だ！」

「ぎゃふん」

まるで雀丸の名裁きのように、大塩にはトンチもあり、人々から尊敬されていた。この大塩を田中さんがどんな人物に描いたのか。これも本書の見所の一つだな。

田中さんは落語ファンとしても有名だが、実は講談ファンでもある。読者諸君は一度、大阪の講談会に足を運んで御覧なさい。田中さんが隅の方の客席に座っているに違いない。

しかし、著者近影を見て、田中さんを探しても見つからないぞ。あれは多分、十年前の写真だ。今はもっと白髪になって、髪も短い、しわも増えた。しかし、なかなかいい顔をしている。ダンディというか、好男子というか。

いっそ講談師になるのも面白いかも分かりませんな。自作の小説を延々と語っていく講談師。人気が出て、その内、日本一チケットが取れない講談師と呼ばれる日が来るかも分かりませんぞ。

（きょくどう・なんこ／講談師）

本書は「ｗｅｂ集英社文庫」で二〇一九年八月から十二月まで連載された作品に、
書き下ろしの「終幕　浮世の義理」を加えたオリジナル文庫です。

集英社文庫

大塩平八郎《おおしおへいはちろう》の逆襲《ぎゃくしゅう》 浮世奉行《うきよぶぎょう》と三悪人《さんあくにん》

2019年12月25日 第1刷 定価はカバーに表示してあります。

著　者 田中啓文《たなかひろふみ》

発行者 徳永　真

発行所 株式会社 集英社
東京都千代田区一ツ橋2-5-10 〒101-8050
電話 【編集部】03-3230-6095
【読者係】03-3230-6080
【販売部】03-3230-6393(書店専用)

印　刷 図書印刷株式会社

製　本 図書印刷株式会社

フォーマットデザイン アリヤマデザインストア マークデザイン 居山浩二

ISBN978-4-08-744064-5 C0193